사임당, 그리움을 그리다

사임당, 그리움을 그리다

주원규 장편역사소설

인문서원

차례

1. 안견, 그 높은 이름을 만나다

눈앞에 펼쳐진 하얀 종이에서 건조하고 투명한 나무 냄새가 났다. 아버지 앞에 다소곳이 앉아 있었지만 고사리손은 어서 앞에 놓인 저 붓을 들어 종이 위를 신명나게 달리고 싶어 꿈지락꿈지락, 안달복달했다.

힐끔, 맞은편에 앉은 아버지의 얼굴을 쳐다보았다. 온화한 아버지의 얼굴에 장난기가 서렸다.

'요 녀석, 어서 그림을 그리고 싶어서 안달이 났구나?'

'예, 아버지! 어서요! 어서 붓을 잡게 해주세요!'

눈으로 주고받는 대화가 오갔다. 하지만 신명화는 슬쩍 고개를 돌려 딴전을 피웠다. 둘째 딸을 조금 더 안달 나게 해주고 싶었다. 그래야만 가슴속에 가득 찬 열망이 붓 끝에 고여서 모란꽃 봉오리 터지듯 단숨에 폭발할 터이니.

그때였다.

"나으리! 오셨습니다요! 최수성 어른이 오셨습니다요!"

대문간에서 하인이 숨이 턱에 닿도록 뛰어오면서 큰 소리로 알렸다.

"오, 오셨느냐! 어서 안으로 뫼시거라!"

신명화가 자리에서 벌떡 일어나며 말했다. 신명화와 둘째의 눈이 마주쳤다. 둘째도 아버지를 따라 벌떡 일어났다.

최수성. 천재적인 재능을 갖고 있지만 벼슬길에는 오르지 않은 강직한 선비. 강릉 사람들은 최수성을 그렇게 알고 있었다. 대문을 들어오자마자 최수성은 바다에서 직접 잡은 거라며 하인에게 물고기를 건넸다. 선비의 풍모 반, 뱃사람의 풍모 반이 오롯이 묻어 있었다.

"예정보다 일찍 오셨습니다."

신명화가 그를 맞았다.

"그래. 자네 둘째 여식의 솜씨를 보고 싶어 몸이 달아 뱃머리에 잠자코 앉아 있을 수가 없더군."

"과찬이십니다."

"허허. 내가 언제 자네를 칭찬했나? 왜 여식이 받아야 할 칭찬을 자네가 가로채는가."

"하하, 듣고 보니 그렇습니다. 어르신."

농을 주고받으며 최수성이 자리에 앉자 둘째가 인사를 올렸다.

"어르신, 잘 다녀오셨어요? 그동안 무탈하셨습니까?"

"그래, 그래. 어디, 그동안 그림은 좀 그렸느냐?"

둘째가 수줍게 고개를 끄덕이고 한쪽 구석에 놓인 자개장 문을 열었다. 그리고 그림들을 꺼내어 최수성 앞에 펼쳤다. 한 장, 또 한 장 그림을 훑어보는 최수성의 눈매가 가늘어졌다.

"흐음."

놀라웠다. 신명화에게 둘째 딸의 그림 솜씨가 상당하다는 말은 들었지만 일곱 살 아이가 그린 그림이라고는 믿을 수 없을 만큼 능숙한 농담의 구사, 세련된 필치, 안정된 구도, 정밀한 묘사의 운치 있는 산수화였다.

최수성은 자신의 옛 기억을 떠올렸다. 아주 어렴풋한 조각으로 남아 있는, 자신의 어릴 적 기억 속에서도 가장 행복했던 한때. 시가 획을 그리고, 획이 자연을 화폭에 옮기고, 자연의 재연이 절대적 음의 세계로 연결되는 사절(四絶)의 경지가 내면을 충만하게 사로잡던 아련히 먼 그때.

"어르신, 어떠신지요?"

신명화가 더 기다리지 못하고 성급하게 물었다. 자신이 보기에 딸의 그림 솜씨는 예사롭지 않았다. 짧지 않은 생애 나름대로 많은 그림들을 보아왔지만 어린 딸의 그림만큼 잘 그린 그림은 아직 보지 못했다. 그러나 자신은 아비였다. 육친의 눈은 중용을 잃고 치우치기 십상이니 냉정한 판단을 해줄 사람을 기다렸던 것이다. 신명화가 생각하기에 최수성은 딸의 재능을 판단하기에 가장 적격인 사람이었다. 그 자신 아홉 살 나이에 이미 문장과 서예, 그리고 미술, 음악에 통달하다시피 했던 이가 아니던가.

둘째도 궁금했다. 자신은 손가는 대로 그렸을 뿐인데, 그림을 본

어른들은 한결같이 눈이 휘둥그레지며 깜짝 놀라곤 했다. 하지만 어쩐지 남들 앞에 내놓는 것은 한없이 부끄러웠다. 최수성 어르신의 입에서 과연 칭찬이 나올지, 형편없다는 호통이 나올지 가슴이 조마조마했다. 하지만 한편으로는 듣고 싶었다. 자신이 그려낸 세계가 다른 사람들에게 어떻게 받아들여질지 궁금했다.

"얘야, 기예라는 건 말이다……."

말을 잇는 내내 최수성은 그림에서 눈을 떼지 않았다. 사실을 말하자면 가슴이 심하게 두방망이질 쳤다.

'이런 아이를 만나게 될 줄이야!'

애써 무표정을 가장하고 있지만 최수성의 가슴속에 화사한 열기가 차올랐다. 그가 말을 이었다.

"우주의 이치와 같아서 누구의 말이나 평가에 의해 좌우될 수 없는 거란다."

어리둥절한 표정으로 둘째가 물었다.

"그럼 기준 없이 산단 말입니까?"

고개를 살짝 갸우뚱하는 작고 동그란 얼굴을 바라보며 최수성이 난데없이 물었다.

"글도 열심히 읽는 게냐?"

신명화가 얼른 답했다.

"여식이라 해도 세상 돌아가는 법, 사람 사는 이치는 깨우쳐주고 싶었습니다."

"그래. 잘했네. 법과 이치의 기준은 하늘이 내리는 것이지. 그 하늘에서 품은 뜻으로 사람 사는 도리를 다하는 것. 그때 네 마음에서 작은 우주가 열릴 것이다. 앞으로도 정진하거라."

둘째의 작은 두 볼이 복숭앗빛으로 발그레하게 물들었다. 가슴이 터질 듯 부풀었다. 내 마음에서 작은 우주가 열린다고? 앞으로도 정진하라고?

최수성이 뜰로 눈길을 돌렸다. 사랑채 밖에는 그를 따라온 하인이 어깨에 봇짐을 멘 채 기다리고 있었다.

"그거 이리 갖고 오너라."

"예, 나으리."

기다렸다는 듯이 하인이 봇짐을 어깨에서 내려 사랑채 안으로 들었다. 포대기에 여러 겹 싸여 있는 그것이 묵직하고 두툼하고 네모난 것을 알아차린 신명화의 표정이 밝아졌다.

"어르신, 이것은 혹시……?"

신명화는 말을 잇지 못했다. 최수성은 입가에 은근한 미소를 머금으며 봇짐을 풀고 둘둘 말린 여러 겹의 천을 풀어서 안에 든 것을 꺼냈다.

"그래, 자네가 부탁한 서화첩일세."

"어르신, 정말 감사합니다."

신명화가 머리를 조아렸다. 조선 최고 화가의 서화첩. 한양에서도 구하기 힘들다는 그 귀한 서화첩을 최수성이 몸소 구해온 것이다.

"무엇하고 있는 게냐? 어서 펼쳐보지 않고."

눈을 동그랗게 뜨고 서화첩을 바라보고 있는 둘째와 눈이 마주치자 최수성이 재촉했다. 어린 소녀의 눈동자가 아버지를 향했다.

아버지는 온통 흐뭇한 얼굴로 웃고 있었다. 떨리는 손으로 서화첩을 끌어당겼다. 펼치는 순간, 그곳은 꿈의 세계였다. 자신 따위는 도저히 흉내도 낼 수 없는 고고한 경지의 산수가 가득 들어왔다.

"아버지, 이 그림은……?"

"그래, 안견이라는 조선 최고의 화가가 그린 그림이다. 필시 네 그림 공부에 도움이 될 터이니 아껴두고 보거라."

"아버지!"

너무나 좋아 목이 메고 말문이 막혔다. 멍하게 아버지 얼굴만 바라보고 있었다.

"어허, 뭘 하고 있는 게냐. 어서 보지 않고."

신명화가 입가에 번지는 미소를 감추려 하지도 않고 딸을 독촉했다. 둘째의 눈이 다시 안견의 그림으로 향했다. 뚫어져라 그림을 들여다보는 동안 동공은 점점 검어지고 커졌다. 아득한 곳에서 무한한 우주가 열리는 소리가 들려왔다.

최수성은 확신했다. 이 아이의 내면에서 지금 소우주가 펼쳐지고 있다고. 그의 짐작은 틀리지 않았다. 아이의 내면에서는 지금 사물의 이치가 스스로 속살을 벗고 새로운 생명으로 거듭나고 있었다. 절체절명의 창조 신비가 오감을 사로잡는 순간이었다.

얼마나 시간이 지났을까. 신명화와 마주앉아 말없이 차를 음미하던 최수성이 찻잔을 내려놓고 수염을 쓰다듬었다. 둘째가 화첩에서 눈을 떼고 아버지를 바라보았다. 신명화가 고개를 끄덕였다. 붓을 들라는 아버지의 눈빛을 읽은 둘째의 손이 붓을 들었다. 그리고 아까부터 고즈넉하게 펼쳐져 있던 하얀 한지 위를 거침없이 달리기 시작했다.

안견의 화첩이 옆에 펼쳐져 있었다. 그러나 곁눈질할 필요도 없었다. 구석구석까지 세밀하게 관찰하고 낱낱이 뜯어본 그림은 이미 머릿속에 완벽하게 필사되어 있었다. 머릿속에 그려진 그것을 과연 손도 그대로 따라 그릴 수 있을까?

이마에 땀방울이 송글송글 맺혔다. 그러나 그 땀을 훔쳐내기엔 붓을 잡은 손이 너무 분주했다. 단 한순간에 우주를 그대로 모사해야 했다. 열린 창호지문 너머로 한바탕 습기를 머금은 바람이 스쳐갔다. 소나기라도 쏟아지려는지 코끝에 닿는 공기가 축축해지고 멀리서 들려오는 개구리 울음소리가 커졌다.

신명화는 그림자처럼 꼼짝 않고 앉아서 일곱 살 어린 딸의 신들린 듯한 붓질을 지켜보고 있었다. 최수성의 눈이 가늘어졌다. 신명화와 눈이 마주치자 자신도 모르게 고개를 주억거렸다. 어느새 안견의 그림이 두 폭이 되었다.

2. 오죽헌의 낮과 밤

살을 에는 듯한 늦가을의 찬바람이 도포자락을 거칠게 한쪽으로 몰아붙이며 불어왔다. 그러나 신명화는 뜨끈한 아랫목이 기다리는 방안으로 들어가고 싶은 생각은 들지 않았다. 상투 틈새를 사정없이 헤집고 들어오는 북풍에 오히려 어지럽던 머릿속이 시원해지는 느낌이었다. 마당 한가운데 서서 거센 바람에 처마에 달린 풍경이 사정없이 흔들리는 것을 바라보았다.

두어 달 전부터 다시 선비들의 목이 추풍낙엽처럼 날아가고 있었다. 슬픈 시대. 신명화의 머릿속을 지배하고 있는 것은 핏빛이 난무하는, 그러나 피해갈 수 없는 현실이었다. 끝없이 이어진 태조와 태종 연간에 있었던 왕자의 난, 그리고 남이장군의 비극이 채 잊히지 않았는데 조선 천하를 지배하는 왕은 또 한 번 광기의 붉은 피로 손을 적시고 팔도를 선비들의 피로 물들이고 있었다.

6년 전 무오사화의 기억이 아직도 생생한데 그것으로는 부족한지, 다시 선비들의 목을 내놓으라는 피바람이 거세게 불고 있었다. 연산군. 슬프고 아픈 왕. 슬픈 만큼 더 잔혹하고 아픈 만큼 더 지독한 폭군.

왕의 피비린내 나는 칼이 춤을 추는 한양과는 멀리 떨어진 강릉에서 칩거하며 참혹한 정세와는 거리를 두고 있지만, 답답함은 조금도 덜하지 않았다. 그런 신명화에게 지금 불어오는 찬바람은 울화로 가득 찬 가슴을 달래주는, 피하고 싶지 않은 바람이었다.

게다가 오늘은, 새로운 설렘과 두려움을 담은 경사가 기다리는 날 아니던가.

"이보게, 명화⋯⋯."

오죽헌을 지키고 있는 장인 이사온이 다가와 말을 건넸다.

"장인어른, 바람이 찬데 왜 나오셨습니까."

이사온의 익숙한 음성에 신명화는 얼른 고개를 숙여 인사를 건넸다.

"자네야말로 바람이 찬데 들어가서 기다리시지, 왜 밖에 나와 있는 겐가?"

"송구하오나 마음이 답답해서 견딜 수가 있어야지요."

신명화가 두어 걸음 옮기며 불안한 속내를 설핏 내비쳤다. 시선은 이제 오죽헌 본채로 향했다. 해가 지는 방향을 확인한 신명화가 말을 이었다.

"지금쯤이면 태의 문이 열렸을 터인데⋯⋯."

이사온이 되받아 물었다.

"알아볼까?"

"아닙니다. 어차피 기다리면 결과를 알게 될 것을. 그냥 기다리겠습니다."

태의 문을 여는 중……. 그랬다. 강릉 오죽헌의 매섭고 차가운 바람을 신명화가 온 몸으로 맞고 있는 또 하나의 이유는 그것이었다. 지금 아내가 겪고 있을 산통을 함께 경험해보고 싶은 심정.

잠시 후, 갑자기 불어온 사나운 바람에 마당 한쪽에 심어진 오동나무에서 잎이 투둑, 떨어지던 순간이었다. 방문이 열리고 부엌어멈과 늙은 산파가 함께 구르듯이 달려나왔다. 둘 모두 상기된 표정이었다. 늦가을 바람이 불어오는 때였지만 두 사람의 이마와 목덜미에는 땀방울이 맺혀 있었다.

이사온이 소리 높여 물었다.

"무엇이더냐?"

부엌어멈과 산파가 말을 아꼈다. 이사온과 신명화의 눈길이 부딪쳤다.

"여식인가?"

쐐기를 박듯이 이사온이 물었다.

"예, 어르신. 송구하오나 그렇습니다."

순간, 신명화가 안도의 한숨을 내쉬었다. 입가에는 옅은 미소마저 머금었다. 이사온의 얼굴에도 안도의 빛이 서렸다. 아쉬움보다는 안도감이 훨씬 큰 표정이었다.

'여자아이라는 게…… 기쁘신가요?'

이씨 부인의 얼굴은 온통 땀투성이였다. 부인 옆에 자리를 잡고 앉은 신명화가 포대기에 싸인 갓난아기를 받아들었을 때, 이씨 부인이 눈으로 말했다. 신명화는 말없이 미소 지었다. 세상을 다 가진 것 같은 미소는 갓 태어나 세상을 몸으로 경험한, 그래서 막 울기 시작한 아이를 향한 것이었다.

아이를 산파에게 건네준 신명화가 조심스럽게 이씨 부인의 질문에 답했다. 질문에 대한 답이라기보다는 그 자신의 다짐과 같은 성격의 답이었다.

"참으로 수고가 많았소, 부인."

"서방님, 송구합니다. 또 계집아이라······."

"어허, 부인. 수고 많았다 하지 않았소. 해산하느라 힘들었을 터이니 몸조리나 잘하시오."

신명화가 조심스럽게 이씨 부인의 뺨에 손을 갖다 댔다. 해산으로 인해 불덩이처럼 뜨겁게 치솟던 기운이 조금씩 가라앉고 있었다. 이씨 부인은 지아비의 손길을 느끼는 게 약간은 당황스러웠지만 싫지는 않았다. 이씨 부인은 지아비를 올려다보았다. 아이와 자신을 번갈아 살피는 지아비의 눈빛은 형언할 수 없는 감정을 담고 있었다.

시류에 얽힌 엇나간 야심에 휘둘리는 이들은 대부분 남자다. 아니, 전부가 남자라고 해도 과언이 아닐 것이다. 글줄 읽는 선비라면 누구든 출세에 뜻을 두지 않을 수 없는 현실이었다. 하지만 그 현실이 신명화의 눈과 귀엔 고통과 오욕의 피비린내로 물든 것이었기에 치가 떨렸다. 구중궁궐 안에서 벌어지는 핏빛으로 물든 이전투구, 사리사욕에 빠져 백성들의 피눈물 따위 안중에도 없는 탐

관오리, 입신양명을 위해 줄 서는 데에만 급급하고 당쟁만 일삼는 출세의 세계는 온통 남자들의 차지였다. 신명화는 자신의 두 번째 분신인 새 생명이 그런 진흙탕에서 뒹굴게 되는 걸 원치 않았다. 선과 마땅한 도리를 추구하는 선비들을 무자비하게 도륙하는 시대에 피바람 가득한 곳에서 사내로 살아가야 할 경우의 비극을 염려하지 않을 수 없던 것이다.

'여식이라면 이 험한 고통의 세파를 한결 수월하게 헤쳐 나갈 수 있을 것이다. 차라리 여식이라면……'

하지만 유난히 또렷한 갓난아이의 눈동자를 보며 신명화의 마음은 기이하게 요동쳤다.

이씨 부인이 잠든 아기를 안고 사랑채로 들어왔다. 늦은 오후였다. 열린 여닫이문 틈새로 늦가을의 서늘한 바람이 스며들었다. 신명화가 팔로 자신의 머리를 받치고 모로 누워 이씨 부인 품에 안겨 잠든 딸아이를 바라봤다. 이씨 부인 앞에서만 보일 수 있는 편한 자세였다. 이씨 부인은 나지막한 목소리로 말했다.

"서방님, 이 아이는 다른가요?"

무슨 뜻일까. 자신을 향해 짧고 조심스러운 질문을 던진 부인을 보며 신명화가 되물었다.

"그게 무슨 말이요?"

"서방님이 아이를 바라보는 눈빛이 남다르다고 느껴서요."

"그렇소. 그렇군. 내가 그렇게 유별나게 바라본 건가?"

"이 아이가 바라보고 듣는 세상은 다를까요?"

신명화가 답을 하는 데 뜸을 들였다. 그러나 곧 망설임 없이 고개를 끄덕였다.

"다르지. 다른 게 분명하지. 많이 달라요."

"무엇이 다르죠?"

"또렷하고 영롱한 눈동자가 말해주고 있어요. 세상을 정직하게, 있는 그대로 바라볼 수 있는 눈이오."

신명화가 확신에 찬 어조로 말했다. 이씨 부인 역시 남편의 눈빛에서 둘째에 대한 확신을 읽었다. 둘째가 보고 듣게 될 세상, 또한 둘째가 말하게 될 세상은 그 또렷함 그대로 보게 될 거라는 걸. 하지만 이씨 부인은 남편의 눈빛에서 또 하나의 기운을 느꼈다. 불안이었다. 그것은 둘째가 겪게 될 여자에 대한 차별로 가득한 세상을 생각할 때 찾아오는 불안이었다.

"불안하진 않으세요?"

"물론. 불안할지도. 하지만 지금은 지금 자체에만 충실하고 싶소. 그뿐이오."

그렇게 말한 신명화가 벌떡 일어나 사랑채 밖으로 나섰다. 잠귀가 밝은 것인지 부스럭거리는 소리에 눈꺼풀이 열리는 듯, 갓 태어난 둘째 딸이 비몽사몽간에 옹알이를 했다. 아기를 고쳐 안은 이씨 부인도 따라 나섰다. 늦가을 낙엽이 지는 나무가 바람에 흔들렸다. 바람소리와 새소리가 들렸다. 붉은 놀이 저물어가는 젖은 하늘과 나무 주위로 모여드는 산새와 풀벌레의 움직임이 보였다.

비 갠 오후의 물내음이 코끝을 은근하게 저미는가 했더니 이내
콧속 깊이 스며들었다.

3. 남녀가 다르다

"둘째야, 그만 뛰어! 그만!"

"조금만 더, 조금만요!"

"아이고, 지치지도 않나. 이제 그만 뛰자고!"

둘째와 함께 달리던 첫째가 마침내 숨을 헐떡이며 소리쳤다. 둘째가 오죽헌을 너무 멀리 벗어나지 않았으면 하는 마음이었다. 어린 동생에게 무슨 일이 생기면 안 된다는 본능적인 노파심에서 비롯된 걱정이 둘째의 뒤통수에 와 박혔다. 하지만 둘째는 숨도 쉬지 않고 오르막길을 달음박질쳤다. 점점 가슴이 벅차올랐다. 가슴이 터질 것만 같았다. 몸이 답답하고 힘든 게 아니었다. 더한 해방감에 벅차오른 것이다. 강하게 불어오는 해풍은 요람처럼 따뜻하고 아늑했다.

둘째가 눈을 질끈 감고 숨을 한 번 더 크게 들이쉰 다음, 한달음에 언덕을 향해 달음박질쳤다. 오죽헌 뒤로 펼쳐진 능선을 넘고 또 넘으면 능선의 가장 높은 곳에서 짙푸른 동해의 넘실거리는 파도와 수평선이 보였다.

"아이고, 난 더 이상 못 가겠다. 둘째야, 넌 어쩌면 그렇게 뜀박질을 잘하니? 그림만 잘 그리고 글씨만 잘 쓰는 줄 알았더니 뜀박질에도 흥미가 있던 거야?"

겨우 뒤따라온 첫째가 땅바닥에 털썩 주저앉았다.

"언니, 바람이 좋아요. 산바람을 한 번 느껴봐요."

"나 참. 강릉 구석구석에 바람이 휘몰아치는데 꼭 이렇게 산꼭대기까지 올라와야 하는지 모르겠구나."

첫째의 투덜거림에도 둘째는 언니의 팔을 잡아끌며 걸음을 재촉했다.

능선 꼭대기에 이른 둘째는 시원하고 맑은 공기를 한껏 들이마셨다. 첫째는 그런 둘째의 모습을 보며 고개를 가로저었다. 그리고 말했다. 반은 투덜거림, 반은 궁금증의 토로였다.

"넌 왜 언제나 이렇게 가슴이 터질 정도로 뛰는지 모르겠구나."

둘째가 가만히 숨을 골랐다. 바다를 바라봤다. 짙푸른 바다에 새하얀 파도가 물결치고 있었다. 고개를 들어 하늘을 올려다봤다. 바다처럼 푸르렀다. 깊은 푸르름 속에서 고요히 움직이는 구름의 흔들림이 느껴졌다. 때마침 바람이 얼굴을 어루만지고 지나갔다. 첫째가 물었다.

"맨날 보는 하늘, 맨날 보는 나무랑 풀이랑 풀벌레, 지겹지도 않아? 난 지겹던데."

"아니, 난 자연이 좋아요. 바다와 산, 들, 풀과 나무, 그리고 나비와 벌레 같은 만물이 마냥 좋아요."

"그런데 이렇게 본 풍경들이 머릿속에 담기는 거야? 아님, 눈 속에 담기는 거야?"

신기하다는 듯이 묻는 언니의 질문에 둘째가 미소 지으며 되물었다.

"언니는 풍경을 보면 머리로 기억해요, 눈으로 기억해요?"

"나야 뭐 매일 보는 산, 바다가 도통 지루하기만 하니 머리든 눈이든 알 게 뭐야. 그런데, 워낙 신기해서 말이야."

"뭐가요? 언니."

"이렇게 능선 꼭대기에서 살핀 소나무, 수평선, 바다, 흔들리는 나뭇가지들의 모양을 어떻게 그렇게 똑같이 그릴 수 있는지. 참 신기한 재주야."

"대신에 언니는 수를 잘 놓잖아요. 언니가 수놓은 나비나 꽃들이 얼마나 생생한데요."

"쳇, 자수는 너도 잘하잖아. 너야 글도 많이 읽고 그림도 잘 그리고, 뭐든 잘하니까……."

하지만 그 말에는 총명하고 재주 많은 동생에 대한 자랑스러움과 뿌듯함이 배어 있었다. 둘째가 배시시 웃었다.

"집에 가면 또 바로 그림 그릴 거지?"

고개를 끄덕인 둘째가 뜬금없이 물었다.

"언니는 내가 그린 그림들을 보면 어떤 생각이 들어요?"

"어떤 생각? 크게 생각해본 적 없는데."

"그래도 있을 것 같은데요. 떠오르는 생각들이요."

"그냥 신기해. 내 동생의 작은 손과 눈망울에 어떻게 이 커다란 자연이 이렇게 자연스럽게 담겨 있을 수 있는지 그저 놀라울 뿐이지. 너는? 넌 네가 그린 그림들을 보면 무슨 생각이 들어?"

둘째가 언니를 똑바로 바라보았다.

"뜨겁고……."

"그리고?"

"벗어나는 기분이에요."

"무엇으로부터?"

"모든 것으로부터."

"벗어난다고? 누가 널 가두기라도 했단 말이야?"

"누군가에 의해 갇히는 건, 괴롭힘당하는 건 차라리 괜찮아요. 자기 자신을 괴롭게 하는 자신으로부터 벗어나지 못한다면, 그만큼 답답하고 고통스러운 건 없을 거예요."

둘째의 눈동자가 초롱초롱하게 빛났다.

"맞아요, 그래요."

둘째가 독백을 하듯, 스스로에게 다짐하듯 덧붙였다.

"산과 바다, 그리고 살아 있는 생명이 날 벗어나게 해줘요."

소금기를 머금은 산들바람이 바다 쪽에서 불어왔다. 둘째가 벌떡 일어나더니 자박거리는 발걸음으로 평평한 능선 꼭대기를 걷기 시작했다. 조용하고 규칙적인 발걸음, 지그시 눈을 감은 듯하면서도 바람의 풍취를 더 깊이 느끼기 위해 조심스럽게 한 발짝, 한 발짝 내딛는 모습을 본 첫째는 더 이상 말을 붙이지 않았다.

대신 혼잣말처럼 중얼거렸다.

"에휴, 또 시작했군, 또 시작했어."

한나절을 산에서 보낸 둘째가 스르르 한쪽 구석에 쓰러져 잠이 들었다. 아직 초저녁이었다. 자리옷으로 갈아입지도 않고 입고 있던 옷차림 그대로였다. 몰려오는 피로를 달래려 잠시 눈을 감았던 것이 그대로 깊은 잠에 빠져들고 만 것이다.

저녁을 먹으라고 둘째를 부르러 온 신명화는 방문을 열어보고는 잠이 든 둘째를 발견하고 방안으로 들어갔다. 잠든 딸을 깨우기 위해서는 아니었다. 이씨 부인도 뒤따라 방으로 들어왔다. 호롱불 심지를 댕겨 불을 붙인 신명화는 장롱 위에서 이불을 내려 둘째의 몸에 덮어주었다. 잠결에 둘째가 이불을 힘껏 자신의 품으로 끌어당겼다. 부드러웠다. 깊고 아늑한 부드러움 속에서 깨어나고 싶지 않았다. 머리카락을 가만가만 쓰다듬어주는 아버지의 손길이 더욱 달콤한 잠을 재촉했다.

아늑한 잠의 유혹에 빠져 있던 둘째가 설핏 잠에서 깨어났다. 꿈결인 듯 아닌 듯, 아버지와 어머니가 낮은 목소리로 나누는 대화가 귀에 들어왔기 때문이다. 목소리는 나직했지만 거역할 수 없는 하나의 커다란 벽을 둘러싼, 결론이 나오지 않을 이야기였다. 넘을 수 없는 시대의 벽, 둘의 대화는 그 거대한 벽에 대한 것이었다. 이씨 부인의 음성에는 근심이 짙게 깔려 있었다.

"언제까지, 어떤 결론 없이 이러실 건지 제 마음은 답답합니다."

"무슨 말을 하고 싶은 거요?"

"둘째 말입니다."

"둘째가 왜? 다른 아이들처럼 잘 배우고 잘 자라고 있지 않소. 그러면 된 거지."

"그래서 걱정이란 말입니다."

"잘 배우는 게? 어째서 그게 걱정이란 말이오."

"모르시는 겁니까. 아님, 애써 외면하려 하시는 겁니까."

이씨 부인의 연속되는 질문에 신명화가 답을 하지 않았다. 그것이 이씨 부인의 질문에 대해 이미 답을 알고 있음에 대한 긍정인지도 몰랐다. 이씨 부인이 말을 이었다.

"둘째, 저 아이……, 여자아이입니다. 잊으셨습니까."

이씨 부인이 조심스럽게 자리에서 일어났다. 한마디 더 건네고 싶었지만 생각을 고쳐먹은 듯 입술을 질끈 깨물며 입을 다물었다.

이씨 부인이 밖으로 나간 뒤에도 신명화는 한참 동안 잠든 둘째에게서 눈을 떼지 못했다. 신명화의 마음속에서도 안타까움이 흐느끼듯 고동쳤다.

'여자아이, 여자아이. 정녕 그런 것인가!'

신명화의 손길이 어느새 깊게 잠든 둘째의 이마로 향했다. 몇 가닥 흘러내린 머리카락을 쓸어올렸다. 잠든 둘째의 코와 입에서 배어나오는 옅은 숨결이 신명화의 손가락 마디마디 사이로 세미하게 스며들었다.

'여자아이라면, 그렇다면 여기서 멈춰야 한다는 건가.'

둘째가 크게 한 번, 몸을 뒤척였다. 몸을 뒤척임과 함께 오른손이 이불 위로 올라왔다. 둘째의 오른손등이 신명화의 눈에 와 박혔다. 그 손을 내려다본 신명화는 더욱 번민에 사로잡혔다.

'그림도, 글도, 지혜도, 세상을 보는 눈도 여기서, 여기서 멈춰 세워야만 한다는 건가. 그게 정녕 여자아이가 할 수 있는 전부란 말인가. 정말 고작 이래야 한단 말인가.'

이런 저런 생각이 미로처럼 뒤얽혀 신명화는 자리를 뜨지 못했다. 간간이 옅은 한숨이 이어졌다.

둘째는 눈을 뜨고 싶지 않았다. 하지만 다시 잠의 세계로 들어서지도 못했다. 아까부터 어렴풋이 들려오던, 귓가를 맴도는 소리들이 처음엔 작게, 하지만 나중에는 점점 더 큰 의미의 무게로 내려앉았다. 둘째, 저 아이, 여자아이……. 어머니의 밝지 않은 목소리와 아버지의 무거운 침묵은 무슨 뜻일까.

"깨어났느냐."

둘째가 뒤척이는 것을 본 신명화가 말했다.

"예. 아버지……."

"배고프지 않으면 계속 자거라."

그렇게 신명화는 오랫동안 둘째의 방을 떠나지 않았다. 어린 딸의 방에 우두커니 앉아 희미한 호롱불빛에 의지해 신명화가 보고 또 보고 있는 것은 둘째가 그린 그림들이었다. 기예는 두 가지 갈래를 품고 뻗어 오르는 법이다. 천기의 기예와 부모로부터 물려받은 기예. 자식에게서 자신이 갖고 있던 재능이 이어지는 모습을 지켜보는 부모의 심정은 단 하나의 절박함으로 달아오르기 마련이다. 자녀가 자신에게 물려받은 재능 이상의 재능, 곧 천기의 기예에 도달하기 원하는 갈망.

둘째가 그린 산수화와 초충도를 들여다보는 신명화의 눈빛엔 하늘의 기운을 발견한 듯한 기대감이 배어 있었다. 그런데, 왜 아버지의 눈빛, 그 표정 한구석이 그다지도 슬픈 걸까.

"아버지. 한 가지만요. 한 가지만 알고 싶어요."

갑자기 둘째가 벌떡 일어났다.

"여자아이는 안 되는 겁니까?"

"……!"

"여자는, 여자는……. 안 되는 겁니까?"

신명화가 손을 뻗어 둘째의 뺨을 부드럽게 어루만졌다. 문득 둘째의 뺨을 타고 뜨거운 눈물 한 줄기가 흘러내렸다. 신명화가 말했다.

"하늘은 알 것이다. 사람들은 몰라도 하늘은 알 것이야. 그러니 너는……."

세상에 대한 의문과 질문으로 가득한 딸의 눈빛을 아버지는 차마 마주할 수가 없었다. 고개를 잠시 숙였던 신명화가 고개를 쳐들었다.

"지금 너에게 주어진 것에만 충실해라. 그것이 내가 지금 너에게 해줄 수 있는 말의 전부다."

4. 소녀, 태임을 따를까 합니다

師

任

堂

둘째가 단정하게 무릎을 꿇고 앉은 자리 앞에 펼쳐진 하얀 한지에는 큼지막하게 쓴 세 글자가 앉아 있었다. 단아한 서체로 세로로 쓴 글씨 안에 담긴 호칭이 신명화의 시선을 단박에 사로잡았다. 신명화의 둘째 딸은 종이 위에 적힌 글씨, '사임당'을 자신의 당호로 쓰고, 그렇게 불리기를 요청하고 있었다. 할아버지에게, 아버지에게, 그리고 가족들에게.

"당호를 지었다고?"

신명화 대신 이사온이 말문을 열었다. 오죽헌에서는 이사온이 가장 나이가 많은 어른이긴 했으나 외손주들에게 덕과 행을 가르치고 다스리는 결정권자는 단연 그들의 아버지인 신명화다. 그렇기에 거드는 말을 할 뿐 다른 말을 하지는 못했다.

고개를 숙이고 앉아 있던 둘째가 눈을 들어 외할아버지를 바라보았다. 깊은 눈매와 초롱한 눈망울이었다.

"예, 할아버지."

"사임당이라. 어떤 뜻을 품고 있는지 말해주겠느냐."

기다렸다는 듯 둘째가 또박또박 답했다.

"사는 본받는다는 뜻입니다."

"임은?"

"중국 문왕의 어머니 태임을 뜻합니다."

"그렇다면 사임당은 무슨 뜻이냐?"

"예. 문왕의 어머니 태임을 스승으로 삼고 덕을 통해 널리 사람들을 깨우치고 싶다는 뜻입니다."

"그래. 그 뜻은 음미할 만하구나."

이사온이 침묵을 지키는 신명화를 대신해 입을 열었다.

"하지만 당호라는 건, 뛰어난 업적을 남긴 사대부 남자들에게 주어지는 게 대부분이다. 여성들은 비록 사대부 집안 사람이라 해도 호를 갖는 경우가 거의 없는데."

이씨 부인이 옆에서 거들었다.

"그래. 둘째야. 어린 네가 당호를 짓다니. 가당치도 않아."

거기에 신명화가 질문했다. 정곡을 찌르는 질문이었다.

"호를 지으려는 의도가 무엇이냐? 혹 너의 그림 그리는 재주 때문이냐?"

"……."

"어른들이 천재적이라 칭찬하는 네 재주를 조선 팔도에 알리고 싶은 공명심 때문이냐고 묻는 거다."

"아닙니다."

"그러면 무엇 때문이냐?"

"소녀는 그저 맹랑한 치기에서 제 재능을 과시하고자 호를 지으려는 게 아닙니다."

"그럼 진짜 이유가 무엇이냐?"

"이름이 없기 때문입니다."

"이름이 없어?"

"자기 자신의 뜻을 세우고 그 길을 걸어가기 위해서는 자신을 바로 세워주는 인생의 이름이 필요합니다. 하지만 지금 제겐 이름이 없습니다."

그랬다. 여자에게는 이름이 주어지지 않았다. 둘째의 어머니도, 할머니도, 여자이기 때문에 이름을 갖지 못했다. 신명화가 거듭 물었다.

"이름을 가져서 이루고자 하는 것이 무엇이냐? 세상에 네 이름을 널리 알리고 싶은 거냐?"

"뜻을 이루는 것과 출세를 하는 것은 다르다고 배웠습니다."

"군자의 길을 말하는 게냐."

"예. 그렇습니다."

신명화는 더 묻고 싶었다. 그 물음이 어린 딸의 마음에 상처가 될지라도 어쩔 수 없었다. 다른 형제들도 모두 지켜보는 자리였다. 이들에게도 둘째의 말이 충분한 설득되어야 했다. 그래야만 했다.

이어지는 둘째의 말에는 거역할 수 없는 뜻의 세움이 있었다. 뜻을 세운 학문의 세계에는 나이와 신분의 격차가 있을 수 없었다. 남녀의 차별 또한 없었다.

"제가 호를 짓고 허락받고자 하는 이유는 제가 누구인지 알기 위해서입니다. 사람이 이 땅에 태어나 뜻을 세우고 뜻을 펼쳐나가는 것은 자신을 세우고 내 부모와 벗을 세우고, 더 나아가 함께하는 모든 백성들을 이롭게 하기 위함입니다. 그런데, 이처럼 세워 나가는 이유가 모두 나의 나됨을 깨닫기 위함 아니겠습니까."

"하지만 둘째야, 넌……."

"부인!"

우려 섞인 이씨 부인의 말을 신명화가 가로막았다. 안사람이 어떤 말을 할지 신명화는 분명히 알고 있었다. 이씨 부인은 입을 다물었다. 둘째는 어머니가 어떤 말을 하고 싶어 하는지 누구보다 잘 알고 있었다. 그럼에도 하던 말을 멈추지 않고 이어나갔다.

"이름을 내는 것은 자신을 세상에 내어놓는 것과 같다고 생각합니다. 세상에 내어놓을 때, 가장 잊지 말아야 할 것은 세상 앞에 선 '나'가 군자의 길을 걸어야 한다는 것입니다. 이름을 내고 세상에 나아가는 이유와 목적은 제 자신이 군자의 법도에 어긋나지 않는 길을 걷기 위함, 그 이상도 이하도 아닙니다. 그리고 전 확신합니다……."

'확신'이란 말과 함께 다른 말을 이어가는 동안이었다. 둘째의 흔들리는 눈동자가 아버지를 똑바로 쳐다보았다.

"군자의 길에 남녀가 유별하지 않다는 것을 말입니다, 아버지."

자신을 부르는 둘째의 말에 신명화의 눈동자 역시 크게 흔들렸다. 마음 깊은 곳에서는 어쩌면 여전하게 지속되어오던 둘째에 대한 존재론적 질문이 고동치듯 들려왔다.

'둘째야. 네가 만일 사내아이였다면. 그랬다면 달랐을까. 내 생각이 달라졌을까.'

그렇게 속으로 탄식하는 신명화의 가슴에 둘째의 물음이 날카로운 비수처럼 날아와 박혔다.

"여자아이는 자신의 이름을 가져선 안 되나요?"

"……."

"정말 그런가요?"

신명화의 얼굴빛은 변하지 않았다. 표정 역시 마찬가지였다. 놀라운 표정을 감추지 못하는 건 신명화 앞에 마주보고 앉은 둘째를 바라보는 그의 가족들이었다. 그녀의 형제들 역시 모여 앉은 상태였다. 그 자리엔 이씨 부인도, 신명화의 장인 이사온도 있었다. 외할아버지와 부모, 그리고 형제들까지 모두 모인 자리의 중심에 둘째가 있었다. 조그마한 손과 얼굴, 또렷한 눈망울을 가진 그녀가 무릎을 꿇고 있었다. 시선은 자신과 정면에 마주보고 앉은 아버지만을 향했다.

가족의 중심에는 아버지가 있다. 아버지는 모든 군자의 길, 그 길을 걸어감에 있어 주춧돌이자 대들보였다. 다른 가족을 무시하는 게 아니었다. 가족의 기둥이 아버지였기에 아버지만을 향한 것이다. 아버지와의 시선의 교류 속에 자신의 모든 것을 담아내고 싶었던 것이다.

다른 가족들은 모두 자리를 떴다. 널따란 방에 신명화와 둘째, 두 사람만 남았다. 당호를 짓고자 하는 딸의 뜻을 채워줄 수 있는 첫걸음은 아버지의 허락이었다. 아버지가 불러주지 않는 이름은 상상도 하지 않았다. 아버지 신명화는 어린 소녀에게 거대하고도 아늑한 우주였다. 세상의 전부였다. 아버지의 길이 곧 군자의 길이었다. 아버지의 말이 세상의 이치였다. 그런 아버지에게 인정받지 못하는 당호는 아무 소용이 없었다.

신명화의 침묵이 길어졌다. 천재적인 재주를 가진 존재로서 둘째를 인정하는 것과 어린 딸에게 새로운 이름을 허락해주는 것은 차원이 다른 문제이기에 그의 고민은 깊었다. 다른 형제들과의 형평성 또한 무시할 수 없었다. 더욱이 아내이자 딸들의 어머니인 이씨 부인조차 이름이 없는 상황이다. 그런데 둘째 딸에게만 특별한 의미를 부여하는 것이 가당키나 한가. 한 가문의 가장으로서 쉽게 감당하기 어려운 문제였다.

어느새 방안에 깊은 어둠이 드리웠다. 호롱불조차 켜지 않은 방안은 시간이 갈수록 깊은 어둠 속으로 가라앉았다. 둘째는 무릎을 꿇고 앉은 자세를 바꾸지 않았다. 신명화는 그런 딸을 보며 다른 생각을 할 수 없었다. 먹물을 흩뿌린 듯 어둠이 짙어갔다. 어둠에 익은 신명화의 눈이 꼼짝 않고 앉아 있는 딸의 가녀린 윤곽을 응시했다.

"사임당."

둘째가 고개를 번쩍 들었다. 가녀린 어깨가 떨렸다.

"널 이제부터 사임당으로 부르마."

"……."

"잊지 마라. 군자의 길을 걸어야 한다."

"……!"

"군자의 길, 어머니의 길을 걸어야 한다."

5. 열아홉 사임당

새해가 밝았다. 사임당은 열아홉이 되었다. 아침부터 몸단장을 한다, 세배를 드린다, 인사를 간다, 온 가족이 분주했다. 정갈한 옷으로 갈아입고 어른들께 세배를 하고 인사를 드리러 온 친지들로 방마다 북적거렸다. 다섯 딸들도 치마를 질끈 올려 묶고 붉은 비단 댕기를 드린 머리를 나풀거리며 부엌에서 안채로, 다시 부엌에서 사랑채로 들락거리면서 음식상을 나르고 술을 받아오며 어머니 이씨 부인을 돕느라 분주했다.

이사온과 신명화를 비롯해 집안 어른들에게 덕담을 듣기 위해 모여든 이들로 오죽헌의 새해 아침은 떠들썩했다. 특별한 새해 인사가 있을 때였다. 몇 해 전부터 명절이 되면 어김없이 들려오곤 하던, 사임당의 마음에 파문을 일으키는 말들이 오갔다. 그 말들은 해가 가고 시간이 흐를수록 더 크게 실감되었다.

"둘째야."

떡국이며 부침개가 놓인 소반을 들고 종종걸음 치던 사임당을 이씨 부인이 불렀다. 여전히 이씨 부인이 사임당을 부르는 호칭은 '둘째'였다. 하지만 사임당은 전혀 섭섭하지 않았다. 이씨 부인은 다른 딸들을 부를 때도 첫째는 그저 '첫째'였고, 셋째는 그저 '셋째'였기 때문이었다.

"예, 어머니?"

걸음을 멈추고 둘째가 돌아보았다. 아장아장 걸을 때가 엊그제 같은데 언제 저렇게 훌쩍 자랐나. 이씨 부인은 문득 가슴이 뻐근해졌다. 빨간 댕기를 드리운, 곱게 가르마를 탄 까만 머리채가 고왔다. 자신을 바라보는 깊고 초롱한 눈매가 고왔다. 둘째 딸이지만 큰딸처럼 미덥기만 한 아이.

"잠깐, 나 좀 보자."

"예, 어머니."

사임당이 지나가던 부엌어멈에게 소반을 넘겨주고 종종걸음으로 달려왔다. 먼저 방으로 들어간 이씨 부인은 방석 위에 앉았다. 이씨 부인의 옆에 놓인 방석은 비어 있었다. 신명화의 자리였다. 본채, 설핏 열린 여닫이문 너머로 마당 깊은 집, 오죽헌의 자랑인 소나무 아래 신명화는 뒷짐을 지고 서 있었다. 찬바람이 거세고 거칠게 몰아치는 분위기가 오죽헌의 마당 안팎에 가슴 아픈 서슬로 켜켜이 쌓여 있었다. 이파리 하나 가지에 붙어 있지 않은 겨울나무가 사임당의 눈에 아프게 와 박혔다.

어머니가 무슨 말씀을 하시려는 걸까. 짐작은 하고 있었다. 다만 차마 받아들이고 싶지 않을 뿐. 복잡한 감정이 교차하는 순간 이씨 부인이 입을 열었다. 아니, 어머니의 입을 빌렸지만 사실은 지금 자리를 비운, 찬바람이 몰아치는 마당, 소나무 아래 서 있는 아버지의 뜻이었다.

"둘째야, 이제 새해가 되었으니 네 나이 열아홉이구나."

"예, 어머니."

열아홉. 혼기가 꽉 찬, 아니 혼기가 훌쩍 지난 나이였다. 더 이상은 미룰 수 없는 일이었다. 하지만 둘째의 혼담을 꺼낼 때면 이씨 부인의 마음은 이상하게 무거웠다. 혼담이 화제로 떠오를 때면 딸이 보여주는 어두운 낯빛 탓이었다. 그 그늘은 평소 둘째 딸이 보여주는 진중한 태도와는 많이 달랐다. 감히 거역할 수 없고, 거역해서도 안 되지만, 피할 수만 있다면 피하고 싶은 감정이 한계에 다다른 그늘이었다. 예상은 하고 있었지만 새해 첫날에 혼담을 전해들은 사임당의 얼굴에는 다시 그늘이 내렸다.

그러나 이씨 부인은 둘째가 어머니로서, 한 여자로서 받아들여야 할 기꺼운 미덕으로 받아들이길 원했다.

"여자라면 한 집안의 일원이 되어 그 가문의 혈통을 잇는 일에 모든 인생의 기쁨을 맞춰 나가야 할 것이야. 둘째야, 너도 그런 길을 밟아가야 해."

"어머니. 말씀하신 뜻은 잘 알겠습니다. 하지만 전 아직……."

"둘째야……."

말 안 해도 네 마음 어미가 다 안다, 어머니의 눈은 그렇게 말하고 있었다. 용인 이씨 집안의 자손으로, 신씨 가문에 시집은 왔으나 친정살이를 하며 역시 부모를 모시고 있는 이씨 부인이었다. 효부로 일대에 소문이 자자할 정도로 부모 봉양과 지아비 섬기기를 하늘같이 하는 이씨 부인이었다. 하지만 어려서부터 유난히 생각이 깊고 바르고 하나를 가르치면 열을 알 정도로 총명했으며, 손끝이 여물어 자수며 그림이며 무엇 하나 빠지지 않는 둘째를 그저 한 지아비의 배필로 짝지워 보내는 것이 썩 내키지는 않았다. 그러나 조선 팔도의 모든 여인의 운명은 결국 정해져 있는 것 아니던가. 이씨 부인 자신도 벗어나지 못했고, 총명하고 재주 많은 둘째 역시 벗어날 수 없을 것이다. 그것이 이씨 부인이 알고 있는 세상만물의 이치였다.

"어머니."

"말해보렴, 둘째야. 네가 정말 원하는 건 뭐냐? 여자로서 지켜야 할 순리를 버리고 역리의 삶을 선택하겠다는 건 아니겠지?"

"그렇진 않아요. 어머니. 혼인을 하고 지아비를 만나고 가정을 꾸려 자녀를 잉태하는 것, 그 순리를 거역하고 싶진 않아요."

"그런데 무엇이 네 얼굴에 그늘을 만드는 게냐? 답답하구나, 이 에미에게 속 시원히 털어놓을 순 없겠니?"

사임당은 순리라는 말 속에 담겨 있는 보이지 않는 압력을 모른 척할 수 없었다. 그건 모른 척할 수 있는 문제가 아니었다. 하지만 그 다음 말을 사임당은 이어가지 못했다. 어머니 이씨 부인이 당연히 믿고 따르는 여자의 길을 잘못된 생각이라고 감히 말할 자신이 없었다. 그건 어머니의 삶을 송두리째 부정하는 것이기 때문이었다.

사임당의 생각 속엔 절대의 규칙과 엄존하는 당위가 자리 잡고 있었다. 하고 싶은 말이 머릿속을 가득 채우고 있는 것도 사실이었다. 하지만 사임당은 끝내 말을 꺼내지 못했다.

사임당의 속내는 다른 데 있었다. 여자로서 혼인을 하면 친정인 강릉을 떠나야 하는 것도 도리에 맞았다. 하지만 또 한편으로는 이곳을 떠나선 안 된다는 번민이 그녀의 마음을 아프게 사로잡았다. 그녀를 강릉 오죽헌에서 벗어나지 못하게 하는 대상이 있었다. 바로 아버지였다. 그가, 그 대상이 지금 본채 앞마당에 우뚝 서 있다. 그는 이 모든 번민에 대한 답을 갖고 있을까. 사임당의 시선이 다시 문 밖으로 향했다. 그녀에게 이씨 부인의 말이 이어졌다. 그 말은 무거운 짐이라기보다는 부질없는 파도의 포말과 같았다.

"둘째야. 널 너무 아끼기 때문에 더더욱 네가 순리에 따랐으면 하는 마음이야. 너의 총명함과 네가 가진 비범한 재주를 모르진 않지만 이 어미는 네가 평범한 여자로서의 행복을 찾아갔으면 좋겠다."

마당은 훨씬 더 추웠다. 추운 날씨 한가운데 칼바람을 온 몸으로 맞으며 아버지가 서 있었다. 사임당이 가까이 다가가도 신명화는 미동도 않았다.

아버지를 바라보는 딸의 시선이 이보다 간절하고 복잡할 수 있을까. 그러나 신명화는 둘째 딸의 입에서 새어나오는 하얀 입김을 무심한 시선으로 보았다.

"아버지, 추운데 왜 밖에 나와 계세요. 고뿔이라도 걸리면 어찌 시려고."

"네 어미와 할 이야기는 다 했느냐."

사임당의 근심어린 염려에는 대답도 하지 않았다. 예상대로였다. 혼담은 아버지 신명화가 먼저 꺼낸 것이었다. 사임당이 고개를 돌려 나무를 바라봤다. 방금 전까지 아버지가 바라보던 푸른 소나무. 사임당의 침묵을 자신의 질문에 대한 긍정으로 읽은 신명화가 말을 이었다.

"작년 말부터 눈여겨 봐두었던 선비가 있다. 다음 달에 우리 집에서 보기로 했어."

"예."

낮은 목소리로 사임당이 말했다. 아버지의 말에 따르겠다는 순응의 목소리였다. 그러나 그 밑바닥엔 간절하고 절박한 무언의 호소가 깔려 있었다. 그녀가 말을 이었다.

"하지만 아버지. 혼인은 꼭 해야만 하는 것입니까?"

"그게 무슨 소리냐? 혼인은 인륜지대사다. 네가 무슨 커다란 흠이 있는 게 아닌데, 무슨 이유로 혼인에 대해 그리 부정적인 생각을 갖는 게냐."

신명화의 음성은 차갑고 매서웠다. 언제나 온화하고 다정하던 음성은 들을 수 없었다. 이제는 끊어내야 한다는 뜻이리라. 사임당은 말을 잇지 못했다. 목울대까지 차오르는 말들이 너무나 많았으나 입 밖으로 나오지 않았다. 한 번도 자신의 뜻과 의지를 가로막은 적이 없는 아버지였다. 그러므로 사임당 역시 아버지의 뜻을 거스르는 말을 한다는 것을 상상도 할 수 없었다. 자꾸 눈물이 솟구치려 해 저절로 고개가 숙여졌다.

"바람이 차다. 어서 들어가라."

망부석처럼 서 있던 신명화가 몸을 돌렸다.

'싫습니다, 아버지! 아버지 곁에 머물게 해주세요!'

차마 하지 못한 그 말. 아버지의 뒷모습이 부옇게 흐려졌다. 차가운 겨울바람이 붉은 댕기를 드리운 머리채를 사정없이 휘감아 때렸다.

6. 상견례

젊은 선비가 수줍은 듯 실없는 웃음기를 얼굴에서 거두지 않았다. 신명화는 그를 찬찬히 바라보았다. 선한 눈매와 모나지 않은 얼굴이 마음에 들었다. 작은 체구는 아니지만 전체적으로 부드러운 어깨 골격, 스물둘이라는 젊은 나이임에도 다소 후덕해 보이는 하체가 성품의 유함을 느끼게 해주었다.

하지만 신명화의 마음 한 구석에는 깊은 실망감이 스멀스멀 일어났다. 유해보이는 성품은 탓할 것이 못 되었으나 내심 기대했던 일말의 총기를 찾아볼 수 없다는 것이 문제였다. 남아로서 큰 뜻을 품는 열정에는 두 가지 방향이 있다. 하나는 출세에 대한 야망이며, 또 하나는 선비의 길에 대한 야망이다. 신명화의 가슴을 들끓게 했던 것은 혼란과 야망으로 뒤섞인 출세를 꿈꾸는 것이 아니라, 선비로서 곧은 뜻을 세우고 학문의 열정을 불태우는 일이었다. 신명화는 둘째 사위가 될 이 젊은이에게 선비로써의 곧은 야망을 원했다. 하지만 해맑게 웃는 이 젊은이는 여지없이 기대를 배신했다. 젊은이의 입에서 나오는 말에서는 학문의 깊이나 선비의 의지를 찾아보기 어려웠다.

젊은이의 이름은 이원수. 덕수 이씨 가문으로 충무공 이순신과 18촌 동행 간으로 알려져 있었다. 덕수 이씨 가문은 대대로 벼슬을 한 명문가였지만 영광의 젖줄은 이어지지 못했다. 조부 이의석까지는 경주판관을 지냈지만 그의 아버지 이천은 벼슬길에 오르지 못한 채 스물넷 젊은 나이에 세상을 등지고 말았다. 아버지를 여의었을 때 이원수는 겨우 여섯 살이었다. 홀어머니 손에 키워진 이원수는 학문에 큰 뜻을 두지도, 그렇다고 대차거나 뚜렷한 야망을 품지도 않은 젊은이로 자랐다. 그것은 어쩌면 천성과도 같은 우유부단하고 유약한 성품 탓일지도 모른다.

신명화가 이원수한테서 한 터럭의 총기도 찾아볼 수 없는 이유는 그 때문이었다.

"이렇게 강릉까지 내려오게 해서 미안허이."

신명화의 부드러운 음성이 방안의 깊고 어색한 침묵을 환기시켰다. 이원수가 손사래를 치며 응대했다.

"아닙니다. 무슨 말씀을요. 마땅히 제가 와야지요."

"아니야. 이렇게 신랑 될 사람을 부르는 건 도리가 아니지."

"아무려면 어떻습니까."

넉살을 섞은 말을 이어가면서 이원수의 눈이 두리번거리며 누군가를 찾았다.

"저기 그런데……, 강릉에 내려와서 소문을 들었는데 정말 대단한 여성이더군요."

"그런가?"

신명화는 부드럽게 대답하며 설핏 열린 방문 밖을 힐끗 내다보았다. 이원수의 시선도 신명화를 따라왔다.

마당 한쪽 오래된 소나무 아래 사임당이 서 있었다. 이씨 부인의 명이었지만 한편으로는 호기심이 일었다. 보고 싶었다. 지아비가 될 선비의 얼굴을. 설핏 열려 있는 방문 틈새로 아버지 맞은편에 앉아 있는 젊은 선비가 보였다. 또렷하게 보이지는 않았지만 날카로운 느낌보다는 온유한 느낌이었다. 방문을 넘어 마당까지 호방하면서도 해맑은 웃음소리가 들려왔다. 그 웃음소리에 문득 가슴이 설레었다. 앞으로 몇 십 년을 한솥밥을 먹고 한 이불을 덮고 믿고 따라야 할 사람이었다. 아버지를 닮은 선비였으면 좋겠다는 생각과 더불어 문득 얼굴이 발갛게 달아올랐다.

사임당은 애꿎은 옷고름을 풀었다 감았다 하면서 힐끔 고개를 돌려 안채를 보았다. 이원수가 열린 문 사이로 자신을 바라보고 있었다. 화들짝 놀란 사임당은 몸을 돌려 부엌으로 종종걸음으로 달음질쳤다.

"자네, 글 읽기는 좋아하는가?"

"아. 그게, 좋아서 읽는다기보다는 세상을 더 의미 있게 이해하기 위해서 읽으려고 노력하고 있습니다."

"좋아하는 경구나 시구는 있는가?"

"아, 딱히 어느 하나를 분명히 낙점하여 좋아하는 편이 아니라
서요……."

"그렇다면……."

신명화가 조금은 미심쩍은 표정을 지으며 질문을 이어갔다. 그
러자 이원수가 다시 산만해졌다. 맞은편에 앉아 있는 신명화를 쳐
다보지 못하는 분위기였다. 신명화는 이원수를 다그칠 마음이 전
혀 없었다. 한양에서 한달음에 달려온 손님이었다. 그래서일까. 오
히려 자신을 어려워하는 이원수가 부담스럽게 느껴졌다.

"뜻을 어느 쪽에다 두고 있는지 물어도 되겠나?"

"뜻? 아, 뜻 말입니까."

이원수가 잠시 망설이다 곧 말을 이었다.

"예법을 중히 여기고 조선 역사에 기여할 수 있는……."

내색하지 않으려 했지만 신명화는 자신도 모르게 미간이 찌푸
려졌다. 적어도 사내라면, 조선의 선비라면 자신이 가야 할 방향
을 명확히 정하고 그렇게 세운 뜻을 언제, 어디서든 당당하게 말
할 수 있어야 하는 것 아닌가. 하지만 이원수는 그런 종류의 질문
은 처음 받아봤다는 식의 당황스러워 하는 모습이 역력했다.

딱히 이어갈 말이 생각나지 않았던 듯 이원수가 말을 스스로 마
무리했다. 그리고 웃음 지으며 말했다. 화제를 돌리는 다른 말이
었고, 시선은 신명화가 아닌 옆에 앉아 있는 이씨 부인을 향했다.

"허허. 강릉의 하늘은 참으로 맑고 푸르네요. 정신까지 맑아지

는 기분입니다."

이원수가 머리를 주억거리며 웃음을 지었다. 사람 좋은 웃음은 여전했다.

신명화가 몇 가지 더 질문하려 했다. 하지만 그때, 이씨 부인이 슬그머니 남편의 말을 가로채고 말을 이었다. 이원수의 사람 좋은 웃음이 한 번 더 큰 웃음소리로 연결되기에 충분한 질문이었다.

"보아하니 친구들과의 어울림에 무리가 없을 것 같은데, 내 짐작이 맞는 건가?"

"예. 잘 보셨습니다. 이래봬도 벗들 사이에서는 언제나 불려나오곤 한답니다. 벗들이 항상 저를 찾죠. 제가 없으면 낙이 없다나요, 허허허."

"보기에도 인상이 상대를 편하게 만드는 것 같은데 무슨 겸손의 말인가."

"그렇게 봐주시니 감사할 따름입니다. 허허허."

신명화가 좀 더 묻고 싶었지만 잠시 입을 다물었다. 이원수는 내내 상대하기에 어려운 모습으로 신명화를 대했다. 겉으로는 사람 좋은 웃음을 시종 띠고 있었지만, 이마에 식은땀이 밸 정도로 긴장한 기색이 역력했다. 미래 장인이 될지도 모르는 인물에게 자신의 부족함이 들킬지도 모른다는 생각에 노심초사하는 모습이었던 것이다.

신명화는 마음속 우려를 온전히 씻어내지 못했다. 하지만 곁에 앉아 있던 이씨 부인은 나름 흡족해했다. 처음에 이원수의 기울어진 가문 이야기를 들었을 때 이씨 부인의 실망감은 상당했다. 우리 둘째가 뭐가 아쉬워서, 하는 마음이 무엇보다 강했다. 하지만 이원수의 순한 표정과 웃음을 눈으로 보고는 안도하는 감정으로 기울었다. 둘째의 지나친 천재성과 특출한 비범함을 이원수의 모나지 않은 성품이 잘 감싸 안아줄 것으로 기대했다. 하지만 신명화는 달랐다. 신명화가 마음속 깊은 실망감과 다르게 이원수를 사윗감으로 낙점한 진짜 이유는 다른 데 있었다.

이씨 부인이 자리를 뜬 뒤 이원수와 신명화, 둘만 남았을 때였다. 어색한 침묵 끝에 신명화가 무겁게 입을 열었다.

"어머니에게 이야기는 들었는가?"

"예? 무슨 이야기……, 말입니까?"

흠, 신명화가 한 번 헛기침했다.

"혼인을 하면 이곳 오죽헌에서 사는 이야기 말일세."

"아, 예. 말씀 들었습니다."

이원수가 고개를 끄덕이며 다시 한 번 사람 좋은 웃음을 지어 보였다.

"그래, 자네 뜻은 어떤가?"

"하하, 제 생각이 뭐 중요한가요? 어른들이 결정하신 일인데요."

이원수의 그 말이 오히려 신명화의 마음을 더욱 무겁게 했다. 이원수는 분명 마음의 굳은 결심을 하지 않고 있는 상태였다. 신명화는 이원수에게 자신의 뜻을 분명히 해두고 싶었다. 눈에 넣어도 아프지 않을 둘째 사임당을 자신의 곁에 두고 싶어 하는 뜻 말이다.

"자네도 알다시피 내가 딸을 여럿 두었네."

긴 침묵이 이어진 뒤 신명화가 처음 꺼낸 말이었다. 침묵의 골이 깊어서일까. 이원수의 표정도 한층 무겁게 가라앉았다.

이원수의 자세에서도 긴장한 기색이 역력했다. 신명화는 그와 눈빛을 마주하지 않고 그 어떤 곳, 초점이 분명하지 않은 곳을 응시했다. 이원수는 잠자코 신명화의 말을 기다렸다.

어쩌면 둘째 사위가 될지도 모를 이원수를 바라보는 신명화의 눈빛에는 딸을 보내는 아비의 형언할 수 없는 감정이 격렬하게 소용돌이치고 있었다.

명문가의 자손이지만 일찍 아버지를 여의고 홀어머니 손에 의해 자라난 젊은이, 둘째 딸 사임당의 배필로 자신이 심사숙고 끝에 결정한 젊은이. 그건 다른 누구도 아닌 신명화 그 자신의 선택이고 결론이었다.

하지만 감정의 소용돌이는 신명화를 또 다른 혼란 속으로 밀어 넣었다. 그의 마음속에서는 뿌리 깊은, 격렬한 소용돌이가 휘몰아쳤다.

'과연 내 선택이……, 내 선택이 옳은 걸까.'

사임당을 생각하면 할수록 신명화의 마음속에서는 깊은 회의감이 요동쳤다.

'왜 계집아이로 태어났느냐'는 생각을 하루에도 십 수 번씩 하게 만드는 남다른 총기를 가진 아이. 신명화에게 사임당은 그런 존재였다.

신명화의 길어지는 침묵을 참다못한 이원수가 조심스럽게 말문을 열었다.

"말씀하십시오."

신명화도 더는 망설이지 않았다.

"내가 딸을 여럿 두었지만……. 자네에게 허락할 둘째만큼은 내 곁에서 떠나게 할 수 없네."

신명화가 나지막하게, 하지만 단호한 한마디 내뱉고는 굳게 입을 다물었다. 그 단호한 뜻을 제대로 읽은 것일까. 잠시 후, 이원수가 사람 좋은 웃음을 얼굴 가득 머금고 말문을 열었다.

"어떤 뜻이신지 잘 알겠습니다. 혼인을 하게 되면 여기에 와 살겠습니다."

"괜찮겠는가."

"원하신다면요."

"자네의 호방한 마음이 맘에 드는군."

호방하다는 말에 용기를 얻은 걸까, 이원수가 한 번 크게 웃었다. 너무 크게 웃어서 멋쩍었는지, 웃음 끝에 말했다.

"요즘 같은 세상에 처가살이야 흉도 아니지 않습니다. 제 지기들 중에도 처가살이를 하고 있는 녀석들이 꽤 많구요. 게다가 이곳 강릉처럼 물 좋고 공기 좋고 사람 좋은 곳을 마다할 까닭이 있겠습니까. 안 그렇습니까, 하하!"

7. 혼인 전야

신명화의 고심은 깊어졌다.

한 가문을 이끄는 가장의 뜻은 가문을 이어가는 절대적인 힘으로 작용하는 법이다. 홀어머니 밑에서 자라난 스물두 살의 이원수를 강릉 자신의 집인 오죽헌에서 한 번 마주한 신명화는 이후 며칠 동안 고심을 거듭했다. 그리고 결국 이원수를 사위로 맞아들이기로 결심했다.

시작부터 기울어진 혼사라는 것을 인지한 걸까. 이원수와 그의 어머니 홍씨는 신명화의 결정만을 기다렸다. 그의 혼인 결정이 내려지자 두말하지 않고 따랐다.

사임당은 아버지의 말을 거역하지 않았다. 자신이 성장하는 데 있어서 걸림돌이 되지나 않을까 노심초사하는 아버지의 모습이 눈에 밟히던 사임당이었다. 그런 아버지가 정한 배필이었다. 아버지의 눈에 든 배필이라면 그것으로 충분했다.

하지만 혼인 결정이 있은 뒤 백년가약을 맺기로 한 날이 다가올수록 불안함이 밀물처럼 밀려오는 건 어찌할 수 없었다. 그가 처음 아버지와 얼굴을 맞댄 그날, 열린 방 문 너머로 흘낏 바라본 게 전부였다. 미래의 지아비 이원수의 첫인상은 사람 좋은 웃음, 마냥 허허대는 표정에 한가득 담긴 순박함으로 인해 유약해 보이기도 했고, 어쩌면 진중하지 못해 보이기도 했다.

이원수의 첫인상에 대한 평가는 보는 사람마다 달랐다. 어머니 이씨 부인은 사임당에게 사위 이원수의 순박하고 사람 좋은 웃음이 마음을 너그럽게 한다고 말했다.

"모난 돌이 정 맞는다고. 순리를 거슬러 출세와 야망에 눈먼 사내나 그런 사내 곁에서 떡고물이나 받아먹으려고 하는 이들은 모두 허세나 부리는 가문의 자제들이 대부분이란다. 그런 사내에게 시집을 가면, 그 집 귀신이 되어서도 제사며 집안일 뒤치다꺼리하느라 뼈가 삭을지도 몰라. 그러니 저 사내를 선택하는 건 감정적으로 받아들일 게 아니라 정말 좋은 선택일지도 몰라."

이씨 부인의 지나가듯 흘린 말은 아버지의 뜻이기도 했다. 사임당도 부모님의 뜻을 모르는 바 아니다. 1년에 한두 번 제사를 올리는 것으로 가정의 대소사를 마무리할 수 있는 이원수의 집안으로 시집가는 것이 사임당 자신을 위해서라도 반드시 필요한 일인 것은 사실이었다.

혼례일이 정해진 뒤로 사임당은 붓 한 번 제대로 잡아보지 못했다. 마음이 쉽게 다스려지지 않았다. 가슴속에서는 여전히 깊은 열정이 끓어올랐으나 그 열정이 활짝 피어나기에는 뭔가 부족했고 불안했다. 창 밖에서 지저귀는 산새의 울음소리, 산들바람에 세미하게 흔들리는 초목의 잎, 온통 초록으로 물들어가는 계절의 변화가 사임당의 영혼을 설레게 했다. 하지만 그녀는 붓을 들어 화폭에 옮기고 싶은 열정을 억눌러야 했다. 하루하루 다가오는 혼례를 앞둔 알 수 없는 신부의 불안감 때문일까. 사임당은 손에 붓을 쥐었다가도 마음이 어지러워 맥없이 벼루 위에 내려놓아버리곤 했다.

어느덧 다가온 혼례 전날. 혼례조차 강릉에서 치르는 탓에 오죽헌의 혼인 하루 전은 분주함과 설렘으로 가득했다. 오죽헌 안팎이 잔치 분위기였다.

시끌벅적한 낮 시간이 지나고 해가 진 뒤 깊은 어둠이 찾아왔다. 잔치 분위기와 다르게 오죽헌 별채에 있던 사임당의 방은 온통 어둠과 침묵뿐이었다. 다른 날들보다 더 깊은 침묵이 감돌았다. 쉽게 잠을 이룰 수 없는 사임당의 귀에 마당에서 익숙한 발소리가 들려왔다. 마당에 떨어진 낙엽을 지그시 밟으며 걸어오는, 너무 빠르지도 너무 느리지도 않은 일정한 발걸음. 사임당은 그 발소리의 주인을 본능적으로 알아차렸다. 방문을 열고 밖으로 나왔다.

사임당이 나오는 것을 본 신명화가 별채 마당에서 멈춰 섰다.

사임당은 희미한 달빛에 의지해 아버지의 낯빛을 살폈다. 급작스럽게 뛰어나온 탓에 사임당의 입에서 약간은 거친 숨소리가 허공에 섞여 들었다.

"내일이구나."

"아버지."

할 말이 있었다. 아버지에게 쏟아내고 싶은 한마디가 있었다. 형언할 수 없는 불안함. 하지만 사임당은 말할 수 없었다. 할 말이 입 안 가득 맴돌았지만 그렇게 할 수 없었다. 이젠 아버지에게 더 이상 할 수 없는 말이라고 생각했다. 이미 자신에게 주어진 길이었기 때문이다. 아버지는 최선을 다했다. 신명화는 자신의 둘째, 사임당이 어떤 마음일지 헤아리는 듯 그녀의 마음에 위로가 되는 한마디를 남겼다.

"혼인 후에도 넌 계속 여기에 머무는 거야."

"예. 아버지."

"솔직히 널 보내고 싶지 않다. 마음으로든, 몸으로든."

"아버지……."

"널 보내고 싶지 않았어."

혼인 전날 딸을 보내는 아버지의 민낯이 그대로 드러났다. 사임당은 느낄 수 있었다. 깊은 어둠 속이지만 분명히 느꼈다. 아버지가 그 어둠 속에서 마음 깊이 울고 있다는 걸.

8. 불안한 날들

혼례를 마치고 돌아온 신방. 사임당은 남편을 기다렸다. 남편이 된 이원수는 쉽게 신방 안으로 들어오지 못했다. 한양에서 내려온 친척과 벗들과 떠들썩하고 질펀한 술판이 좀처럼 끝날 기미를 보이지 않았던 것이다. 원래 사람 좋아하고 술 마다하지 않는 이원수는 사람들이 권하는 술잔을 모두 받아마시고 있었다.

신명화도, 이씨 부인도 혼례가 끝난 뒤 본채로 돌아갔다. 하지만 술판은 끝나지 않았다. 손님들의 술판이기에 무를 수도 없는 상황. 사임당은 손님에 대한 자기 나름의 예를 대하는 남편을 신방에서 기다렸다.

남편을 기다리는 동안 자리를 지키고 있던 사임당이 가만히 눈을 들어 신방을 바라봤다. 특별히 달라진 건 없었다. 새 원앙금침이 깔리고 서책들을 보이지 않게 자개장 안에 정리해 넣은 것 외엔 달라진 게 없던 본래 자신의 별채 방이었다. 하지만 이 방은 더 이상 오롯이 자신만의 공간이 될 수 없다. 앞으로는 남편과 함께할 공간이었다.

호롱불 심지가 모두 타들어가도록 신방의 문은 열리지 않았다. 창호지를 바른 방문 너머로 검은 그림자들이 아른거리고 마당에서는 사람들의 왁자한 소리들이 들려왔다. 그럼에도 방문은 열리지 않았다.

사임당은 꼼짝 않고 앉아 있었다. 불현듯 머릿속에 지금까지 보고 그려왔던 수많은 산과 물, 벌레와 포도의 형상들이 오갔다. 할 수만 있다면 무거운 혼례복을 벗어버리고 밖으로 나가고 싶었다. 어릴 적에 그랬듯이 찬바람을 온몸으로 맞으며, 해풍 앞에 오롯이 몸을 맡길 수 있는 야트막한 산 위로 뛰어올라가고 싶었다. 그림을 그리고 싶었다. 먹을 듬뿍 머금은 붓을 드넓은 여백에 처음 갖다댈 때의 그 설렘을 느끼고 싶었다. 하얀 종이 위에 번져가는 먹빛과 더불어 하나씩 둥근 형상을 드러내는 싱싱한 포도알들을 그려내고 싶었다.

그 순간, 현실이 사임당을 일깨웠다. 문이 열리고 신랑 이원수가 들어온 것이다. 이제 사임당의 지아비가 된 남자. 조심스럽게 문을 열고 들어와 예를 갖추는 듯했지만, 이원수는 그대로 이부자리 위에 쓰러졌다. 두 팔을 큰 대자로 벌리고 시선은 천장을 향한 채로. 버선도 벗지 않고 사모관대도 벗지 않은 채로 이원수가 중얼거리듯 말했다.

"미안하오. 친구들이 워낙 붙잡는 통에……."

가까스로 다시 몸을 일으킨 이원수가 말했다. 말이 헛나가는 것을 참기 위해 최대한 느리게 말했다. 그 순간 사임당은 처음으로 남편의 얼굴을 정면에서 보았다. 순박하고 선한 인상이었다. 투박한 생김새에선 영락없는 대장부의 기개가 묻어 있기도 했다. 하지만 사람의 청을 거부할 수 없는 천성적인 유약함이 가득했다. 이원수가 말을 이었다.

"당신, 그림 그리는 재주가 능하다고 들었소. 아니, 능한 정도가 아니지. 신의 경지라는 말도 들었지."

"……."

"허허. 이런 걸 보면 난 천운을 타고난 대장부인 모양이오. 이렇게 총명하고 재주 많은 여인을 부인으로……."

이원수는 채 말을 맺지 못했다. 그대로 곯아떨어져버린 것이었다. 나지막이 코까지 골며 잠든 이원수를 물끄러미 지켜보던 사임당이 몸을 일으켜서 남편의 발에서 버선을 벗겨냈다. 사모관대도 벗겼다. 바지저고리 차림이 된 이원수의 몸에 이불을 덮어주었다. 태평하게 코를 골며 잠들어버린 남편의 얼굴을 물끄러미 내려다봤다. 세상 모든 걱정 근심을 내려놓은 듯 아기같이 천진난만한 표정이었다.

그 모습을 지켜보는 사임당의 얼굴엔 불안과 안도감이 교차했다. 시류에 편승하고 남자로써의 야망을 추구할 만한 재목이 아니라는 사실이 오히려 사임당을 안도케 했다. 이런 어지러운 시대에 야망을 추구한다면 그 과정에서 반드시 다른 선량한 이의 눈에 피눈물을 흘리게 하는 법이다. 사임당은 자신의 지아비가 그런 냉

혈한이기를 원치 않았다.

반대로 불안의 파도가 마음을 온통 휘덮는 것도 사실이었다. 사람 좋아하고 술 좋아하는 이가 세상의 이치와 법도에 대한 가르침에 정진할 수 있을까. 그 걱정은 자신이 추구하는 세계를 한낱 부질없는 아녀자의 한풀이쯤으로 생각하지 않을까 하는 우려로 이어졌다.

불안과 안도감. 두 가지 상반된 감정을 안은 채로 사임당은 겉옷을 벗고 자리에 누웠다. 어느새 깊은 잠의 세계에 빠진 남편의 옆 자리, 그녀의 새로운 자리에.

9. 아버지의 죽음 앞에서

신명화가 자리보전을 했다. 사임당의 혼례를 마친 지 겨우 몇 달 뒤였다. 지병이 있던 것도 아니었다. 역병의 전운에 사로잡힌 것도, 화를 입은 것도 아니었다. 그것이 운명이라고 얘기하려는 것처럼 신명화는 입맛을 잃고 눈에 총기가 흐릿해지고 하체의 힘을 내지 못했다.

가족들이 백방으로 수소문하여 명의를 모셔왔으나 정확한 병명조차 짚어내지 못했다. 진맥을 통해 그들이 입을 모아 말하는 한마디는 언제나 여일했다. 기력 부족이었다. 그러나 처방은 모두 달랐다. 탕제로 요상하게 비어버린 속을 달래야 한다는 의원도 있었다. 반대로 보양식을 통해 원기를 회복하는 게 더 유용할 거란 처방을 내어놓는 의원도 있었다.

가족들의 애끓는 심정과는 다르게 신명화는 초연했다. 조금이라도 기력을 회복한 날이면 신명화는 어김없이 서안(書案) 앞에 앉아 서책을 펼쳐들었다. 현인의 가르침과 이치의 깨달음이 그에게는 모든 것에 앞서는 우선의 법도였기 때문이다. 그 절대의 법도 앞에서 한갓 육신의 허약함이나 질병은 별다른 장애가 되지 못했다. 다만 불편할 뿐이었다.

사임당은 하루 세 번 문안을 드리는 것만으로는 만족하지 못했다. 곁에서 병구완을 직접 하고 싶었다. 하지만 신명화의 태도는 단호했다. 그는 딸의 결의를 몇 마디 말로 일축해버렸다.

"넌 이제 이씨 집안 사람이다. 비록 같은 집에 살고 있다고는 하지만 그걸 잊어서는 안 돼."

"그냥 곁에서 돌볼 수 있도록 해주세요."

"내 몸은 내가 알아서 돌볼 테니 넌 돌아가 계속해서 글을 읽고 그림을 그리거라. 글 읽기를 게을리 하면 잡념에 사로잡힌다. 그럼 그림에서 참된 신명이 달아나기 마련이야. 명심해라."

하지만 사임당은 자신의 방으로 돌아와서도 좀처럼 그림을 그리지 못했다. 이원수는 이미 혼인 전부터 책읽기나 과거 준비 같은 걸 포기한 상태였다. 그는 강릉에서 누리는 한량의 삶에 만족했다. 그 자체는 사임당도 싫지 않았다. 존중할 수 있다고 믿었다. 그렇지만 이원수는 그것만으로는 만족하지 않았다. 그는 부부간의 애욕의 정을 원했다. 언제나 뜨거운 정이 살아 숨 쉬길 원했다. 사임당 역시 법도와 예의의 차원에서 아내된 도리를 다해야 한다는 것을 모르지는 않았다. 하지만 그럴 마음의 틈이 좀처럼 생기지 않았다. 아버지 신명화의 몸 상태와 더불어 무욕의 삶이란 미명하에 자신을 갈고 닦는 일에 아무 관심도 갖지 않는 남편에 대한 실망감이 점점 쌓여갔다.

청명한 가을날이었다. 새벽. 사임당은 여느 날처럼 일찌감치 잠자리에서 눈을 떴다. 귀에 익은 산새소리가 들려왔다. 일어나 앉아 아직 어두컴컴한 방안을 휘 둘러보았다. 어젯밤에도 저잣거리에서 새로 사귄 술친구와 거나하게 한 잔 걸치고 들어온 남편은 여전히 한밤중이었다.

산새들이 둥지를 튼 가을 나무를 바라봤다. 순간 사임당은 다시 한 번 눈을 부릅뜨고 나무를 바라봤다. 잘못 본 것이 아닌가 싶어 눈을 비비고 다시 보았다.

나무의 빛깔이 온통 검은 빛이었다. 잿더미에 내려앉은 숯검정처럼 검은 빛깔로 가득했다. 앙상한 가지들 역시 검은 빛이었다. 손이라도 대면 그대로 와르르 부서져버릴 것만 같았다. 밤새 불에 활활 태워져 이제는 검은 재로만 기억되는 것 같았다. 사임당의 온 몸에 소름이 돋았다.

그리고 그 순간, 한 사람을 떠올렸다. 오죽헌 아침의 빛이 소리 없이 스며들었다. 아버지의 얼굴이 떠올랐다. 갑작스럽게 떠오른 아버지는 온몸과 얼굴이 검은 빛이었다. 허공의 포말처럼 사라져버릴 공허한 신기루처럼 보였다.

그녀가 혼잣말처럼 중얼거렸다.

'아버지……, 안 돼요. 아직은, 아직은 아니에요.'

그녀가 아버지를 부를 때마다 검은 얼굴과 검은 몸을 가진 신명화가 검은 재가 되어 허공 속으로 흩어져 갔다. 메아리조차 번지지 않은 절망의 기운이 내리덮었다. 순간, 사임당의 눈시울이 붉어졌다. 가슴이 먹먹해졌다. 그 먹먹한 마음으로 그녀가 밖으로 나왔다. 신발도 꿰지 않은 채 버선발로 마당으로 걸어 나왔다. 여전히 그녀 앞에 비친 나무는 검은 빛이었다.

그때였다.

"아이고, 아이고……!"

본채에서 어머니의 울음소리가 들렸다. 허공 속 북을 찢는, 생살을 도려내는 듯한 고통스러운 절규. 사임당이 고개를 돌렸다. 한 무리의 산새가 푸드덕 소리를 내며 검은 나뭇가지를 벗어나 허공을 가로질렀다.

상을 치르는 내내 비가 내렸다. 상을 준비하는 사람들, 조문객들을 맞이하는 사람들은 갑자기 방죽이 터져버린 듯 쏟아지는 비를 원망했지만 사임당은 폭포수처럼 거세게 쏟아지는 빗물이 자신의 눈물을 대신해준다는 생각에 오히려 반갑기까지 했다.

유족들은 거칠고 성긴 굴건 제복을 입고 빗줄기를 뚫고 들어오는 상여를 받아들였다. 장마철도 아닌데 비는 그치지 않고 내렸다. 나흘째 되던 날, 유족들 모두가 성복(成服)하는 날에야 비가 그치고 푸른 하늘이 얼굴을 보였다. 유족들은 삼베옷을 입고 가슴에 최를 달고, 대나무 지팡이를 짚고 오죽헌을 오갔다. 한 집안을 대표하는, 아니 강릉 전체를 대표하던 어른이었다.

상을 치르는 내내 사임당은 울지 않았다. 아직 울 준비가 되어 있지 않았다. 마른하늘에 날벼락 같은 죽음이었다. 가장 경사스러운 인륜지대사인 혼인과 천하의 흉사(凶事)인 아버지상이 한 계절에 겹쳐버렸다. 미신에 조금이라도 귀를 기울이는 이들은 신명화의 급작스런 죽음이 둘째 딸 사임당의 혼례와 연관이 있을 거라는 억측 아닌 억측을 하지 않을 수 없었다.

세간의 오해를 달래주기 위해서라도 사임당은 울어야 했다. 아니, 세간의 오해 따위 상관없다고 그녀가 생각했어도, 그렇더라도 그녀는 울어야 했다. 머릿속뿐만이 아닌 가슴을 타고 내려와 육체의 모든 곳에서 아버지의 자애로운 손길과 눈빛이 느껴졌기 때문이다. 자신을 가장 잘 이해해주고 자신의 모든 것을 감싸 안은 존재의 상실이다. 그 상실감이 사임당에게 가져다준 슬픔은 상상을 초월한 것이었다. 가슴이 천 갈래 만 갈래로 찢어졌다.

하지만 그녀는 울지 않았다. 돌연 상갓집으로 변해버린 오죽헌을 상을 치르는 내내 지키면서도 눈물 한 방울 흘리지 않았다. 사임당에게 아버지 신명화는 세상을 또렷하고 진실되게 볼 수 있게 해준 전부였다. 세상을 예술로 볼 수 있는 눈을 잃어버린 상실감이 사임당의 온 몸을 사로잡았다. 아버지의 흔적과 손때가 남아 있는 집안 곳곳을 바라볼 때마다 마음속에서 아프게 아버지가 되살아났다. 하지만 사임당은 아버지의 뜻을 알고 있었다.

'슬픔을 함부로 드러내지 마라.'

'나를 힘들지 않게 보내다오.'

아버지가 그렇게 속삭이는 것 같았다.

사임당은 울음을 참았다. 그 모습을 내내 지켜보던 이씨 부인이 사임당을 불렀다. 조문객들이 물러가고 모든 이들이 깊은 잠에 빠져들던 깊은 밤. 가물거리던 호롱불마저 꺼지고 남은 건 묵묵히 아버지의 영전을 지키는 향불의 어스름한 빛뿐이었다. 그 공간에서 채 잠들지 못한 이씨 부인이 망연히 열린 문 밖, 별들로 가득한 하늘을 바라보며 딸에게 한마디 건넸다.

"둘째야, 너는 슬프지 않은 게냐?"

메마르게 갈라진 목소리. 며칠 만에 들어보는 어머니의 음성인가. 상을 치르는 내내 이씨 부인의 입에서 나온 소리라곤 비탄과 충격의 오열뿐이었다. 사임당은 울다 지친 어머니의 얼굴을 바라보았다. 창졸간에 지아비를 잃은 슬픔, 장례를 치르느라 제대로 먹지도, 눈 한 번 붙이지도 못하고 며칠을 보낸 어머니의 초췌한 얼굴이 눈앞에 있었다.

"……"

"둘째야, 울어라. 울어도 돼."

이씨 부인이 고개를 돌려 사임당을 바라봤다.

순간 사임당은 숨이 끊어질 듯 차오르는 슬픔에 사로잡혔다. 이씨 부인의 눈에서 다시 눈물이 솟아났다. 사임당은 고개를 숙였다. 어머니의 눈물을 마주하고 있을 수 없었다. 그토록 참아왔던 눈물이, 어머니의 눈물 앞에서 무너지려 했다.

"제 마음속에서는 한시도 지체하지 않고 통곡의 소리들이 들려오고 있습니다."

"그런데?"

"하지만 아버지가 제게 가르쳐주신 게 있습니다. 그래서 울지 못합니다. 아니, 울어선 안 됩니다."

"그게 무엇이냐?"

"예와 도입니다."

이씨 부인이 그만 입을 다물었다. 사임당이 조심스럽게, 하지만 분명한 말소리로 말을 이었다.

"사람의 죽고 사는 것 모두 하늘의 뜻이고 이치이며, 이 역시 자연의 법도입니다. 이처럼 큰 자연의 법도 앞에서 사사로운 감정으로 아버지의 갈 길을 가로막아선 안 된다고 배웠습니다. 어머니 저는……."

목이 메었다.

"저는……, 아버지를 편히 보내드리고 싶습니다. 그리고 그 뜻을 오래오래 기억하고 싶습니다. 그래서 사사로운 슬픔의 감정으로 아버지의 죽음을 애도하고 싶지 않습니다. 어머니, 저는……, 저는 다만……."

자신도 모르게 한 줄기 눈물이 볼을 타고 흘러내렸다. 지그시 눈을 감았던 이씨 부인이 눈을 떴다. 그리고 딸의 볼에 흘러내린 한 줄기 눈물을 바라보았다. 이씨 부인이 힘겹게 말문을 열었다.

"둘째야, 네 눈물을 마음에서 보았다."

어머니의 말을 듣자 한 줄기 눈물이 더 흘러내렸다. 가슴속 복받쳐오르는 감정이 사임당을 괴롭게 했다. 애써 참으려 해도 참을 수 있는 한계를 넘어설 것만 같았다.

"아버지와의 약속을 더 소중히 여기는 너의 마음, 모르는 바 아니다. 하지만……."

사임당이 입술을 깨물며 어머니의 다음 말을 기다렸다. 문 밖을 바라보는 이씨 부인의 눈에 다시금 마른 눈물이 그렁거렸다. 울고 또 울어 눈물의 씨가 말라버렸을 거라고 믿었던 자신의 눈에서 다시 눈물이 흘러내릴지도 모른다는 생각에 입술을 깨물었다. 하지만 그녀 역시 흘러내리는 눈물을 막을 수는 없었다.

"이제는 한양으로 올라갈 채비를 해야 할 거야."

"그게 무슨 말씀이세요? 한양으로 올라가다뇨?"

"아버지는 항상 널 곁에 두고 싶어 했지만 이제 저세상 사람이 되었어."

"아니에요. 어머니. 그건 있을 수 없는 일이에요."

"둘째야."

"아버님이 돌아가셨어요. 그리고 지금 어머니는 홀몸이 되셨구요. 그런데 어떻게 홀로 된 어머니를 두고 한양으로 갈 수 있겠어요. 그럴 수 없습니다."

사임당의 태도는 단호했다. 하지만 이씨 부인의 완곡하지만 분명한 의지를 담은 말이 이어졌다.

"넌 이제 다른 집안의 사람이 되었어."

"하지만 부모님이 떠난 자리를 3년 동안은 지켜야 하는 게 예법이고 도리예요. 어머니도 아시잖아요."

"그렇지만 난 이 서방이 걱정되는구나."

"이해해줄 거예요. 전 믿음이 있어요."

"어떤 믿음?"

"서방님의 눈빛에는 순수함이 담겨 있어요. 사람을 위하고 따뜻한 정이 있는 사람이란 사실을 부정할 수 없어요."

"이 서방이 따뜻한 사람인 건 에미도 안다. 그래도……."

"제 뜻을 헤아려주실 거예요. 아버지와도 그렇게 약속했구요."

그렇게 말한 사임당이 몸을 돌려 더 가까이 어머니 곁으로 다가갔다. 그리고 말했다.

"어머니. 제가 지킬게요. 어머니의 허전한 마음과 아버지의 빈자리를 제가 채워드릴게요."

사임당이 몸을 일으켜 이씨 부인에게 다가갔다. 이씨 부인이 가까이 다가온 사임당에게 손을 내밀었다. 이씨 부인의 손이 차가운 사임당의 뺨을 어루만졌다. 얼굴과 몸이 차가운 만큼 흐르는 눈물은 더욱 뜨거웠다.

"울어도 돼. 지금만큼은. 울어도 된다."

어머니의 따뜻한 숨결, 따뜻한 손. 그 온기가 사임당의 얼굴과 온 몸으로 빠르게 스며들었다. 문득 슬픔이 복받쳤다.

"흑!"

더 이상은 참을 수 없었다. 막았두었던 둑이 터지듯, 거침없이 울음이 터졌다. 어깨를 떨며, 그렇게 사임당은 이씨 부인의 품에서 오래오래 오열했다.

어둠 속에서, 두 여인이 부둥켜안고 눈물을 흘리는 광경을 지켜보고 있던 이가 있었다. 사임당을 내내 밖에서 지켜보고 있던 이원수였다.

사임당은 남편이 밖에 서 있을 거라는 생각은 하지 못했다. 하지만 남편은 내내 걱정스런 마음으로 그녀를 기다렸다. 조금이라도 눈을 붙여야 하지 않을까. 조문객들도 얼추 빠져나갔는데 이쯤해서 쉬어도 되지 않을까. 이원수는 갓 혼인한 새색시의 건강과 안녕을 그저 걱정하는 눈빛이었다. 그 눈빛과 정면으로 마주한 사임당. 그제야 그녀도 남편의 얼굴을 정면에서, 그것도 오랫동안 마주할 수 있었다.

이원수가 사임당의 말을 기다렸다. 내색하지는 못했지만 못내 그런 마음이었다. 남편의 그 마음을 모르지 않은 사임당이 먼저 말문을 열었다.

"안색이 많이 수척해지셨습니다."

내내 사임당을 걱정스럽게 바라보던 이원수가 그녀의 말을 듣자마자 손사래를 쳤다.

"무슨 말이요. 나는 괜찮아요."

그리고는 다시 이어진 정적. 이원수와 사임당은 이씨 부인이 나간 뒤 본채 같은 방에 있었다. 깊은 밤이었다. 사임당은 문득 장인의 상을 원만하게 치르기 위해 밤낮 눈을 붙이지 못하던 남편, 이원수가 새삼스럽게 의식되었다. 이원수가 살며시 사임당의 손을 잡았다.

"부인, 본의 아니게 보고 말았소."

"무엇을 말입니까."

"당신이 눈물 흘리는 모습 말이요."

사임당의 시선이 이원수에게로 향했다. 항상 주위가 산만하고 사람 좋은 웃음만 지어 보일 줄 알았던 사람으로 생각했는데, 짙은 어둠 속에서 다시 바라본 이원수의 모습이 더없이 든든하게 느껴졌다. 이원수가 진지한 표정으로, 하지만 여전히 사임당을 어려워하며 말을 이었다.

"미안하오."

"무슨 말씀이세요?"

"내가 별로 도움이 못 되는 거 같아서 말이요."

멋쩍었는지 잡았던 손을 놓은 이원수가 몇 번 헛기침을 하고 주위를 두리번거렸다. 사임당이 달빛에 비친 남편의 눈을 바라봤다. 선한 눈매를 가진 이였다. 이원수는 위선과는 상관없는 무구한 순수를 가진 남자였다. 시선 둘 곳을 찾지 못하던 이원수가 서서히 아내와 눈을 마주했다. 힘겹고 지쳐 보이는 아내의 모습이 안쓰러웠다. 하지만 여전히 단아하고 현숙한 여인의 눈빛이 느껴졌다. 순간 이원수는 마음이 고동쳤다. 난데없는 비극 앞에도 이토록 흔들림 없는 눈빛과 태도를 품고 있는 이가 자신의 아내란 생각이 들자 더할 수 없는 격정이 솟구쳤다. 그런 아내가 말을 열었다.

"부탁 하나만……, 부탁 하나만 해도 될까요?"

"말만 하시오. 부인. 난 당신의 남편이잖소."

"아주 잠시만."

"……?"

"잠시만 제 곁에 계셔주시겠어요?"

"아이고, 부인. 그게 무슨 어려운 부탁이라고."

이원수가 울먹이는 듯한 장탄식을 쏟아내며 사임당의 곁으로 다가갔다. 그리고는 자신의 어깨를 내어주었다. 사임당이 무너지듯 자신의 머리를 이원수의 어깨에 기댔다. 더는 눈물 흘릴 힘도, 버틸 기력도 없었다. 스르르 눈을 감았다. 이원수는 자신의 어깨에 머리를 대고 있는 사임당을 안쓰러운 표정으로 지켜보며 떨리는 목소리로 말했다.

"돌아가신 아버님만큼은 안 되겠지만, 이제부터는 내가 당신의 바람막이가 되어주겠소."

"……."

얼마 안 가 새벽을 알리는 새벽닭의 울음소리가 들렸지만 사임당은 눈을 뜨지 않았다. 언제까지나 이렇게 기대어 있고 싶었다. 아버지 대신이 되어준다는 남편에게.

10. 3년의 애도

신명화의 49재를 지낸 뒤였다. 사임당은 아버지의 죽음을 예와 도에 의한 이치의 기억으로 마음속에 심고자 했다. 하늘의 이치는 그대로 인륜의 이치에 적용되는 법이다. 상을 마치고 난 뒤 사임 당은 자연스럽게 3년이란 시간을 아버지의 3년상을 보내는데 바쳐야 한다고 생각했다.

어른들의 생각은 보다 자유로웠다. 이씨 부인 역시 3년상에 대해 사임당에게 유연하게 생각할 뜻을 내비쳤다. 49재를 지낸 다음 날, 사위와 둘째 딸을 부른 이씨 부인은 말했다.

"아버지의 죽음을 기리는 것이야 당연하다. 하지만 둘째 넌 한 아버지의 딸이기도 하지만 어엿한 이씨 집안의 며느리이기도 하 지 않느냐."

이씨 부인의 말에 이원수의 표정이 밝아졌다. 앞으로 3년이란 시간을 또 다시 강릉에서 보내야 하나, 하는 생각에 가슴이 답답했던 이원수였다. 사임당은 조금은 부당하다는 뜻을 밝혔다.

"어머니."

사임당이 시선을 돌려 이원수를 바라봤다. 그리고 말했다.

"그리고 서방님."

사임당은 둘 모두에게 정확한 자신의 뜻을 밝히고 싶었다.

"아버지의 3년상이 아니더라도 아버지는 저와 함께 이곳 오죽헌에 함께 지내기를 원하셨습니다. 그것은 서방님께서도 약조했던 일, 아니었습니까?"

그 말을 듣는 순간 이원수의 표정이 변했다. 그의 조급한 성미가 터진 것이다. 이원수가 억울하다는 듯 말을 이었다.

"아니, 그거야 아버님이 살아계셨을 때의 약조 아니요? 이젠 아버님이 돌아가셨으니 한양에서 함께 살았으면 하오."

말을 꺼내고 보니 그동안 쌓였던 마음속 응어리가 쏟아져 나오는 모양이었다. 이원수가 이씨 부인과 사임당을 곁눈질하며 말을 이었다.

"말이 나왔으니 말이오만⋯⋯."

이원수가 잠시 말을 멈췄다. 처음엔 사임당의 표정을, 그리고는 장모의 표정을 살폈다. 사임당이 이원수와 정면으로 눈을 맞췄다. 이원수의 마음에선 여러 가지 감정이 어지럽게 교차했다. 한양에 두고 온 홀어머니 얼굴이 떠올랐지만, 동시에 아버지의 상실을 힘들어하는 아내의 얼굴도 지워지지 않았다.

마음속 갈등이 절정에 이르려는 순간, 이원수에게 용기를 준 것은 장모인 이씨 부인이었다. 이씨 부인 역시 마음속 갈등과 불안을 떨칠 수는 없었다. 살아생전 남편이 가장 아끼는 딸이라서만이 아니었다. 사임당은 비록 여자의 몸이지만 누구보다 현숙하고 예법과 도리에 밝았다. 사임당이 옆에 있어주면 남편의 빈자리를 채우는 데 얼마나 든든한 버팀목이 되어줄지 이씨 부인은 잘 알고 있었다. 그런 미더운 딸을 한양으로 보내야 한다는 생각이 어찌 이씨 부인의 마음을 무겁게 하지 않을 수 있겠는가. 하지만 사위의 입장도 헤아려야 했다. 이 순간 이씨 부인은 역지사지를 떠올려야 했다. 사위가 강릉에서 보낸 시간 동안 그가 겪어온 홀어머니에 대한 그리움, 학문과 예술에 밝은 사임당을 통해 알게 모르게 스며든 열등감을 헤아려야 했다. 그래서일까. 이씨 부인은 말을 멈추고 갈등하는 이원수에게 길을 열어주었다.

"괜찮네, 이 서방. 편하게 말하게."

그 말에 용기를 얻은 이원수가 이씨 부인과 눈을 마주치며 말을 이었다.

"난 지금 홀어머니가 혼자 계실 것을 생각하면 한시도 잠을 이룰 수가 없소. 어떻게 보면 어머니는 살아 계셔도 살아 계신 게 아니지 않소?"

두서없는 말을 늘어놓는 지아비의 모습이다. 하지만 사임당은 애써 실망하는 기색을 내비치지 않았다. 때와 장소에 따라 해야 할 말과 하지 말아야 할 말을 가려야 하는 법이다. 그것이 사임당이 알고 있는 예법이었다. 그런 기본적 예법을 한순간에 허물어뜨리는 이원수의 모습에 깊은 실망감이 밀려들었지만 그녀는 마음 깊이 자신의 감정을 눌러 앉혔다. 사사로운 감정의 표출을 일삼아선 안 된다. 또 한편 사임당은 지아비와 아내와의 관계, 더 깊이 들어가 부부관계의 예법에 대해서도 생각해야 했다. 마땅한 도리라면 부부관계는 수평적이어야 할 것이다. 상대의 마음이나 상황을 헤아리는 것, 그것이 참된 예법이며 도리라고 믿었다.

그렇기에 사임당은 남편의 마음, 그 마음의 격동이 빚어낸 지금과 같은 성급하고 실망스러운 모습을 아쉬움으로만 받아들이고 싶지 않았다. 짧은 순간이지만 그녀는 마음의 균형을 찾고 싶었다. 누군가를 원망하고 아쉬워하는 모습을 신명화가 하늘에서 보고 있다면 단호하게 꾸짖으셨을 거라고 그녀는 생각했다.

이런 사임당의 마음을 헤아리는 걸까. 이원수도 말 한마디 한마디에 조심스러움과 신중함을 잃지 않으려 했다.

"물론 당신 마음을 모르는 바 아니오. 이게 도리라는 것도 모르는 바 아니고. 하지만, 하지만 말이오……."

이원수의 목소리가 점점 떨렸다. 장모인 이씨 부인이 안타까운 눈길로 사위를 바라봤다. 사임당 역시 마찬가지였다.

"한 번쯤은 내 어머니 생각도 해주었으면 좋겠소. 혼례를 올린 지 몇 달이 지났는데 우리 어머니는 하나뿐인 며느리 얼굴조차 못 보셨소. 며느리한테 큰절 한 번 못 받았고 말이오. 하나뿐인 아들의 혼례도 보지 못하고 몇 달째 홀로 눈물로 밤을 지새우고 계실 어머니를 생각하면 내 마음이 아파 견디기 힘든 밤을 보낸 적이 한두 번이 아니오."

둘의 눈치를 보던 이씨 부인이 의견을 내놓았다. 일종의 중재안 같은 것이었다.

"3년상을 꼭 치르고 싶은 둘째, 너의 마음을 모르는 바 아니야. 하지만 이 서방 말처럼 언제까지라도 이렇게 지낼 수는 없는 노릇 아니겠니."

이원수가 장모의 말에 추임새를 넣었다.

"맞습니다. 장모님."

"그러니 한양에 인사드리고 오너라. 이 서방, 자네도 내 여식이 3년이란 시간을 아버지의 상을 위해 정성을 쏟고 싶어 하는 마음을 너그럽게 헤아려주게나."

이원수의 표정이 한결 밝아졌다. 당장이라도 짐을 꾸려 아내를 데리고 한양으로 올라가고자 하는 기운으로 가득 찼다. 하지만 사임당의 마음은 확고했다.

"법도를 어길 수 없습니다."

"둘째야."

"전 3년상을 치른 뒤에 시어머님을 찾아뵙겠습니다. 3년상은 자식된 최소한의 도리라고 생각합니다."

"둘째야."

이씨 부인이 완곡한 어조로 사임당을 불렀다. 하지만 이미 사임당의 시선은 이원수를 향하고 있었다.

"당신도 이해해주시길 바라요."

"그렇지만. 이건."

"부탁입니다. 아버지를 생각하는 딸의 마음을 너그러이 헤아려주세요."

그녀는 남편을 이해시키고 싶었다. 3년상을 치르려는 자신의 마음, 그 마음을 이원수가 알아주길 원했다. 사임당이 거듭 말했다.

"아버지의 죽음을 기리는 일입니다. 이건 인륜에 관계된 법도 아닐지요."

"여보."

"엄연한 법도를 두고 흥정하듯 행동할 순 없습니다. 부디 이해해주세요."

할 말을 잃은 이원수를 바라봤다. 감정의 격동에 너무 쉽게 반응하는 모습을 보며 사임당의 마음 한 구석이 다시 아려왔다.

'모질지 못한 이. 하지만 모질지 않기에 나란 여자를 품을 수 있겠지. 그래서 아버지도 이 남자를 내게 허락하신 거야.'

사임당이 한층 부드러운 목소리로 부탁하듯 말했다.

"3년이란 시간은 단지 허비하는 게 아니에요. 죽음을 생각하고 미래의 우리를 위한 일이에요. 그러니 이해해줬으면 좋겠어요."

11. 남편의 정, 아내의 도

3년. 다른 이에게 3년은 숱하게 보낼 세월의 한 조각이겠지만 사임당에게는 달랐다. 사임당에게 3년은 아버지의 흔적을 외면이 아닌 내면에 새기는 시간이었다. 매일 아침, 아버지를 생각하고 그의 뜻을 기리는 마음으로 서책을 펼쳤다. 지저귀는 산새 울음소리와 바람에 이파리가 흔들리는 소리가 들려왔다.

바람소리는 아버지를 그리워하는 사임당에게는 교교히 흐르는 음악이었다. 사임당은 바람의 노래를 들으며 걸음을 옮겼다. 오죽헌 주위를 벗어나지 않는 한도 내에서였다. 자신이 나고 자란 이곳에서 언제나처럼 그 자리를 지키고 있던 아버지의 정과 숨결이 묻어 있는 곳이었다. 상복을 벗지 않은 그녀는 자리조차 아버지의 숨결이 묻어 있는 곳으로부터 멀리 벗어날 생각을 하지 않았다.

가족과 식솔들의 권유에도 사임당은 흔들리지 않았다. 아침에는 바람의 소리를 듣고, 오후와 저녁에는 서책을 읽었다. 저녁에는 신명화를 모신 곳에서 벗어나지 않는 엄격한 예법의 길을 지켜나 갔다.

그 사이, 남편 이원수는 지쳐갔다. 홀로 계신 어머니 홍씨 부인이 염려된다며 한양에 올라가는 일이 잦아졌다. 강릉에 머물러 있는 동안에는 술이 유일한 그의 벗이었다. 사임당의 남편이라는 자격은 이원수에게 무거운 짐과 같았다. 아내를 자랑하는 일에는 언제나 앞장서는 그였다. 그렇지만 정작 그 자신이 아내, 사임당의 그림에 대해 어떤 평가도 할 수 없었다. 그림을 볼 줄 모른다는 게 변명 아닌 변명일 수 있다. 하지만 더 정확히 말하자면 그는 그림이나 글, 고상한 선비의 정신에 대한 비범한 관심을 갖고 있지 못했다.

아내인 사임당처럼 예법에 관련된 글 읽기에도 흥미를 두지 못하지만, 그렇다 해서 저잣거리나 주막 같은 곳을 기웃거리는 일을 대놓고 일삼지도 못했다. 신명화 가문의 사위가 시정잡배들과 어울린다는 소문이라도 들려서는 안 되었기 때문이었다. 상황이 그렇다 보니 강릉에서 이원수가 할 수 있는 일은 홀로 술잔을 기울이는 게 전부였다. 술을 마시지 않는 날이면 불경을 뒤적이며 소일했다.

사임당은 점점 선비의 도리를 다하지 않고 나태한 모습을 보여주는 남편을 두고 보기 어려웠다. 하지만 그는 그녀의 지아비였다. 나태하고 무기력해도, 정 많고 사람 좋아하는, 그래서 때론 유약하고 한없이 철없어 보이기도 하지만, 그래도 품고 가야 할 지아비였다. 사임당은 남편을 가만히 지켜보기로 했다. 그러다 이원수가 자신에 대한 솔직하고 진지한 생각을 가질 때가 오길 기다렸다. 그때가 오면 자신의 뜻을 밝히려 했다. 하지만 정작 사임당의 조언을 들은 이원수는 당황하고 힘들어했다. 말로는 아내의 뜻을 존중한다고 했지만 실천 의지는 좀처럼 생기지 않았다.

어느 날 밤, 잠이 들기 전 이원수가 사임당에게 물었다.

"내가 어떤 인물이었으면 좋겠소?"

술에 취하지는 않았다. 이원수는 솔직한 자신의 속내를 밝히고 아내의 생각을 듣고 싶었다. 사임당은 잠자코 이원수의 다음 말을 기다렸다.

"나도 뭔가 대장부로써 해야 할 일이 있다고 생각하오."

"대장부라고 하셨습니까?"

사임당이 말을 꺼내자 이원수가 망설이지 않고 되받아 말했다.

"맞소. 대장부. 나 역시 사내대장부 아니겠소."

"남자라면, 대장부라면 세상에 태어나 그럭저럭 한세상 살아갈 수는 없죠. 도저히 그럴 수는 없습니다."

사임당의 말에 이원수가 가만히 고개를 끄덕였다. 긍정은 했지만 이상하게도 얼굴이 화끈거렸다. 남편의 얼굴이 붉어지는 것을 알았지만 사임당은 말을 이었다. 한 번 꺼낸 말이다. 말을 세상 밖으로 내보일 때까지는 침묵해야 한다. 하지만 일단 밖으로 말을 쏟아냈을 땐 중도에 멈춰서도, 말꼬리를 감춰서도 안 된다. 끝까지 가야 한다.

"모름지기 남자는 학문을 닦아 세상에서 필요로 하는 사람, 세상을 이롭게 하는 사람이 되어야 할 것입니다."

"그래. 나도 알고 있어. 알고 있단 말이요. 하지만 말이요. 세상이 날 도와주지 않아."

"그렇다면, 서방님. 이 길로 학문을 닦기 위해 길을 떠나시면 어떨까요. 앞으로 5년이 되든, 10년이 되든, 서방님이 학문을 충분히 닦은 뒤에 다시 만나기로 약조하실 수 있나요."

애먼 세상 탓을 하려는 남편의 말을 가로막고 이어지는 사임당의 말에 이원수의 눈이 휘둥그레졌다.

"5년? 10년? 아니 지금, 10년이라고 했소?"

"예. 그것도 최소한의 시간입니다."

"글쎄, 그건……."

잠시 망설이던 이원수가 단호한 사임당의 눈빛과 결기에 짓눌려 이를 모면하기 위한 말을 이었다. 말이라기보다 독백에 가까운 중얼거림이었다.

"알았소. 내 결심하지. 나 역시 사내대장부요. 뜻을 세우고 세상에 이로운, 덕이 되는 인물이 되어야지. 그렇게 하겠소. 까짓것 뜻을 세우고 학문을 제대로 연마하겠다는 데 10년이 대수겠소."

말은 그렇게 하지만 남편의 눈빛은 심할 정도로 흔들렸다. 남편의 흔들리는 눈빛을 보며 사임당은 안타까움을 느꼈다. 겉으로는 결심한다고 골백 번의 다짐을 반복할 것이다. 하지만 사임당은 느낄 수 있었다. 그의 다짐이 공염불에 그칠 거란 사실을. 남편의 흔들리는 눈빛과 표정이 모든 걸 말해주고 있었다.

12. 대관령을 넘어서 한양으로

3년상을 마치고 복을 벗는 날, 이원수는 한껏 마음이 부풀어 올라 있었다. 3년을 기다린 것에 대한 마음과 3년이란 시간 동안 한 치의 흔들림도 없이 아버지에 대한 도리를 다한 아내에 대한 존경심이 마음속에서 교차했다.

하지만 이원수는 자신의 격앙된 심정을 내색하지 않았다. 오랜 마음의 고향과도 같은 오죽헌을 떠나야 하는 아내에 대한 예의가 아니라고 생각했기 때문이다.

이원수의 짐작대로 사임당의 표정은 밝지 못했다. 물론 그건 이원수가 아내의 표정을 보며 스스로 짐작한 바다. 사임당의 실제 표정은 큰 변화가 없었다. 감정을 쉽게 내보이지 않는 단아한 표정은 희로애락도 쉬이 내비치지 않았다. 하지만 사임당의 속마음은 소용돌이쳤다. 평생을 지내온 보금자리를 난생처음 떠나는 것이었다. 한양이라는 낯선 곳에서 한 남자의 아내이자, 시어머님을 모시는 며느리로 새로운 삶을 시작해야 하는 것이다.

마음속 근심은 내내 무거운 죄책감이 되어 사임당의 마음을 아프게 했다. 3년이란 시간 동안 온전히 망자를 향한 효를 다하더라도 부족했을 텐데 그 사이 육욕을 억제하지 못했다는 죄책감이 사임당의 마음을 한없이 무겁게 짓눌렀던 것이다. 그렇게 짓눌린 마음의 근심만큼은 외부로 표출되지 않을 수 없었던 모양이다.

이원수가 한양으로 떠날 채비를 마치고도 내내 속마음을 비추기 어려워하는 이유도 사임당에게서 외면할 수 없는 마음의 그늘을 발견했기 때문이리라. 또한 3년이란 시간이 지나면서 이원수 역시 아내의 변화 없는 표정 속에 담긴 뜻과 감정 정도는 헤아릴 수 있게 된 것도 한 몫 차지하고 있었다.

이원수가 마당으로 나가 오죽헌의 식솔들과 작별인사를 나누던 때였다. 사임당은 아버지의 신위를 모신 본채 한가운데 서 있었다. 아버지에게 마지막 예를 올리기 위함이었다.

예를 올리는 동안 사임당을 뒤에서 묵묵히 지켜보던 이가 있었다. 묵직한 보따리를 품에 안은 이씨 부인이었다. 뒤를 돌아본 사임당의 눈이 어머니의 눈과 마주쳤다. 찰나였지만 사임당은 어머니에게서 말할 수 없이 격렬하고 동시에 안타까운 감정의 뒤섞임을 발견했다.

"아버지가 쓰시던 것들이다."

신명화가 쓰던 붓과 벼루, 종이 등속을 어머니가 챙겨서 보따리에 싸들고 있는 것이다.

"이것을 왜요? 어머니?"

"이제 가면 문방사우 구하기 어려울 것 아니냐."

"제 것도 갖고 가는데요."

"네가 쓰거라."

"……"

"아버지도 둘째 네가 쓰길 원하실 거다."

이씨 부인이 보따리를 사임당의 품에 안겨주었다. 그것을 받아든 사임당의 몸이 자신도 모르게 조금씩 들썩였다. 이씨 부인이 살며시 사임당을 품에 안았다. 살가운 온기, 어머니의 체온이 일시에 사임당의 몸과 정신 깊이 스며들었다. 이내 사임당의 눈시울이 뜨거워졌다.

"다시 널 보지 못할 거라고 생각하니 마음이 뭐라 설명할 길 없이 복잡하구나."

"어머니, 그게 무슨 말씀이세요. 왜 못 본다고 생각하세요."

"넌 이제 이씨 가문의 며느리다. 이곳에 대한 그리움이나 생각은 접어야지."

그렇게 말은 했지만 이씨 부인의 안타까움과 그리움이 더 크고 깊게 전해졌다.

잠시 후, 사임당이 본채를 떠나려 할 때였다. 조심스럽게 본채 문을 열고 이원수가 들어섰다. 그리고는 조심스럽게 장모와 아내를 바라본 뒤 아내에게 물었다.

"당신, 준비는 끝난 거요?"

"예. 나갈게요."

"장모님. 그럼 올라가 보겠습니다."

"이보게."

이씨 부인의 딸을 걱정하는 마음이 한 가득 담겨 있는 표정이 사임당의 마음을 더욱 아프게 했다. 이원수도 진심을 담아 장모의 다음 말을 기다렸다.

"내 딸을 잘 부탁하네. 자네도 이제 아이 아버지가 될 테니 딸을 둔 내 마음을 알 거야."

"예. 약조드리겠습니다. 저희 어머니, 정말 좋은 분입니다. 며느리를 많이 아껴주실 거예요."

"그래. 자네만 믿겠네."

"그럼, 장모님, 이만 올라가보겠습니다. 만수무강하십시오."

이원수가 사임당의 품에서 보따리를 받아들고 방을 나섰다. 이씨 부인은 사임당의 뒷모습을 물끄러미 바라보다 문득 한마디를 입 밖에 냈다.

"사임당."

사임당의 눈동자가 커졌다. 내가 잘못 들은 것인가?

"어머니……?"

"우리 사임당."

처음이었다. 그저 '둘째야'라고만 부르던 어머니, 다른 형제들과의 형평과 우애를 중시하는 이씨 부인이 둘째 딸이 직접 지은 당호로 차마 부를 수 없었음을 왜 모르랴. 하지만 머나먼 한양으로 떠나가는 순간, 이씨 부인은 딸이 그토록 불리고 싶은 이름을 불러주고 싶었다. 어쩌면 이것이 마지막일지도 몰랐다. 나의 어여쁜 딸 사임당. 무탈하게 잘 가라.

한양으로 향하는 가마 안, 흔들리는 산길을 내내 걱정스런 눈길로 지켜보는 건 오히려 이원수였다. 이원수가 걱정스럽게 가마에 오른 사임당을 바라보는 마음을 그녀는 누구보다 더 잘 알고 있었다. 가마가 흔들릴 때마다 사임당은 자신의 아랫배를 쓰다듬듯이 어루만졌다. 체한 것과도 비슷한 더부룩한 느낌이 몸 전체를 아프게 사로잡은 건 몇 주 전부터였다. 아직 눈에 띄게 배가 불러오지는 않았지만 사임당은 뱃속에서 새로운 생명이 자라고 있는 사실을 실감했다.

한양으로 가는 길, 그 길 위에서 사임당은 머릿속을 떠도는 수많은 생각들로 인해 번민했다. 번민할 수밖에 없었다. 3년상의 도리를 온전히 다하지 못했다는 아버지를 향한 마음의 자책, 원치 않았던, 도리가 깨어진 상태에서 받아들인 지아비와의 정, 그 정의 결과물인 생명에 대한 경외심, 번잡한 생각들이 머릿속에서 실타래처럼 뒤엉켜 있었다.

가마가 한 걸음씩 나아갈 때마다 강릉은 멀어지고 한양은 가까워진다는 어찌할 수 없는 현실을 느끼며 사임당은 눈을 감고 가마의 흔들림에 몸을 맡기고 있었다. 얼마나 갔을까. 갑자기 가마가 멈추었다. 이원수가 말을 멈추고 일행을 세운 것이었다.

"한양까지는 먼 길이니 예서 잠깐 쉬었다 갑시다, 부인."

가마가 내려지고 사임당도 밖으로 나왔다. 시원한 바람이 목덜미를 쓰다듬고 지나가는가 싶더니, 눈앞에 펼쳐진 것은 첩첩산중 험준한 고개였다.

"여기는……?"

사임당의 눈이 휘둥그레졌다. 난생처음 보는 높은 산봉우리가 눈앞에 보였다. 쳐다보고 있노라면 아찔한 현기증이 날 지경이었다. 온통 짙푸른 녹음에 둘러싸인 거대한 산. 그리고 녹음에 가려져 드문드문 보이는 좁고 구불구불하게 한없이 이어진 길.

"대관령이라오. 넘어가기가 많이 힘들 것이오. 하지만 한양으로 가려면 반드시 이 고개를 넘어야 한다오."

"그럼, 서방님은 한양에서 오실 때도 이 험준한 고개를 넘어오셨습니까?"

"한 번 넘기가 힘들지, 두 번 세 번 넘다보면 괜찮아지는 것 아니겠소? 부인도 다음에 장모님 뵈러 올 때는 이 고개도 수월하게 다닐 수 있게 될 거요, 하하!"

이원수의 호방한 웃음소리에 사임당도 따라서 미소를 지었다. 유약해 보이기만 하던 지아비가 이 험준한 고개를 몇 번이나 넘어 한양과 강릉을 오갔다니. 문득 지난 3년 동안 한 번도 느껴보지 못한 미더움이 느껴졌다. 그렇다. 이 고개 너머에 기다리고 있을 세계에서 내가 의지할 수 있는 유일한 사람은 지아비 아닌가.

대관령 너머는 어떤 곳일까, 어쩌면 나는 두 번 다시 대관령을 넘지 못하는 건 아닐까. 아니다. 사임당은 세차게 고개를 저었다. 나는 서방님과 시어머니를 모시고 내가 추구할 길을 꿋꿋하게 추구할 것이다. 나는 사임당이니까.

한양에 당도한 것은 날이 뉘엿뉘엿 저물 무렵이었다. 가마가 내려지고 가마뚜껑이 열렸다. 바다 내음을 머금은 강릉의 차갑고 축축한 공기와는 확연히 다른, 매캐한 밥 짓는 연기가 섞인 메마른 볏짚냄새와 흙냄새가 났다.

눈앞에 늙수그레한 여인이 서 있었다.

"아이고, 아가. 어서 오너라."

시어머니 홍씨였다. 반가움과 서운함이 딱 절반씩 담긴 목소리가 사임당을 반겼다. 눈가에는 눈물까지 그렁그렁했다. 사임당은 공손하게 허리를 굽혀 인사를 올렸다.

"어머니, 불초 며느리 이제야 인사 올립니다."

"오냐, 오냐. 어서 방으로 들어가자."

홍씨가 옷고름으로 눈물을 훔쳐내며 며느리의 손을 잡아끌고 안방으로 들어갔다.

처음 홍씨가 자신을 바라보는 시선에서 사임당은 반가움 속에 똬리를 틀고 있는 깊은 슬픔의 기운을 느꼈다. 왜 슬픈지, 슬픈 이유가 무엇인지, 명확히 설명할 수는 없었지만 마음 깊은 곳을 파고드는 슬픔, 가슴을 저릿하게 하는 두려움이 묻어났다.

그렇지만 홍씨의 첫인상은 드세거나 3년 만에 첫인사를 올린 며느리에 대한 미움으로 가득 차 있지는 않았다. 명색이 양반 가문이라 하지만 가문의 높낮이가 도리 없이 존재하는 법. 청상과부인 홍씨가 비록 지방에 있지만 유력한 세도가인 신씨 가문의 여식을 맞이하는 어려움이 사임당에게는 어색한 불편함으로 와 닿았다. 아직 홍씨도, 남편 이원수도 자신의 며느리를, 자신의 아내를 맞아들일 준비가 되어 있지 않았던 탓이다.

"그래, 먼 길 오느라 고생들 많았다."

방안에 앉아 아들 내외의 큰절을 받은 홍씨가 입을 열었다.

"아버님 일은 너무 창졸간에 당해서 마음고생이 많았겠구나."

사임당의 고개가 더 수그러들었다. 문득 잊고 있던 슬픔이 다시 밀려들어 눈물이 쏟아지려는 것을 입술을 깨물고 참았다.

"아버지를 생각하는 마음이 기특하구나."

"……."

"네 아버지를 생각하는 것처럼 이제는 내 아들과 우리 집안도 생각해다오."

"예, 어머니. 명심하겠습니다."

"네가 보다시피 우리 형편이 이것밖에 안 된다. 네가 고생이 많을 게야."

"아닙니다, 어머니."

"보아하니 가마와 봇짐에 화구와 문방사들을 잔뜩 챙겨갖고 왔던데, 그걸 다 모셔둘 곳이 있을지 모르겠다."

"아니에요. 어머니. 이제부터 제가 살 곳이고 어머니를 모실 곳입니다. 제 집처럼 생각할게요."

"그래. 그래야지. 아, 참. 내 정신 좀 보게. 우리 아들 신방을 차려놨는데."

흐뭇하게 고개를 끄덕이던 홍씨가 갑자기 자리에서 벌떡 일어섰다. 사임당과 이원수도 따라 일어섰다. 홍씨가 직접 둘이 잘 곳과 살림 꾸릴 방을 보여주며 정리하기 시작했다.

"정리한다고 했는데, 마음에 들지 모르겠구나."

"어머니. 제가 해도 되는데 힘들게 직접 하셨어요."

"그래도 내 며느리인데, 귀하고 고상한 며느리 아니냐."

자리깨를 봐준 홍씨의 말투엔 범속한 동네 아낙의 말투와 함께 심사가 뒤틀린 중년 아낙의 투정이 스며들어 있었다. 3년 동안 아들을 몇 번 보지도 못하고 혼자 지낸 것에 대한 야속함, 거기에 오랜만에 다시 본 아들의 시선이 온통 새 여자, 며느리에게 집중되어 있는 모습에 심사가 편할 리는 없을 것이다. 그 마음을 모르는 건 아니었지만 며느리가 반가운 마음과 며느리를 향한 야속함을 숨기지 못하고 안달복달하는 마음이 뒤섞인 시어머니를 앞으로 어떻게 대해야 할지 사임당은 혼란스러웠다.

"그런데, 아가. 배가 꽤 부른 것 같구나."

"예?"

난데없는 시어머니의 말에 사임당은 화들짝 놀랐다.

"3년 동안 아버지 상을 위해 묘살이를 했다면서 무슨 경황이 있어 이렇게 아이를 품고 왔는지, 알다가도 모를 일이구나."

순간, 사임당의 얼굴은 새빨갛게 달아올랐다. 옆에 있던 이원수가 말을 돌렸다.

"아이고, 어머니. 원 별 말씀을 다하십니다. 저희는 부부입니다."

"3년 묘살이를 한다고 안 했더냐. 뭐, 손주가 빨리 태어나면 나야 그저 좋을 뿐이다만."

고개를 갸우뚱하던 홍씨와 이원수의 눈이 허공에서 마주쳤다. 이원수가 그만하라는 신호를 보냈다. 홍씨는 모르는 척, 혼잣말처럼 다시 중얼거렸다.

"나야 손주가 빨리 보고 싶다니깐. 좋아서 한 말이지, 그럼."

한양에서의 첫날밤, 잠이 깊도록 사임당은 잠을 이룰 수가 없었다. 어쩌면 당연했다. 그런 아내의 상태를 헤아린 이원수가 말을 건넸다.

"부인, 잠이 오지 않는 거요?"

"아니에요."

"한양에서의 첫날이니 잠을 이루지 못하는 게 당연하겠지. 그래도 어떻게든 눈을 좀 붙이는 게 좋을 거요."

"어머님은 새벽 여명에 일어나신다구요."

"나이가 들수록 아침잠이 없어진다 하지 않소. 그나저나 우리 부인이 피곤해서 어떡하나."

"괜찮아요. 강릉에서도 동이 트면 일어났는데요."

"그래도 그때는 일어나 책도 읽고 그림도 그렸는데……."

이원수가 말끝을 흐렸다. 사임당은 그 순간, 짧은 순간의 틈이지만 그 사이 상당한 진폭을 가진 갈등을 보이는 남편의 고민이 느껴졌다. 이원수는 자신이 사랑해야 할 아내와 동시에 평생 그랬듯이 자신만을 바라보고 있는 어머니 사이에서 어느 편을 들어야 할지를 망설였던 것이다. 하지만 사임당은 그 답을 이미 알고 있었다. 이곳, 한양에 들어서는 순간부터 사임당은 자신의 이름을 기억하는 게 사치스러운 일이 될 거라 짐작했다. 이제부터는 아내, 며느리로, 그리고 앞으로는 어머니로 살아야 하는 것이다.

"이제부터는 당신 내조에 힘쓸게요."

"그러지 않아도 된다고 하지 않았소. 당신이 하고 싶은 일들을 마음껏 하면서 살아요."

"그건 있을 수 없는 일이에요. 전 무엇보다 당신이 이제 이곳에서 새로운 마음가짐으로 새롭게 시작하기를 원해요. 제가 전심을 다해 도울 거구요."

"부인, 새로운 시작이라니, 무슨 말이요?"

이원수의 질문을 받은 사임당이 옅은 숨을 고른 뒤 차분히 말을 이었다. 질문에 대한 질문이었다.

"정말 그걸 몰라서 제게 묻는 건가요?"

"글쎄, 난 그럭저럭 지금도 괜찮다고 생각하는데, 아닌가?"

"여보, 당신은……."

이번에도 사임당은 숨을 골랐다. 감정이 이성을 앞서는 것처럼 일과 관계를 그르치는 일이 없음을 잘 알고 있었다. 차분히 자신의 생각을 풀어놓아야 했다. 잠시 후 그녀가 말을 이었다.

"당신은 이제 한 가정의 가장이에요. 그리고 그보다 더 먼저, 뜻을 세우고 그 뜻을 행해야 할 조선의 선비구요."

"그래서 하고 싶은 말이 조선의 선비답게 출세에 신경 쓰라 이 말이요?"

아내의 의중을 파악한 이원수가 감정을 억제하지 못하고 거침없이 쏟아냈다. 사임당의 내면에서 시어머니 홍씨를 처음 보았을 때와 같은 막막한 슬픔이 다시 한 번 치솟았다.

견디기 쉽지 않은 시간들이 지나갔다. 시어머니 홍씨는 사임당을 향한 두 가지 상반된 감정을 무분별하게 쏟아냈다. 홍씨는 강릉의 천재 화가를 며느리로 맞아들였다며 부러워하는 동네 사람들 앞에서는 며느리를 정말 아끼는 것처럼 대하다가도 그들이 떠나가고 난 다음이면 견딜 수 없는 모멸감에 스스로 힘들어 했다. 사람들이 모여들면 부드러운 말투와 인자한 표정으로 사임당을 대했고, 며느리의 뛰어난 그림 재주를 주책스러울 정도로 자랑하곤 했다. 시어머니의 그런 모습에도 사임당은 고개를 숙이고 침묵을 지켰다. 시어머니의 말에 토를 달거나 해서는 안 된다고 생각했기 때문이다. 그럴 때마다 홍씨의 친구나 홍씨를 조금이라도 알고 있던 사람들은 호기심 반, 시기심 반으로 사임당에게 다음과 같이 말을 건네곤 했다.

"정말 그렇게 그림 실력이 대단한지 보여주면 안 되겠어?"

"맞아. 백문이 불여일견이라고. 직접 보든지 말든지 해야 얼마나 잘 그리는지 알 수 있지 않겠어?"

친구와 지인들이 그렇게 말할 때마다 홍씨 부인은 부러 난처해하며 옆에 앉은 며느리에게 들으라는 듯이 말하곤 했다.

"이 사람들이 참. 그림 그리는 게 뭐 그렇게 방아 찧듯이, 쉽게 쉽게 되는 건 줄 알아? 나 참 사람 난처하게."

"……."

"아가, 너도 그렇지? 이 자리에서 광대처럼 그림을 그린다는 게 말이야. 뭐, 네가 그리겠다면 나야 좋겠다만……."

하지만 여러 어른들이 집에 모였을 때는 뒤틀린 심사를 바닥 아래로 감춰야만 했고 손님들이 떠나고 나면 홍씨는 애먼 타박을 해댔다.

"흥, 서방보다 재주가 뛰어나서 좋겠구나. 내 아들은 점점 더 초라해지고 말이야."

사임당의 배가 점점 불러오면서 홍씨의 뒤틀린 심사도 수위를 한층 높여갔다. 마음 한구석으로는 하나뿐인 며느리에게 잘해주고 싶기도 했지만, 다른 한 구석에 켜켜이 쌓여 있는 뭐라 형용하기 힘든 열등감, 이유 없는 미움이 며느리를 향해 고운 말을 할 수 없도록 만들었다.

그렇게 하루하루가 지나면서 사임당은 밤새 뒤척이며 뜬눈으로 보내곤 하는 날이 늘었다. 그렇게 시간은 흘러갔다.

13. 새로운 분신들

　남자아이일지 여자아이일지 모르는 상황이었지만 사임당은 자신의 뱃속에 생명이 깃든 것에 경외감을 가졌다. 아버지에게 지켜야 할 약속, 자식 된 도리였던 3년상을 제대로 지켜내지 못한 것에 대한 죄책감이 여전히 사임당의 마음을 괴롭혔다. 그럼에도 생명이 하늘의 뜻임은 분명했다. 또한 생명이 허락되는 것을 남녀와 반상의 차별로 나눌 수 없음도 분명했다.

　차별 없이, 순수하게 자신에게서 태어난 첫 생명, 새로운 생명으로 받아들이고 싶었다. 그러나 사임당은 아이를 뱃속에 품었을 때부터 마음속 깊은 곳에서 들끓는 죄책감을 뿌리치지 못했다. 자식 된 도리를 다하지 못했다는 죄책감, 3년이란 시간을 온전히 지키지 못했다는 자괴감이 사임당의 마음과 몸을 괴롭게 했다. 첫 아이를 가진 혹독한 신고식조차 마음이 쓰이지 않을 정도였다. 임신

기간 내내 사임당은 괴로워했다. 그리고 갈등했다. 새 생명에 대한 경외심과 도리를 다하지 못했다는 감정 사이에서의 갈등, 그 진폭은 사임당의 마음속에 깊은 우물을 만들고 있었다.

사임당은 마음 속 우물에서 벗어나기 위해 남편과 교감하길 원했다.

"아이를 낳으면 우리 계획을 세워요."

"어떤 계획 말이오?"

"우리한테 가족이 생기는 거잖아요. 아이를 어떻게 키우고 싶은지 그런 기대나 바람 없어요?"

"아이야 뭐, 다 좋은 거 아닌가? 이 땅에 태어나 잘 먹고 잘 크기를 바라면 되는 거지."

남편은 사임당의 고민과 수심을 거의 알아차리지 못했다. 아무리 둔감하다 해도 자신의 아이를 가진 여자의 온 몸 깊이 파고든 응달의 기운을 감지하지 못할 수는 없다. 그리고 그늘의 원인이 어디에서부터 시작되었는지 최소한 질문할 수는 있었을 것이다. 하지만 이원수는 그렇게 하지 않았다. 말썽을 피운 건 아니었다. 밖으로 나돌거나 난봉질을 하지는 않았다. 하지만 그렇다고 글공부에 정진하지도 않았다. 그는 세상 이치를 깨우치기 위한 어떤 노력도 기울이지 않았다. 그는 공부보다 사람들과 어울리는 게 더 좋았다.

세월을 그렇게 허비하는 사이 이원수가 문득 정신을 차릴 때가 있었다. 사임당의 잔뜩 부풀어 오른 아랫배를 봤을 때였다.

"벌써 이렇게 아랫배가 부풀어 오르다니. 신기하네. 신기해."

"이제 막 산통이 시작될 때에요."

"그렇소? 그동안 고생이 많았겠소. 어디 불편한 데는 없고?"

"여보. 전 말이에요."

"응? 그래. 말해봐요. 뭐 필요한 거 있소?"

"……."

"부부 사이에 못할 말이 뭐가 있겠소? 속 시원히 말해보시오. 내 어떤 청이든 들어줄 테니."

이원수가 물었다. 하지만 사임당은 말하지 못했다. 이원수가 조급증을 참지 못하고 물었지만 사임당은 끝내 말을 잇지 못했다. 어느 때부터인가 사임당은 속마음을 남편에게 털어놓지 못하게 되었다. 남편이 원망스럽거나 말이 통하지 않아서가 아니었다. 그가 이해해줄 수 없는 건 참을 수 있다. 하지만 사임당은 이원수가 자신의 말을 듣고 힘들어하거나 더 자신을 힘들게 하는 고민에 사로잡히는 게 싫었다. 이렇듯 이원수가 그녀의 수심과 걱정에 대해 물었을 때는 이미 늦은 뒤였다.

달이 차서 낳은 아기는 아들이었다. 이름은 선(璿)이라 지었다. 아들을 낳은 기쁨이 가득해야 하는데, 사임당은 마음은 좀 더 어두워졌다. 두려움과 불안의 파도가 더 강하게 물결쳤다. 평안한 태교를 위해 사임당은 최선을 다했다. 악한 생각, 정신을 어지럽히는 환경을 최대한 멀리했다. 그렇게 자신을 지켜나갔다.

하지만 정서적 죄책감만큼은 떨쳐내지 못했다. 마음이 깊은 그늘에서 한 발자국도 벗어나지 못했다. 그 마음 상태로 낳은 아들에게 행여 부작용이라도 일어나지 않을까 하는 두려움이 내내 사임당을 힘들게 했다.

그렇게 얻은 첫아들 선이었다. 사임당은 선이 자신의 정서적 그늘을 이어받지 않기를 간절히 바랐다. 하지만 그녀의 우려는 점점 현실이 되어갔다. 선의 성장을 지켜보면서 사임당은 한 가지 분명한 사실을 확인했다. 맏아들에게서 총기를 찾아보기 힘들다는 우려였다. 그 우려는 시간이 갈수록 분명해졌다.

그렇지만 사임당은 두려움과 상실을 지속하지 않았다. 사임당은 더 간절하게 아이를 얻는 생명 이후의 과정에 더 충실할 것을 마음속 깊이 다짐했다.

마음속 의지는 태교에서부터 교육에 대한 뜻을 세웠던 태임의 가르침으로 이어졌다. 사임당은 시경을 읽고 또 읽었다. 그렇게 세월을 헛된 것으로 허비하지 않으려 했던 그녀였다. 그런 그녀의 신념은 확고했다. 자녀 교육은 어머니의 뱃속에 있을 때부터 시작된다고 그녀는 보았다. 사임당은 자신의 뱃속에 잉태된 생명이 원치 않은 법도의 어긋남이란 생각부터 지우기로 했다. 자신의 머리와 마음을 헤집는 번뇌를 잊고자 했다. 번뇌의 우울함이 자신의 분신 속에 도리없이 흡수될 것 같은 불안이 지워지지 않았기 때문이다.

한양 변두리에 위치한 시댁은 친정에 비하면 초라하기 그지없었다. 남편의 그늘 없이, 명문가의 후광을 잃은 채로 살아온 것이

고스란히 드러나는 세간들. 가차 없는 세월의 흐름 앞에 윤기를 잃은 방안의 장롱과 서안. 오래된 병풍과 낡은 문풍지, 녹이 슨 수저집까지, 친정의 살림살이와는 비교할 수 없었다. 하지만 사임당은 눈에 보이는 것에 현혹되지 않을 자신이 있었다. 그것은 글 속에 담겨 있는 오랜 현인들의 가르침이 뒷받침되기에 가능한 일이었다. 초라한 환경에 실망하지 않고 오직 내면세계에 집중하는 일, 사임당은 뱃속 아이가 자신이 가르침을 받았던 그러한 내면세계의 생명 원리를 함께 깨우쳐주기를 바랐다.

그래서 사임당은 일상생활을 반듯하게 하려 했다. 사임당은 임신한 내내 옆으로 눕지 않았다. 비스듬히 앉는 모습도 보이지 않았다. 외발로 서지 않았고, 조금이라도 야릇하고 현혹적인 향을 내는 음식을 먹지 않았다. 원색의 야한 색깔이나 기운과도 멀리하기 위해 한양으로 올라온 이후, 임신 기간에는 그림 그리는 일을 극도로 자제했다.

하지만 이러한 노력은 온전히 혼자만의 것이 되어갔다. 처음 한양에 올라와 시어머니 홍씨 부인을 만나는 순간에서부터였다. 홍씨 부인의 한마디가 사임당이 힘들게 세운 뜻을 무너뜨렸다.

"가만히 지켜보니 우리 며느리, 참 대단하구나. 유난을 떠는 건지 원……."

하지만 사임당의 마음속에는 굳고 서글픈 결의가 치솟았다. 홍씨 부인은 그저 순박하고 평범한 아녀자였다. 그녀는 아들 이원수를 자신의 치마폭에 휘감았다는 사실을 인정할 수 없었다. 아니, 어떤 것이 아들에 대한 진정한 가르침인지, 무엇이 올바른 이치인지 헤아리지 못했다. 사임당은 천생 여자인 시어머니의 성정을 탓하지 않았다. 사람을 보이는 인성과 내내 쌓여 있는 덕의 소유 여부로 판단하는 것 역시 사람 사는 도리에 어긋난다는 신명화의 가르침이 떠올랐기 때문이다.

더구나 홍씨 부인은 사임당, 그녀의 시어머니다. 한 민족의 기강을 세우는 깊고 거대한 뿌리는 바로 가족이다. 국가의 법도, 그 근간 역시 가족의 도리인 것이다. 그래서일까. 사임당은 어느 때부터인가 입을 다물었다. 굳이 시집살이 벙어리 3년, 귀머거리 3년이란 속담을 떠올리지 않아도 될 만큼 사임당은 침묵했다.

하지만 침묵이 깊어갈수록 마음 한 구석에는 알 수 없는 서글픔이 돋아났다. 어쩔 수 없는 아버지에 대한 그리움도 함께 치솟았다. 아버지와 함께했던 시간이 생각나 견딜 수 없었다.

그럴수록 사임당은 마음속 신들메를 비끄러맸다. 더 이상 누군가에게 위로를 바라는 의존의 마음 역시 태어날 생명에 저해가 된다고 생각했기에 그랬다.

그러나 홍씨 부인은 며느리를 전혀 이해하지 못했다. 단지 며느리가 조심스러운 성격이겠거니 하는 생각이 전부였다. 홍씨 부인은 사임당의 내면세계를 향한 의지를 이해하려 들지 않았다. 그녀는 심지어 사임당의 침묵을 말 못할 타고난 장애가 아닌지 의심까지 할 정도였다. 그만큼 사임당은 말을 아꼈고, 모든 일에 신중을 기했다.

그렇게 시간이 더 흐른 뒤였다. 다시, 새로운 생명이 태어났다. 차갑고 시린 바람이 찢어진 창호지 문틈 사이로 매섭게 파고들던 어느 겨울날이었다. 두 번째로 태어난 생명은 딸이었다.

"계집아이네요."

산파의 목소리가 아득하게 들려왔다. 이마에 한가득 땀방울이 맺힌 채로 사임당은 갓 태어난 소중한 생명에 눈길을 주었다. 가만히 『효경』 한 구절을 머릿속으로 되뇌었다.

　자연의 생명 중 사람이 귀하니, 사람의 행위 가운데 효보다
　더 큰 것은 없다.

14. 작은 사임당 매창

태교에서부터 의지를 보인 결과일까. 맏딸 매창(梅窓)은 사임당이 붓을 손에 쥐었을 때와 손에서 붓을 놓았을 때의 시절과 상관없이 글과 그림에 비범한 재주를 보였다. 이제 막 걸음마를 하려는 시기에서부터 매창은 손에 붓을 쥐었다. 하지만 사임당의 시선이 유독 매창에게 끌리는 이유는 빼어난 그림 실력 때문만이 아니었다. 매창은 어린 나이에도 불구하고 어머니 사임당의 행동을 무리 없이 재현했다.

처음엔 의미를 모른 채 어머니를 따라하는 것뿐이었다. 사임당은 아침에 일어나면 조반을 먹기 전 우선적으로 서책을 펼쳐놓았다. 그 뒤 아침식사를 끝내면 다시 방에 들어가 책을 읽거나 바지런히 움직이며 집안을 정리했다. 그야말로 어머니가 쉬거나 게으름 피우는 모습을 매창은 한 번도 보지 못한 것이다. 어머니의 모습을 그대로 받아들인 매창은 어느 샌가 고사리손에 붓을 쥐기 시작했다. 사임당 역시 큰딸이 그림을 그리거나 글을 쓰기 위해 종이와 안료를 찾는 일을 막지 않았다.

시어머니 홍씨는 계집아이 손에 붓을 쥐여주는 며느리의 태도를 전혀 이해하지 못했다. 대놓고 트집을 잡지는 않았지만 진심으로 알 수 없다는 반응을 보였다.

"왜 계집아이에게 글을 배우게 하고 그림을 그리게 하는지 모르겠구나."

홍씨는 틈만 나면 쯧쯧 혀를 찼고, 사임당은 그런 시어머니의 불평에 차근차근 설명하고자 했다.

"어머님. 딸이든 아들이든 모든 아이들이 조선의 핏줄입니다. 다 같은 하늘 아래 태어나 말을 배우고 세상 이치를 깨우치는 일에 차별이 있으면 안 된다고 생각합니다."

며느리의 말에 홍씨는 뒤틀린 심사를 감추지 않았다.

"그러냐? 아가, 너야 많이 배워서 그런지 모르겠다만 난 도통 모르겠구나. 이렇게 모르는 것도 다 글을 제대로 못 배워서 그런 게냐?"

이럴 때마다 사임당은 그 이상 말하지 않고 입을 다물었다. 시어머니의 심기를 거스르는 말은 삼가는 편이 나았기 때문이었다. 하지만 사임당이 포기할 수 없게 만드는 단 한 가지가 있었다. 매창이 쥐고 있는 붓을 빼앗지 않는 것이었다. 붓을 쥘 수 있도록, 글을 쓰고 그림을 그릴 수 있도록 지켜주는 것이었다. 사임당은 믿었다. 종이 위를 누비는 매창의 자연스러운 손놀림이 그녀의 민음을 더욱 견고하게 해주었다.

매창은 거침이 없었다. 성장하면서 어머니의 반듯한 모습과 함께 내적인 정서를 키워나갔다. 한양은 산과 물에 에워싸여 싱그러운 생동감이 들끓는 강릉과 전혀 달랐다. 마을은 사람들로 넘쳐났다. 더욱이 아이들의 교육 여건에 대해 별 다르게 신경 쓸 겨를이 없던 이원수의 집에서 정서의 풍요를 배울 수 있는 기회는 터무니없이 적었다. 그럼에도 어린 매창의 내면은 격정적으로 뻗어 올랐다. 사임당이 그랬듯이, 눈앞에 보이는 가까운 것들, 마당가에 피어난 화초와 작은 풀벌레 같은 자연을 가감 없이 화폭에 옮겨 담았다.

하지만 사임당은 매창에게 외적으로 보이는 어떤 분방함도 허락하지 않았다. 한 번도 큰소리로 꾸짖지 않았다. 그렇다고 뭐든지 두둔하지도 않았다. 사임당은 엄격한 이치와 예술의 자유, 두 세계 사이의 간극을 스스로 조절해나가는 맏딸의 세계를 마음속 깊이 지지했다. 그와 함께 자신의 내면 깊은 곳에서도 타오르는 불꽃을 지켜봤다.

그리고 이토록 열정적인 불꽃을 자신의 마음 깊이 불태워내는 매창을 볼수록 사임당의 마음은 조급해졌다. 남편 이원수가 더욱 굳은 뜻을 세워주기를 바라는 마음이 강했던 것이다. 하지만 이원수는 전혀 그런 모습을 보여주지 않았다.

사임당이 시어머니 홍씨의 형언할 수 없는 시집살이, 그 미묘한 심리적 갈등을 남편에게 털어놓을 생각은 없었다. 고부간의 시시콜콜한 갈등은 중요하지 않았다. 사임당이 남편에게 바라는 것은 하나였다. 한 가정의 가장이자 조선이란 나라에서 살아가는 한 남자로서 최소한의 자기 뜻을 펼쳐 보이는 것. 오직 그것뿐이었다.

사임당은 남편이 어질고 순한 사람이라는 걸 누구보다 잘 알고 있었다. 아버지가 갑작스레 유명을 달리한 이후, 3년이란 시간 동안 강릉에 있었을 때, 낯선 외지에서 자기 자신보다 아내를 더 챙기려 했던 남편의 모습을 사임당은 잊지 않았다. 그래서 이원수가 뜻을 품으면 굽히지 않을 수 있는 남자라는 믿음을 더더욱 놓치고 싶지 않았다. 한없이 어질고 순한 사람, 사람을 그리워하고 사람에 대한 정을 어떻게든 쏟아내고 싶은 간절함을 가진 사람, 사임당은 남편이 그런 사람임을 믿어 의심치 않았다. 그렇기에 그 깊은 정의 마음을 사람들을 위해 사용하는 사람이 되었으면 하는 바람이 있었다.

하지만 한양에 올라온 이후, 남편에 대한 기대는 조금씩 금이 가기 시작했다. 홀어머니의 치마폭에 감싸인, 또한 자신이 오랫동안 만나왔던 친구들, 주막과 저잣거리 사람들과 어울리던 이원수는 점점 학문에 대한 뜻, 과거에 대한 의지가 흐릿해졌다. 사임당의 눈에 타성에 젖은 남편의 모습이 여과 없이 비쳐졌다.

한양에 올라온 이후부터 내내 이원수는 아내 자랑에 정신이 없었다. 한양으로 올라온 지 얼마 안 되었을 때부터 이원수는 어릴 적부터 알고 지내던 친구들을 데리고 와 아내의 그림 실력을 자랑하곤 했던 것이다.

어느 날, 이원수는 지기들 서넛을 끌고 왁자하게 들이닥쳤다. 해가 서쪽으로 기울어가고 시어머니에게 올릴 저녁 찬거리를 만들기 시작하려던 순간이었다. 사임당은 다듬던 나물을 바구니에 내려놓으며 서둘러 앞치마에 손을 닦고 일행을 맞이했다.

"부인, 갑자기 들이닥치는 것이 예가 아닌 줄은 잘 알고 있사오나, 모처럼 벗들이 모인 터라 이리 결례를 범하게 되었습니다."

일행 중에 끼어 있던 이원수의 죽마고우 김서주가 계면쩍은 얼굴로 말했다.

"어서 안으로 들어가시지요."

방으로 들어간 일행은 사방에 널브러졌다.

"여보, 부인. 내 오늘은 기필코 부인의 그림을 봐야겠소."

이원수가 호기롭게 말했다. 술이 불콰한 얼굴인 것으로 보아 이미 거나하게 들이부은 모양이었다.

"서방님, 말씀드렸다시피 하찮고 미천한 재주에 불과합니다."

사임당은 난감했다.

"뭐 어떻소? 재주가 있으면 편하게 보여주면 되지. 벗들이 이렇게 당신 그림을 보러 오지 않았소. 당신의 그림 솜씨가 장안의 화제란 말이오."

이원수는 화통한 웃음을 쏟아내며 사임당에게 그림을 재촉했다. 하지만 시어머니의 뒤틀린 심사, 그 눈에 벗어나는 일을 하지 않기 위해 화구며 책들을 장롱 깊숙이 넣어버린 지 오래였다. 그런 전후사정을 모르는 이원수의 채근은 계속되었다.

"부인, 어서 보여주시오. 어서."

사임당이 이원수의 표정을 살폈다. 아내의 재주를 자랑하고픈 마음으로만 가득한 얼굴이었고, 그 마음을 사임당은 외면하지 못했다.

"어설프기 짝이 없는 미천한 재주지만 그토록 보고 싶으시다니 한 번 그려보겠습니다. 다만……."

"다만?"

"부족한 재주이니 종이에 그려 두고두고 볼 만한 것이 못 됩니다. 그저 쟁반이나 하나 들여와서 거기에 그려보겠습니다."

사임당이 몸을 일으켜 밖으로 나갔다.

"아이고, 이제야 그 재주를 보는 겐가?"

이원수가 으쓱한 눈빛으로 벗들을 둘러보았고, 방안에 앉은 사람들의 기대에 가득 찬 수런거림이 점차 높아질 때쯤, 사임당이 돌아왔다. 한 손에는 직경이 한 자(30센티미터) 정도 되는 놋쟁반을, 다른 한 손에는 안료가 담긴 통과 붓을 들고 있었다.

놋쟁반이 방바닥에 놓이고 사임당이 천천히, 신중하게 안료를 갰다. 붓에 검정색 안료가 흠뻑 적셔졌다. 붓을 든 사임당의 손이 쟁반 위에서 잠시 머물렀다가 단숨에 쟁반을 부드럽게 스치고 지나갔다. 방안에서는 숨소리 하나 들리지 않았다. 대담한 묵선이 하나 그어졌다. 이어 가는 선이 더해졌다. 그리고 포도알이 한 알 한 알 달리기 시작했다. 둥글고 싱싱한 묵빛 포도알들이 붓이 한 번씩 움직일 때마다 툭툭 튀어나왔다. 포도알이 다 여물자 이번엔 잎사귀가 하나둘 피어나기 시작했다. 포도송이를 살포시 덮은 잎과 주위의 가느다란 덩굴들도 모습을 드러냈다. 순식간에 쟁반 위에 먹음직스러운 포도송이가 열렸다.

사임당이 붓을 놓았다. 그러나 방안에 있던 이들은 벌린 입을 다물지 못하고 꿈쩍도 않고 쟁반을 응시하고 있었다. 방안의 침묵을 깬 사람은 사임당이었다.

"이제 쟁반을 내가서 씻겠습니다."

15. 천재와 범재 사이

맏아들 선을 낳을 때였다.

그때 사임당의 마음 한 곳에는 설렘과 두려움이 요동쳤다. 그래서일까. 그녀는 첫째 선의 성장을 바라보며 늘 조마조마했다. 그 마음은 둘째인 딸 매창에게 느끼는 마음과 분명 달랐다. 딸을 볼 때 품게 되는 열망과 전혀 다른 느낌이었다. 그건 단지 첫째와 둘째의 재능 차이 때문이 아니었다. 선을 대하는 사임당의 마음가짐이 조마조마했던 탓이다. 선은 그녀에게 특별할 수밖에 없었다. 빛과 어두움, 깊은 응달로 함께했기 때문이다.

선은 사임당에게 첫 생명이었다. 처음으로 자신의 뱃속에서 태동을 갖게 해준 존재였다. 그때의 감흥을 그녀는 잊지 못한다. 신비로웠다. 한 여성으로 완성되어간다는 느낌, 동시에 자신이 보고 자라온 자연의 신비가 생명 속으로 환원되는 느낌이었다. 그런 실감은 그녀의 세계를 벅차오르게 했다. 하지만 현실은 가혹했다. 배가 부르기 시작한 몸으로 한양에서 새로운 살림살이를 시작하면서 사임당은 알 수 없는 미래와 부딪혀야 했다. 그럴 때마다 선을 뱃속에 품었을 때의 죄책감이 여지없이 밀려들었다. 3년상의 예법을 제대로 지키지 못했다는 그늘이 그랬다. 그녀는 그런 마음을 자신의 생명에게 전가하고 싶지 않았다. 생각이 떠오를 때마다 그녀는 한사코 마음속 다짐을 새롭게 했다.

"이 아이는 천하에서 가장 소중하고 귀한 생명이야. 아버지도 그렇게 생각하실 거야. 그렇게."

첫째를 낳아 기르면 깊은 그늘이 사라질 것으로 믿었다. 아이 특유의 총기를 느끼며, 하나하나 세상을 배워가는 지혜를 기르고 익히면 자신의 우려가 봄눈 녹듯 스러질 것으로 믿었다. 하지만 사임당의 의지에도 불구하고 총기를 찾아보기 어려운 선의 모습이 사임당을 힘들게 했다.

선은 마냥 무구했다. 무구함을 탓할 순 없었다. 하지만 사임당은 선이 사람의 도리에 대해, 공자의 가르침에 대해 누구보다 더 분명하고 또렷하게 깨우쳐주길 원했다. 하나씩 글을 가르치고 산수의 세계 속에 담긴 예술의 이치를 깨우치면 될 거라고 믿었다.

하지만 선은 그녀의 기대에 미치지 못했다. 그럴 때마다 사임당은 되묻곤 했다. 자신의 기준이 자녀에 대한 그릇된 욕심에서 비롯된 것은 아닌지 말이다. 그렇지만 돌아오는 답은 불확실하기만 했다. 선은 배움에 큰 관심을 보이지 않았다. 또렷한 눈망울로 세상을 응시하는 매창과 매순간 비교되곤 했다.

그때, 사임당은 남편과 시어머니 홍씨를 둘러싼 세계를 잠잠히 바라봤다. 남편 이원수는 일주일에 족히 서너 번은 하릴없이 저잣거리를 맴도는 벗들과 어울렸다. 그는 술과 잡스런 유희에 몰두했다. 물론 그는 이를 잡스런 유희로 여기지 않았다. 자신을 좋아해주고 함께 이야기하면 한없이 편한, 세태의 번잡함을 녹여줄 수 있는 벗들과의 친목 역시 소중한 일상 중 하나라고 굳게 믿었다. 취기가 가시지 않은, 그래서 갓도 반쯤 벗겨지고 옷고름이 풀어진 채로 방 안으로 들어선 남편은 잠든 맏아들 선을 바라보며 더없는 안도의 한숨을 내쉬곤 했다. 그리곤 체념인지 정말로 안도하는 것인지 알 수 없는 혼잣말을 중얼거리곤 했다.

"이 복잡하고 한스러운 세상에서 이처럼 해맑게 웃고 이처럼 편하게 잘 수 있다는 게 얼마나 다행인가. 내 아이들은 이렇게 세속의 근심과 번뇌로부터 자유로울 수 있었으면 좋겠소."

마지막 말은 잠들어버린 선 옆을 지키고 앉아 있던 사임당을 향한 것이었다. 그럴 때마다 사임당은 별 다른 반응을 보이지 않았다. 그러면 이원수는 풀죽은 모습으로 흐트러진 차림 그대로 자리에 누워 잠들곤 했었다.

취중 독백에서 사임당은 남편의 진심을 읽었다. 남편은 자신의 자녀가 세상에 뜻을 품거나 학문적 이치에 치열하게 눈뜰 것을 원하지 않는다는 걸. 사임당은 남편에게서 왜 이런 비극적일 정도로 체념의 마음이 그를 강하게 짓누르고 있는지 살폈다. 원인은 언제나 가까운 곳에 있다. 술에 취한 채로 잠든 다음 날, 사임당은 남편과 이야기를 나누고 싶었다. 하지만 이원수는 대화를 원하지 않았다. 아내와의 대화에서 얻을 수 있는 거라곤 제 자신의 초라함만이 전부였다. 그래서일까. 술을 깨고도 숙취에 몸을 가눌 수 없는 하루가 시작되면 문안 인사를 드린다는 명분으로 이원수 는 홍씨의 방을 찾았다. 그리고 한나절 내내 그곳에서 나오지 않 았다. 사임당이 차려놓은 조반은 나중에 먹겠다며 물리고는 홍씨 의 방에서 칩거했다. 홍씨는 아들의 행동을 그녀만의 방식으로 두 둔했다.

한나절 동안 어머니 방에서 나오지 않는 남편의 모습을 바라보 던 사임당의 마음속 그늘은 깊어졌다. 그녀는 어쩔 도리 없이 방 안팎을 바쁘게 오가며 뛰어다니는 첫째 선을 향하게 되었다. 선은 부산했다. 아침 해가 떠오르면 자신의 옷매무새부터 가다듬고 서 책을 펼치거나 그림을 그리기 위해 준비하는 여동생 매창과는 전 혀 다른 모습을 보였다. 선은 책상을 바라보기보다는 방문 밖 마 당을 바라보았고, 서책이나 종이보다는 문 밖 한양의 저잣거리 풍 경을 먼저 떠올렸다. 그 모습을 지켜볼 때마다 사임당의 마음 깊 은 곳에서부터 작은 파문이 일었다. 그것은 절망어린 마음의 파문 이었다.

3년상의 마지막을 앞두고 있던 겨울날, 약간의 취기와 남정네의 충동. 사임당은 그 그물에 사로잡혀 있던 남편과 정을 통했다. 그 때가 떠올라 사임당을 견딜 수 없게 했다. 이원수는 자신의 마음 과 뜻, 의지에 대한 존중은 찾아볼 수 없는, 오직 본능에만 충실한 남편이었다.

하지만 그건 과거일 뿐이다. 과거에 빠져 후회를 반복하는 건 결코 덕이 되지 못한다는 걸 사임당은 잘 알고 있었다. 그리고 그녀의 의지와는 상관없이 또 다른 생명들이 바깥세상으로 나왔다. 연이어 둘째 아들과 둘째 딸이 태어난 것이다.

"서방님, 이러실 수는 없습니다."

"미안하오. 하지만 정말 힘들었소."

"정말 이러시면 안 됩니다!"

좀처럼 언성을 높이지 않던 사임당이 소리를 높였다. 그 모습을 본 이원수의 표정이 더욱 굳었다. 사임당이 흥분을 가라앉히고 목소리를 가다듬었다.

"무엇이 그리 힘드셨습니까? 말씀해보세요."

하지만 이원수는 말을 잇지 못했다.

"……."

"제 부탁이 그리도 힘들었습니까? 그런 거예요?"

"부인……."

"학업을 닦기 위해 절로 들어가시라고 그토록 당부했건만, 저의 간절한 애원이 서방님이 보시기엔 아무것도 아니었던 약조였던 건가요?"

"그런 건 아니오. 하지만……, 당신도 그립고, 어머니 건강도 걱정되고……."

"서방님, 정말이지……."

사임당이 말을 잇지 못했다. 이 상황을 어떻게 받아들여야 할지 앞이 캄캄했다. 깊은 실망감이 마음속 깊은 곳에서부터 솟구쳐 올라 견디기 힘들었다. 아프고 쓰라린 가시가 폐부를 뚫고 나오는 고통이었다.

지아비를 믿었다. 지아비의 굳은 결의도 보았다. 사임당은 번번이 낙방한 과거 시험에 대해 알게 모르게 공포에 가까운 두려움에 사로잡혀 있는 이원수를 독려했다. 그리고 결심할 것을 요구했다. 그녀는 뜻을 세우고 그 뜻을 실천하기 위해선 무늬뿐인 다짐이나 결심만으로는 부족하다고 생각했다. 마음속에 품은 뜻이 굳고 단단해지려면 실천에 옮겨야 하는 것이었다. 그래서 사임당은 지아비에게 절에 들어가 스님들이 수양하듯이 학업에 정진하길 요구했던 것이다.

사임당의 지아비를 향한 학업 정진의 뜻을 세우길 원하는 요구는 간절하고 절박했다. 이원수도 아내가 자신을 향해 보여주는 절박함의 깊이를 외면하지 않았다. 그런 시선과 요구를 외면할 만큼 냉정한 사내도 아니었다. 더욱이 아내의 요청이었다. 자신에게 싫은 소리 한 번 하지 않으려 무던히 애쓰는 아내의 절박함이 느껴지는 요청을 섣불리 거절할 수 없었다. 이원수는 모질게 마음먹기로 했다. 그리고 마음속으로도 수없이 다짐했다. 학문을 갈고 닦아 기필코 과거에 급제하겠다고. 그래서 아내에게도, 어머니에게도 떳떳한 남자, 한 집안을 일으켜 세우는 가장이 될 거라고 굳게 다짐하고 또 다짐했던 것이다.

하지만 다짐과 달리 이원수의 몸은 따라주지 못했다. 사흘, 나흘이 지나면 이원수의 의지와 다르게 그의 두 손은 어느새 짐을 꾸리고 있었고, 그의 두 발은 다시 집을 향해 오고 있었다.

그렇게 반복되기를 수차례. 이번이 마지막이라고 짐을 꾸렸던 남편이 채 사흘을 견디지 못하고 돌아온 밤, 사임당은 속절없이 무너져 내리는 절망감을 어떻게 할 도리를 찾지 못했다. 이원수는 사임당의 붉게 달아오른 얼굴, 격앙된 감정을 억누르지 못하는 모습을 처음 보았다. 그리고 둘의 긴장감은 이후 사임당의 행동으로 인해 걷잡을 수 없는 상태로 치솟아 올랐다. 사임당이 반짇고리에서 가위를 꺼내더니 자신의 가슴께에 겨눈 것이었다.

"이게 무슨 짓이오?"

놀란 이원수의 얼굴이 이제는 사임당보다 더 붉게 달아올랐다.

"서방님, 저는 세상에 희망이 없는 몸입니다."

"도대체 무슨 소리요? 희망이 없다니?"

"몰라서 물으시는 겁니까?"

"일단 가위를 내려놓으시오. 아니, 이리 주시오!"

"정녕 모르십니까? 제가 왜 희망이 없다고 말하는지?"

사임당의 목소리가 떨렸다. 자신의 가슴팍을 향해 가위를 겨누고 있는 손도 부들부들 떨리고 있었다. 이원수의 눈빛도 그녀의 한마디 한마디에 따라 격하게 흔들렸다.

"희망이 없는 이 몸, 더 오래 살 필요가 없다고 생각합니다. 당신이 정녕 약속을 지키지 못한다면 자결이라도 해서 이 생을 마치는 편이 더 좋을 것입니다. 그렇지 않습니까."

이원수의 눈빛이 격심하게 흔들렸다. 자신이 알고 있는 아내는 본인이 한 말을 주워 담거나 헛말로 되돌리는 사람이 아니었다. 반드시 지키는 사람이었다. 이원수는 자신도 모르게 고개를 가로 저었다. 어느새 먹먹한 눈물이 조금씩 눈가로 스며들면서 두 눈이 붉게 충혈되었다. 시선은 아내의 홍조 띤 얼굴과 가위를 든 가냘 픈 손을 정신없이 오갔다. 그가 떨리는 손을 뻗어 가위를 겨누고 있는 아내의 손목을 잡았다. 다른 손으로 가위를 뺏어들었다.

"당신이 한 말 알아들었소. 다시……, 다시 가겠소. 다시 학업에 정진하기 위해 내일 길을 떠날 터이니……."

"지금 떠나십시오."

"아, 알겠소. 지금 당장 떠나겠으니 두 번 다시 이런 짓은 하지 않겠다고 약조하시오."

"……."

두 사람의 눈길이 허공에서 다시 부딪쳤다. 두 사람 다 차갑고 거대한, 더없이 깊고 아득한 수렁 속에 빠져드는 느낌이었다. 두 사람 다 불안했다. 해명할 길 없는 불안함이었다.

그러나 절로 들어간 지 몇 달 만에 이원수는 머리가 심하게 아 프다며 돌아왔다. 시어머니 홍씨는 아들이 머리가 아픈 것이 며느 리가 너무 채근을 해서 그런 것이라며 하며 의원을 불러 진맥을 한다, 보약을 지어다 먹인다 법석을 떨었다.

머리 아픈 것이 가라앉았어도 이원수는 절로 돌아가지 않았다.

그리고 집에서 빈둥거리면서 시간을 보냈다. 10년 공부는 물 건너간 지 오래였고, 해를 거듭할수록 이원수의 과거 시험에 대한 의지는 희미해져갔다.

"과거를 왜 봐야 하는지 모르겠소."

술에 취해 들어와 곰방대를 입에 문 이원수가 꺼내놓은 속내가 사임당의 어지러운 심사를 더욱 어지럽게 했다.

"그게 무슨 말씀이세요? 과거를 왜 봐야 하는지 모른다니."

이원수는 자신을 마주보며 앉아 있는 사임당과 눈을 마주치지 않고 혼잣말처럼 중얼거렸다.

"조금만 융통성을 발휘해 인척 어른께 청을 넣으면 해결될 수도 있을 일들인데……."

이원수가 스스로 말끝을 흐렸다. 그리고는 아내의 표정을 살피더니 입을 다물었다.

"저는 당신이 당당하게 과거에 급제해서 포부를 펼쳤으면 좋겠어요."

담담하게 말하지만 사임당의 말은 이원수가 아무리 발버둥을 쳐도 이를 수 없는 어떤 경지에 이를 것을 요구하는 것이었다.

"글쎄, 그게 어느 세월에……."

이원수는 쌓인 울분을 쏟아내려다가 문득 말끝을 흐리고 애꿎은 곰방대만 빨아댔다. 사임당이 이원수를 향해 분명한 말투로 말을 이어갔다. 명령도, 통보도 아니었다. 지아비의 마음을 돌리기 위한 마지막 애원 같은 것이었다.

"어머니 병세가 더욱 깊어지셨어요."

"들었소. 바로 강릉으로 내려가야 하지 않겠소?"

강릉에서 이씨 부인이 몸이 편치 않다는 전갈이 날아온 것은 이원수도 알고 있었다.

"장모님이 연로하셔서 걱정이오."

"어머니는 제가 내려가서 보살펴드릴테니 당신은 독한 마음먹고 과거 준비를 하셨으면 해요. 조용한 절에 들어가시면 좋겠어요. 좋은 곳을 봐두었어요."

"결국 또 절타령이군. 절에 들어가 중이라도 되야 될는지, 원."

"지금 농을 할 때가 아니에요. 아이들은 계속 자라고 있어요. 이번이 마지막이어야 해요."

"알았어요. 알았다고."

남편의 뒷말에 가득 담겨 있는 짜증스러움. 그 말투. 사임당은 개운치 않은 심정으로 이원수를 절로 들여보내고 서둘러 강릉으로 향했다.

16. 검은 용

해풍을 머금은 바람이 불어왔다. 어머니 이씨 부인의 점심을 챙기고 설거지까지 마친 사임당은 오죽헌 마당에서 잠시 하늘을 올려다보았다. 익숙한 바다내음을 머금은 바람이 머리카락 사이로 파고들었다. 바람이 점점 거세졌다. 치맛자락이 거세게 펄럭였다. 동쪽 하늘을 올려다보았다.

그때였다. 검은 용, 크기를 가늠할 수 없이 크고 웅대한 기개로 가득한 검은 용이 바닷속에서 솟구쳐오르더니 하늘을 향해 온몸을 꿈틀거리며 활개를 치며 올라갔다. 그 신비롭고 매혹적인 존재의 용틀임을 사임당은 홀린 듯이 바라보았다. 갑자기 검은 용이 고개를 틀어 자신을 노려보더니 가슴팍을 향해 무서운 속도로 똑바로 돌진해왔다.

앗!

꿈이었다. 그리고 서른셋의 사임당은 현룡을 낳았다. 예사롭지 않은 꿈을 꾸었을 때, 그리고 갓 태어난 현룡을 품에 안았을 때, 사임당의 마음 깊은 곳에선 격렬한 감정이 요동쳤다. 알 수 없는 느낌, 헤아릴 수 없는 감정의 격동이었다. 그 격동은 불가사의에 가까웠다.

그래서일까. 핏덩이 아이임에도 자신을 바라보는 두 눈에 담긴 총기에 사임당은 마음이 설레었다. 사임당은 때때로 넋을 잃고 현룡을 한없이 바라봤다. 자신의 모든 것을 흡수할 듯이, 때론 삼켜 버릴 듯이 강렬한 눈빛. 그런 현룡에게서 사임당은 불가항력에 가까운 기시감에 사로잡혔다. 그 기시감의 세계 속 떠오르는 유일한 대상은 아버지였다.

사임당의 마음 깊은 곳에서 자신을 언제나 그윽하고 자애로운 눈길로 바라보는 아버지 신명화의 숨결과 조용하고 규칙적으로 호흡하는 아들 현룡의 숨결이 동일하게만 느껴졌다.

이미 아들 둘, 딸 둘을 낳은 사임당은 임신과 출산이라는 과정 속에서 몸에서 새로운 정신의 한 세계가 형성되는 기이한 느낌에 사로잡혔다. 출산과 육아를 통해 나타나는 몸의 고단함과 정신적 인 번잡함은 별개였다. 뱃속의 생명이 분리되어 세상 밖으로 나오고 새로운 자아로 성장하는 과정이 가져다주는 내적 희열이 그녀의 정신세계를 더욱 단단하게 만들어주었다.

현룡은 정화의 불꽃 속에서 태어난 아이였다. 주변 상황과 관계의 절박함과 아둔함이 고스란히 남아 있는 상태에서 오직 사임당의 정신, 그 정신만이 정화의 타오름을 경험한 절정의 경험이었다. 그 절정이 현룡의 맑고 총기로 가득한 눈동자 속에 그대로 옮겨져 있었다.

사임당은 현룡을 보며 벅차오르는 흥분을 억제하지 못했다. 한 남자의 아내로 살아간 지 10여 년 만에 처음으로 맛보는 해방감이었다. 그리고 그녀의 마음은 아버지에 대한 그리움과 어린 현룡을 통해 나타난 경이로운 회귀의 환희로 불타올랐다. 그 역시 설명할 길 없지만 아버지의 죽음을 온전히 지키지 못했다는 죄책감의 끈, 더없이 어지럽게 뒤얽혀 있던 죄의식의 매듭이 일시에 끊어지는 느낌이었다.

열 살을 넘겼지만 맏아들 선은 여전히 세상 이치의 깨달음에 관심이 없었다. 학문에도 뜻을 두지 못했다. 무엇보다 글을 읽고 배우는 시간을 자신의 인생에서 가장 소중한 것으로 여길 만큼의 열정을 찾아볼 수 없었다. 사임당은 선을 보면 언제나 이원수를 보는 것만 같았다. 남편의 그늘, 아니, 남편을 절망적으로 바라볼 수밖에 없는 자신의 마음속 감옥에 유폐된 그늘을 보는 것만 같았다. 그 차갑고 음습한 그늘 한구석에 웅크리고 앉아 있는 선을 대할 때마다 사임당의 마음은 격동했다.

반면에 사임당은 아장아장 갓 걸음마를 시작한 현룡이 보여주는 책과 그림에 대한 관심, 세상을 똑바로 응시하는 총명한 눈동자에 황홀감을 느끼곤 했다. 어린 현룡의 압도적인 재기는 이미 세 살 때부터 진가를 드러내고 있었다.

석류 껍질 속에 붉은 구슬이 부서져 있네(石榴皮裏碎紅珠)

석류를 보고 시를 지어보라는 외할머니의 말에 세 살 난 현룡이 옛시의 한 구절을 인용해 지은 시였다. 어린 손자에게 '시를 지어보라' 무심코 한마디 던졌던 이씨 부인은 물론, 옆에 있던 사임당도 깜짝 놀랐다. 어린 아들의 눈부신 총기는 어머니로서 사임당의 가슴을 한없이 설레게 하기에 충분했다. 하지만 문득 정신을 차리고 보면 맏아들 선의 절망의 그늘이 깊게 드리워져 있었다. 사임당의 마음 한 바탕을 차지하고 있는 세계에는 그만큼 선의 그늘이 차지하는 비중이 넓고 깊었던 것이다.

그것은 결국 새로운 갈등의 시작이었다. 비범한 천재성을 지닌 현룡과 다른 자식들을 차별 없이 대해야 한다는 새로운 마음의 규율을 세워야 할 때가 온 것이다. 천재와 범재, 둘 다 사임당의 분신들이었다. 하지만 그녀의 시선은 어쩔 수 없이 현룡의 비범함에 쏠리고 있었다.

한양에서 서찰이 왔다. 서찰을 보낸 이는 시어머니 홍씨였다. 시댁에서 서찰이 왔다는 말을 들은 이씨 부인이 물었다.

"사돈은 평안하시다고 하시더냐? 무슨 말이 적혀 있는 게냐?"

"어머니……."

사임당은 말없이 서찰을 내밀었다. 쓰여 있는 문장은 간단했지만 담긴 뜻은 간단하지 않았다.

내 나이가 들어 몸이 좋지 않구나.

더 이상 살림을 보살피기 힘들다.

"이런, 서둘러 돌아가야겠구나."

이씨 부인이 말했다.

"하지만 제가 지금 떠나면 어머니 시중은 누가 드나요."

"짐을 꾸려 내일 한양으로 떠나거라."

"어머니, 며칠만 말미를 주세요. 조금만 더 있다 갈게요."

그러나 이씨 부인이 옆으로 돌아앉았다.

"돌아가거라. 네가 있어야 할 곳은 이곳이 아니야."

예순둘. 연로하신 어머니. 눈물이 핑 돌았다. 이번에 한양으로 올라가면 살아서는 두 번 다시 어머니 얼굴을 보지 못할 것이다.

"어머니. 이렇게 갑자기 떠나는 건 싫어요. 그냥 이렇게……"

이씨 부인이 고개를 두어 번 *끄덕였다.* 무슨 뜻일까. 어머니의 속뜻을 알고 싶었다. 이제 떠나면 다시는 볼 수 없는 이별의 길로 떠나게 될 딸에게 어떤 의미를 담은 고갯짓이었는지 정녕 알고 싶었다.

대관령을 넘어가는데 초겨울의 차가운 바람이 가마 틈새로 스며들었다. 하지만 사임당의 마음이 무거운 건 추위와 피로, 가도 가도 끝이 보이지 않는 고갯길 때문이 아니었다. 그녀의 몸을 무겁고 한없이 고통스럽게 만든 건 그녀 자신을 짓누르고 있는 마음속 깊은 상심과 불안감이었다.

대관령 정상에 이르자 사임당은 가마에서 내렸다. 강릉 쪽을 바라보았다. 고향에서는 마음만 먹으면 언제든지 달려가 볼 수 있었던, 가슴이 탁 트이는 푸른 동해는 보이지 않았다.

"어머니, 너무 오래 서 계시네요. 춥지 않으세요?"

매창이 다가와 손을 잡으며 물었다.

"잠깐만, 조금만 더 있자꾸나."

그렇게 대관령 찬바람을 맞으며 서 있던 사임당의 입에서 문득 시 한 수가 흘러나왔다.

산 첩첩 내 고향은 천 리건만

자나 깨나 꿈속에도 돌아가고파

한송정 가에는 외로이 뜬 달

경포대 앞에는 한 줄기 바람

갈매기는 모래톱에 흩어졌다 모이고

고깃배들은 바다 위로 오고 가리니

언제나 강릉길 다시 밟아가

색동옷 입고 앉아 바느질할꼬

세찬 바람이 불었다. 사임당은 강릉을 향해 날아갈 듯 큰절을 올렸다. 어머니를 따라 아이들도 우르르 큰절을 올렸다.

"가자꾸나."

"어머니, 이제 한양 가면 할머니랑 아버지랑 만나는 거예요?"

똘망한 눈망울로 현룡이 물었다. 이제 여섯 살 난 어린 아들은 난생처음 보는 대관령, 새로운 세상으로 열린 험준한 산길을 호기심 가득한 눈에 쓸어담으며 씩씩하게 앞장서 걸었다.

"산 첩첩 내 고향은 천 리건만, 자나 깨나 꿈속에도 돌아가고파. 한송정 가에는 외로이 뜬 달, 경포대 앞에는 한 줄기 바람……."

현룡이 걸어가면서 장단을 맞춰 노래 부르듯이 읊었다. 사임당은 자기도 모르게 입가에 미소가 피어올랐다. 이 지나치게 영민한 아이는 아까 어머니가 지은 시를 듣고 그 자리에서 외워버린 것이다. 시구에 담긴 애틋한 심정을 아직 어린 아들이 알기나 할까. 하지만 시에 담긴 애틋함과는 별도로 사임당은 솟구치는 흐뭇함을 감추지 못했다.

문득 처음으로 대관령을 넘던 그날이 생각났다. 벌써 몇 년 전인가. 10년도 더 지난 일이다. 그동안 자신도 얼마나 이 고개를 넘나들었던가. 그러나 어쩌면 이번이 마지막일 것이다.

아, 어머니!

17. 파행의 시작

옷고름이 흐트러진 저고리 틈새로 허연 어깨를 내놓은 여인이 눈을 동그랗게 뜨고 사임당을 똑바로 쳐다봤다. 그리고 물었다.

"누구……, 세요?"

"……."

"누구신데, 이렇게 사람을 빤히……?"

한양 수진방(오늘날 청진동)의 초가집. 자신의 손길이 구석구석 배어 있는 안방과 부엌, 마당 한 구석에 핀 화초 한 포기까지, 어제 본 듯 낯익은 것들이 고스란히 제자리에 있는 집. 시어머니와 남편과 아이들과 어우러져 지내던 자신의 집이었다. 낯모르는 여인네가 옷고름 풀어헤치고 있을 곳이 아니라.

방문을 열자 보이는 낯선 여인의 모습에 어리둥절하던 사임당은 다음 순간, 방 한구석에 널브러져 있는 눈에 익은 사내의 윤곽을 보았다. 고요한 산사에 들어앉아 과거 준비에 여념이 없어야할 남편이, 그렇게 하기로 철석같이 약조한 남편이 왜 여기서 이런 모습으로 쓰러져 자고 있는 것인가.

"서방님……?"

순간, 사임당의 머릿속에 떠오른 생각은 이 모습을 아이들에게보여서는 안 된다는 것이었다.

"어머니, 왜 그러세요?"

뒤에서 동생들 손을 잡고 있던 매창이 다가오려 했다.

"매창아, 안 된다, 오면 안 돼!"

쾅!

사임당은 문고리를 잡고 방문을 닫고는 자신의 몸으로 막아섰다. 금방이라도 주저앉을 듯 온 몸에서 힘이 빠지고 머릿속이 하얗게 변했지만 어리둥절한 표정으로 서 있는 아이들의 모습이 눈에 들어왔다. 그 순간 정신이 번쩍 들었다.

'정신 차려야 해, 사임당! 아이들이 보고 있어!'

머릿속에서 자신을 타이르는 목소리가 들려왔다.

"어머니, 무슨 일이신데요? 할머니가 편찮으신가요?"

"매창아, 동생들 데리고 별채에 들어가 있어라."

눈이 동그래진 매창이 순순히 고개를 끄덕이더니 동생들을 데리고 별채로 갔다. 다시 문고리를 잡으려는 사임당의 손이 덜덜떨렸다. 온몸이 부들부들 떨리며 현기증이 났다. 머리가 빙빙 돌았다. 문고리를 힘껏 움켜잡았다. 그러나, 차마 방문을 다시 열어젖힐 수가 없었다.

덜컥, 안쪽에서 방문이 열렸다. 정신없는 와중에도 여자의 얼굴과 눈매, 교태스러운 몸짓이 눈에 익다는 생각이 들었다. 기억이 났다. 저잣거리 주막집 권씨. 자지러지는 웃음소리와 교태스러운 몸짓에 술병을 끼고 살던 여자였다.

"어?"

권씨도 그제야 사임당을 알아본 것 같았다.

"맞다, 부인. 부인이시네."

그제야 권씨는 옆에 널브러져 있는 이원수의 어깨를 잡아 흔들었다.

"일어나봐요."

"왜 그래? 아직 해가 뜨려면 한 식경은 더 남았는데."

"아, 글쎄, 일어나보라니까."

권씨의 채근에 눈을 비비며 상체를 일으키던 이원수의 배배 풀린 눈과 마루에 서 있는 사임당의 눈이 마주쳤다. 이원수는 후다닥 일어나 앉아 허겁지겁 옷고름을 매고 상투를 매만졌다. 처음엔 놀란 표정으로 얼굴 전체가 굳었다. 하지만 이내 작심이라도 한 듯 입술을 굳게 다물고 눈을 피했다.

권씨가 옷매무새를 가다듬고 방에서 나왔다. 얼이 빠진 듯 마루에 우두커니 서 있는 사임당의 옆을 슬쩍 스쳐간 권씨는 대문을 빠져나갔다. 때마침 저녁 찬거리를 사들고 들어오던 홍씨 부인을 아무렇지 않게 지나쳐 총총히 사라졌다. 홍씨 역시 술에 취한 아들, 그 아들과 여보란 듯 안방에서 술타령을 하던 며느리 아닌 여자가 집을 빠져나가는 것을 보고도 태연했다. 그리고 강릉에서 시어머니의 전갈을 받고 한달음에 한양으로 올라온 며느리에게 홍씨가 건넨 첫마디는 이것이었다.

"뭘 멀뚱하니 서 있는 게냐? 왔으면 어서 저녁 준비부터 거들지 않고."

"서방님, 이게 도대체 무슨 일이에요."

"할 말이 없소."

"할 말이 없다뇨. 절에 계셔야 할 서방님이 왜 여기 계시는 건가요? 과거가 코앞에 닥쳤는데 말입니다. 그리고 그 여인, 권씨는 뭔가요? 주막집 권씨 맞죠? 그 여인이 왜 우리 집에서……."

사임당은 차마 말을 잇지 못했다. 본능의 속삭임을 애써 무시하며 방안을 둘러봤다. 서안 위에 가득 쌓여 있어야 할 책들은 한쪽 구석에 어지럽게 처박혀 있었다. 사임당의 문방사로 분탕질을 한 흔적도 보였다. 화구와 화첩, 붓들도 제자리를 벗어나 어수선하게 치워져 있었다. 사임당은 목이 메었다. 뭔가 할 말은 많은 것 같은데, 자꾸 목이 메어 말을 할 수가 없었다.

그녀가 남편의 모습을 다시 돌아봤다. 벽에 등을 기대고 앉은 이원수의 표정은 잔뜩 굳어 있었다. 설명하기 어려운 느낌으로 가득한 눈빛이었다. 그 역시 사임당에게 할 말이 있는 모습이었다.

사임당은 기다렸다. 가슴 속에 치솟는 분노와 상심을 억제할 길 없었지만 남편의 말을 기다렸다. 그가 어떤 말을 하는지, 어떤 말을 할 수 있는지 말이다.

술이 깬 한참 뒤의 모습이었다. 아니, 술병이 바닥에 절반쯤 남은 채 뒹굴고 있었지만 이원수의 표정은 더 이상 술에 취한 한량의 모습이 아니었다. 이원수는 아무 말도 하지 않았다. 사임당과 차마 눈을 마주치지도 않았다. 하지만 사임당은 그의 표정과 침묵이 너무나 많은 말을 하고 있다는 걸 깨달았다. 학문, 서화(書畵), 무엇 하나 아내에게 미치지 못한다는 깊은 열등감과 자괴감의 늪이 남편을 지배하고 있다는 걸 알았다. 여자를 들이고 집안을 엉망으로 만들어놓은 끔찍한 실망감과는 별개로 사임당은 남편의 표정이 깊은 슬픔과 탄식, 어쩌면 이를 넘어선 체념의 정서에 빠져버렸다는 걸 깨달았다.

불현듯 찾아온 그 깨달음은 측은지심도, 동정도 아니었다. 엄연한 현실이었다. 잘해보고 싶지만, 마음은 언제나 아내와 자식, 그리고 사람들을 다정하게 살피는 정으로 가득하지만, 능력과 의지가 뒤를 따라주지 못하는 헐떡거림, 그 고통스러운 자맥질 소리가 사임당의 귀에 아프게 들려오는 듯했다.

사임당이 자리에서 일어섰다. 밖으로 나가려는 사임당의 귀에 중얼거리듯 말하는 이원수의 한마디가 들려왔다.

"미안해요."

"……."

"미안해."

18. 치마폭에 앉은 포도송이

인고의 시간이 시작되었다. 온 동네 사람들이 뒤에서 수군거리고 있다는 것을 사임당도 모르지 않았다. 그러나 그들이 입방아를 더 세게 찧지 않게 하려면 침묵으로 견뎌야 했다. 이원수를 향한 크나큰 절망감은 아물지 않은 채로 고스란히 남겨두고서.

사임당이 한양으로 올라온 이후로 사임당의 그림 솜씨는 언제나 주변 사람들의 관심사 가운데 하나였다. 소문은 빠르게 퍼져가는 탓에 관심의 폭은 밀물의 파도처럼 늘어만 갔다. 그녀의 그림 실력에 대해서는 아는 이들은 이미 귀동냥으로 한두 번씩은 접하고 있었다. 그림 신동이란 소문은 사임당이 한양에 오기 전부터 시작되었기 때문이었다. 하지만 한양의 사대부들은 반신반의했다. 강릉에서 사임당이 열 살도 되기 전에 안견의 그림을 출중한 실력으로 모사했다는 소문에 사대부 선비들은 얼굴도 모르는 그녀를 질시하기도 했다. 한갓 아녀자가 사대부 선비들의 전유물로 알려진 글과 그림을 조롱하기라도 하듯 느껴졌기 때문이다. 어린 시절부터 사대부들 사이에선 뛰어난 문인으로 칭송받는 안견의 그림을 그대로 따라 그렸다는 풍문이 그랬다. 그래서일까. 사대부 선비들은 호기심 반 질투 반의 심정으로 이원수의 집을 기웃거리며 말이라도 한마디 붙여보려고 애를 썼다.

아낙들의 방문이 잦은 건 사대부 선비들의 방문과는 경우가 달랐다. 아낙들은 사임당 같은 여자가 자기들이 보기에 별 볼 일 없는 집안과 혼인을 한 이유가 궁금했다. 하지만 사임당을 만나서 에둘러 물어봐도 좀처럼 그런 말을 하지 않아 도통 속내를 알 수 없었다. 궁금증을 충족시키지 못한 동네 아낙들은 나름의 갖은 상상으로 이유를 추측하곤 했다. 홍씨 부인이 처음에 그랬듯이 이씨 가문 며느리에게 말 못할 장애가 있는 건 아닐까 쑥덕거리기도 했다. 그런 연유로 강릉 명문가의 딸이 별 볼 일 없지만 입막음은 잘할 것 같은 이원수의 집에 들어온 건 아닐까 입방아를 찧어대기도 했다.

최씨 부인은 사임당을 허물없이 따라다니던 아낙이었다. 빨래터에서도 마주하고 장터에서도 함께 어울리던 아낙이었다. 최씨 부인은 동네 아낙 가운데 사임당의 성정을 맨 먼저 알아차린 사람이었다. 다른 아낙들은 말이 별로 없고 조용한 사임당을 오해했다. 자신들과 어울리기 싫어한다고 생각한 것이다.

"혼자 고고한 척은 다 하네."

"저러니 며느리가 시집살이 한다는 말이 뒤바뀌어 시어머니 홍씨가 며느리 시집살이를 한다는 말이 다 나오지 않겠어."

냇가에 모여 빨래를 하는 아낙들이 귓속말을 주고받는 것을 들었지만 최씨 부인의 생각은 달랐다. 일찍이 지방에서 한양으로 올라와 혼인한 최씨 부인은 혼인한 지 몇 해 지나지 않아 남편을 여읜 청상과부였다. 홀로 가정을 꾸리는 여자에게 세상이 보내는 시선은 단 두 가지뿐이었다. 측은지심 아니면 의심의 눈길. 그래서일까. 최씨 부인은 확신했다. 세인들이 떠들어대는 편견의 말은 결국 모두 자신의 무지함을 드러내는 거라고 말이다.

사임당 역시 그런 최씨 부인의 마음을 잘 알게 된 이후부터 표정 하나, 말 한마디에도 깊은 부드러움을 갖고 대했다. 사임당의 진심을 읽은 최씨 부인 역시 오래 두고 만날 벗이 생긴 것 같아 기뻤다.

벗을 두었다는 기쁨이 무르익을 무렵이었다. 늦은 오후, 장에 다녀온 두 여자, 사임당과 최씨 부인이 별채에 찻상을 앞에 두고 마주앉았다. 홍씨 부인이 또래 아낙들과 마실을 나간 시간이었다. 최씨 부인이 사임당에게 말을 건넸다.

"이렇게 함께 차도 마실 수 있고 좋은데요."

최씨 부인의 말엔 진심이 묻어 있었다. 늦은 오후의 빛살은 석양의 붉은 기운을 품고 있었다. 그 빛살이 별채 방문 틈새로 스며들어 오후의 아늑함을 더했다. 찻잔에 가만히 손을 대고 한 모금

삼킨 최씨 부인이 사임당을 보며 설핏 웃음 지었다. 그때, 최씨 부인의 손과 이마의 주름이 사임당의 눈에 들어왔다. 나이답지 않은 고생이 엿보이는 이마의 주름이 사임당의 마음을 아리게 파고들었다. 하지만 사임당이 시선이 내려앉은 곳은 이마보다는 손이었다. 찻잔을 두 손으로 쥔 최씨 부인의 손도 잔주름이 도드라졌다.

지아비 하나 믿고 지방 먼 곳에서 한양으로 올라온 최씨 부인. 사임당은 그녀가 남편을 여의고 난 이후의 삶을 가만히 헤아려 보았다. 여자의 몸으로 자녀를 건사하는 일이 어떨까. 침묵하고 또 침묵하며 자신을 단련해온 사임당이지만 최씨 부인이 겪었을 삶의 질곡을 상상하는 순간 말하기 힘든 비애감이 가득찼다. 하지만 사임당은 최씨 부인을 동정하지 않았다. 주름이 잡힌 그녀의 손이 오히려 당당해 보였다.

최씨 부인은 차를 마시는 동안 정말로 행복해했다. 식구들의 생계를 늘 걱정해야 하는 처지였지만 마음을 열어놓을 수 있는 벗과의 한때를 그녀는 진심으로 행복해했다. 사임당은 그런 최씨 부인에게 자신이 해줄 수 있는 거라면 해주고 싶었다. 자신이 가진 재주가 조금이라도 최씨 부인에게 도움이 될 수 있으면 좋겠다고 느꼈다. 그 마음이 차오르는 순간 최씨 부인이 먼저 말을 건넸다.

"저기, 한 가지 부인에게 묻고 싶은 게 있어요."

최씨 부인의 손을 물끄러미 바라보던 사임당이 최씨 부인과 눈을 맞췄다.

"묻고 싶은 거라뇨?"

사임당이 다소 의아해하며 말했다. 평소 최씨 부인은 자신에게 질문이란 걸 하지 않았기 때문이다.

"그림을 정말 잘 그리신다고 해서요."

최씨 부인의 이어진 말은 질문이라기보다는 경탄에 가까웠다. 최씨 부인의 시선이 자연스럽게 문 맞은편에 놓여 있는 책장으로 옮겨갔다. 책장 한 구석에 가지런히 정리되어 놓여 있는 붓과 문방사우를 바라봤다. 최씨 부인은 그것들에게서 눈을 떼지 않으며 말을 이었다.

"저는 사실 한 번도 그림 그리기나 풍류를 접한 적이 없어요. 그런데 일전에 부인 그림을 봤을 때가 있었어요."

"언제요?"

"홍씨 부인께서 저잣거리 아낙들 모두 초대해서 잔치 벌인 적 있잖아요. 그때 부인의 그림을 봤었어요."

사임당이 자신도 모르게 얼굴을 붉혔다. 시어머니의 성화로 한 번 강릉에서 그렸던 그림을 펼쳐 보인 적이 있었다. 그런데, 지금 최씨 부인이 다시 떠올리게 하니 다시금 그때의 기억이 떠올랐다. 하지만 이어지는 최씨 부인의 말이 사임당의 부끄러움을 씻어주었다.

"알알이 맺힌 포도를 그린 그림이었는데 저 정말이지 그 크고 잘 여문 포도알이 하늘에서부터 떨어져 내려온 줄 알았어요."

사임당은 말을 할 때의 최씨 부인을 유심히 살펴보았다. 여전히 그녀의 시선은 붓과 종이가 놓인 곳을 향한 채였다. 삶의 무게가 깊이 드리워진 주름진 얼굴에 환희가 맴돌았다. 사임당은 최씨 부인을 물끄러미 바라보았다.

차 한 모금, 한 모금이 아쉬운 최씨 부인이 사임당의 눈치를 살폈다. 생계 챙기랴 자녀들 건사하랴. 자신도 같은 처지지만 사임당 역시 저녁 시간이 분주할 것을 알기에 찻잔을 내려놓아야 했다. 찻잔을 받침대에 내려놓는 최씨 부인의 손길에 아쉬움이 묻어나왔다. 최씨 부인이 자책하듯 말했다.

"제가 너무 시간을 뺏었죠. 미안해요. 부인."

"아니에요. 좋은 시간이었어요."

"이런 시간, 얼마 만에 가져보는 건지 모르겠어요. 종이 냄새 가득한 방에서 향기로운 차를 마셔본지가 얼마 만인지……. 아니 한 번이라도 이런 적이 있었던가 싶어요."

"종종 놀러 오세요."

아쉬워하던 최씨 부인이 자리에서 일어나려 했다. 사임당의 시선이 최씨 부인의 치맛자락에 박혔다.

"잠깐만요. 부인."

"예?"

"치마에……, 얼룩이 묻었네요."

"아. 이거요?"

최씨 부인이 얼굴을 붉히며 얼른 치맛자락을 여몄다.

"몇 번 빨아봤는데 지워지지가 않네요."

"저기, 잠깐만요."

"예?"

"잠깐만 다시 앉아 보실래요?"

최씨 부인은 어리둥절해하면서 다시 자리에 앉았다. 사임당이 말을 이었다.

"편하게 앉아 보실래요?"

"부인. 무슨 일인데요?"

"편하게 잠시만 앉아 계세요. 잠깐이면 돼요."

사임당이 서둘러 밖으로 나갔다. 잠시 후 돌아온 사임당의 손에는 붓과 먹, 그리고 벼루가 들려 있었다.

"뭘 하시려는 거예요?"

"잠깐이면 끝나요. 이대로 편히 앉아 계세요."

사임당이 최씨 부인의 앞에 바싹 다가앉아 그녀의 치맛자락을 넓게 펼쳤다. 얼룩이 묻은 부분이 눈에 확 들어왔다.

사임당이 벼루에 물을 붓고 먹을 갈기 시작했다. 묵향이 방안에 은은하게 퍼져갔다. 최씨 부인은 숨소리도 크게 내지 못하고 장승처럼 가만히 앉아 있었다. 먹을 내려놓은 사임당이 붓을 들었다. 먹물을 듬뿍 묻힌 붓이 치마 위에 잠시 머물렀다. 기러기가 해 저문 모래밭에 내려앉듯, 붓이 고즈넉하게 치마폭에 내려앉았다. 거침없는 손길이 치마 위를 스쳐지나갈 때마다 포도덩굴이 뻗어가고 포도송이가 열리기 시작했다. 잘 여문 싱싱한 포도알이 최씨 부인의 치마에 들어앉았다. 크고 시원스러운 잎과 어우러진 터질 듯 여문 포도가 알알이 열린 포도송이 특유의 빛깔을 먹의 농담으로 표현한 포도도가 치맛폭에 그려졌다.

지켜보고 있던 최씨 부인의 입이 딱 벌어졌다. 붓을 놓고 숙였던 허리를 편 사임당이 입을 열었다.

"장터에 가서서 이 그림을 상인들에게 보여주세요. 며칠 끼니 걱정은 덜 수 있을 거예요."

"이 그림을 내다 팔라구요?"

최씨 부인이 고개를 가로저었다.

"그럴 수 없어요. 부인의 혼이 담긴 그림을 어찌 저잣거리에 먹
을거리 내놓듯 팔아치운단 말이에요."

사임당은 붓과 벼루를 정리하며 말을 이었다. 부드럽고 낮은 목
소리지만 쉽게 거부할 수 없는 단호함이 묻어 있었다.

"제 혼을 담은 그림이 부인의 살림에 소소한 보탬이 되는 것 말
고 다른 데 의미가 있을까요?"

"부인, 하지만……."

"그리 하세요. 미천한 솜씨지만 그래도 상인들이 외면하진 않을
겁니다."

잘 차려입은 선비 하나가 한양의 장터 포목점 앞에 멈춰섰다.
옷감이나 광목을 보려 하는 것 같지 않았다. 포목점 주인도 선비
가 눈길을 주는 곳을 눈치껏 살피고는 슬금슬금 다가갔다. 하지만
주인이 바로 곁에 다가가도 선비는 주인에게 눈길 한 번 주지 않
고 뭔가를 넋을 잃고 바라보고 있었다.

그림이었다. 여인네들이 입는 치마에 그려진 포도 그림.

포목점 주인은 선비가 그림에 넋을 잃은 걸 보고는 '그러면 그
렇지' 하는 표정으로 말을 걸었다.

"오늘만 벌써 세 번째입죠."

'세 번째'라는 말에 선비가 고개를 돌려 포목점 주인을 보았다.

"그게 무슨 소린가? 세 번째라니."

"나으리처럼 이 그림에 관심 갖는 양반 나으리들이 벌써 두 분이나 왔다 가셨다 이 말입니다."

"이 그림은 대체 누가 그린 건가? 그리고 왜 그림이 이런 곳에 걸려 있는 거지?"

뒷짐을 지던 선비의 손은 어느새 포도도가 그려진 치마를 만지작거리고 있었다. 그리고는 혼잣말처럼 중얼거렸다.

"아무리 봐도 이건 옷감이 분명한데."

주인이 선비의 말을 거들었다.

"맞습니다. 나으리. 아낙의 치마 아닙니까."

"주인장."

"예. 나으리. 자꾸 주인장, 주인장 부르시지만 말고 용건을 말씀하십쇼 용건을."

"주인장은 이걸 옷감의 용도로 구입한 거요. 아니면 그림의 용도로 구입한 게요?"

"흐음, 나으리. 소인이 이렇게 옷감이나 비단 장사나 하는 것처럼 보이지만 이래봬도 문인화도 좋아하고 산수화도 감상하는 풍류를 즐길 줄 아는 장사치이외다."

"농 그만하고, 그렇다면 그림으로 이걸 구입했단 말인가?"

"그렇습니다만."

"누구에게? 누가 이런 그림을 아낙의 낡은 치마폭에 그려 장터에 내어놓는단 말인가."

"하. 이거 원래 이렇게 판매한 사람의 정체를 드러내는 건 상도
에 어긋나는 일인데 말입니다."

"부탁 좀 하겠소."

선비가 북적거리는 장터를 살폈다. 포목점 주인의 입장에서 나
온 세 번째란 말이 계속 맘에 걸렸다. 포목점 같은 곳은 재력 있
는 집안이나 세도가들의 허드렛일을 봐주는 이들이 오가는 곳이
다. 그런 포목점 한 구석에 걸린, 파는 물건인지조차 확실하지 않
은 치마에 그린 한 점의 그림을 눈여겨본 선비가 둘이나 되었다
는 건 앞으로도 이 그림에 관심 가질 이가 한둘이 아닐 거란 짐작
을 가능케 했다. 선비가 품에 지니고 있던 엽전 꾸러미를 꺼내 주
인에게 건네주며 말했다.

"나와 먼저 말해보는 게 어떻겠소?"

포목점 주인의 눈이 선비가 꺼낸 엽전 꾸러미로 향했다. 꽤 묵
직해 보였던지 주인의 입가가 절로 올라갔다. 주인이 주위를 둘러
본 뒤 말문을 열었다.

"자고로 명기는 장부를 찾아간다는데 그 말이 틀리지 않나 보군
요. 안으로 들어오십쇼, 나으리."

"처음엔 옷감을 팔러 온 아낙인 줄 알았습지요."

안으로 들어온 주인이 꺼낸 첫마디였다. 선비는 주인의 말을 들

으면서도 시선은 치마에 그려진 포도도에서 떼지 않았다. 눈을 뗄 수 없다는 것이 더 어울리는 표현이었다. 선비는 옷감처럼 굵고 거친 판 위에 이처럼 곱고 섬세한 선을 새겨 넣을 수 있는지 계속 해서 궁리하고 또 궁리했다. 하지만 그에 대한 답이 나오지 않았 다. 먹의 농담이 저마다의 기율을 갖고서 독립적인 하나의 결과물 로 이어졌다. 작고 굵은 다양한 크기의 포도알이 그랬다. 가지에 당당하게 매달린 나뭇잎 역시 나름의 역할을 담당하고 있었다. 사 물의 배치, 색채의 조합, 어느 것 하나 섬세하지 않은 게 없었다.

"그런데 그 아낙이 내온 옷감을 처음 보니 너무 낡은 겝니다. 보다시피 우리 포목점이 이 장터에서 제일 큰 곳인데, 그런 치마 하나 취급하자고 상대하겠습니까. 그래 그냥 대충 말 돌려 내보내 려 했는데, 가만히 보니 낡은 옷감을 들이밀러 온 게 아니더라, 이 겝니다."

"그래서? 뭘 내온 겐가?"

"지금 보고 계신 이 그림을 팔려고 찾아온 거였지요."

"허허. 그런데 무슨 연유로 그림을 서화사에 내놓을 생각을 않 고 포목점을 찾은 건지 모르겠네."

"서화사를 찾아가기 어려운 처지였던 것 같습니다요."

"그건 또 무슨 소리인가?"

"서화사에 가면 가격을 흥정해야 할 텐데 그림 가격을 얼마에 매기는지 얼마를 받을 수 있는지 자신이 없었던 겝니다. 그리고 그 부인, 가끔 제가 일감을 물어다주곤 했으니 다른 데 고민하지 않고 바로 저를 찾아왔던 것 같습니다."

"그 부인이 누구인가?"

"광통교 너머에 살고 있는 최씨라고 혼자 사는 과부입죠."

"그 부인이 이 그림을 그린 겐가?"

선비의 질문에 주인이 고개를 가로저었다.

"그럼? 그럼 누구인가?"

주인이 약간 뜸을 들인 뒤 말을 이었다.

"처음에는 요상한 생각까지 했더랬습니다."

"요상한 생각?"

"갑자기 과부가 저 같은 놈이 봐도 꽤 잘 그린 듯 보이는 그림을 치맛폭에 그려왔으니 의심이 생기지 않겠습니까?"

"의심이라……?"

"나으리같이 고상한 분들이야 뭐 음한 생각을 띄엄띄엄 하시겠지만 저희 같은 장돌뱅이들이야 머리 굴리는 꼴이 죄다 상스러워서 말입니다. 난 처음에 부인이 한양의 난봉꾼 선비들과 술잔이나 기울이던 중 여흥에 취해 받아온 그림이라고 생각했지 뭡니까."

하마터면 주인장의 말에 선비도 넘어갈 뻔했다. 과부의 치마폭에 거의 한 번의 붓놀림으로 그려진 포도도라니.

"그런데 그게 아니었습죠."

"아니라면?"

"나으리 같은 사대부 선비가 그린 그림이 아니었단 말입죠."

"선비가 그린 그림이 아니라면……, 아녀자가 그렸단 말인가?"

"예."

"정말인가? 이게 문인화를 전문으로 하는 고관대작이나 선비의 작품이 아니라고?"

"그렇다니까요. 속고만 사셨나."

선비의 눈이 갑자기 휘둥그레졌다. 포목점 주인이 말을 이었다.

"그래서 캐물었습죠. 그림을 그린 장본인이 누구인지 말해보라구요."

"그러더니 순순히 말해주던가?"

"처음엔 꽤 망설였습죠. 하지만 제가 설득했죠."

"무슨 말로?"

"괜한 오해 살 짓 하지 마라, 주색잡기에 능한 난봉꾼 유부남과 정을 통했다는 소문이라도 돌면 그 억울함을 어찌 감당하려고 이러느냐, 협박 비슷한 말들 섞어가며 소인이 통사정을 했습죠."

"그랬더니 말하던가?"

주인이 고개를 끄덕였다. 주인이 그림을 그린 이를 알고 있다는 걸 확신하자 선비가 더욱 조바심을 냈다.

"아. 그럼 얼른 말하지 않고 뭘 망설이는 겐가? 속 시원히 말해보라니까."

"어허, 나으리. 점잖게 생기신 분이 생긴 것과 달리 성미 한 번 급하십니다그려."

"빙빙 돌리지 말고 말해보게. 내겐 꽤 중요한 일이네."

선비가 애가 타 마음 졸이는 걸 본 주인이 더 이상 망설이지 않고 말을 꺼냈다.

"같은 동네에 있는 사임당이라고……."

"사임당? 호를 갖고 있소?"

"예. 맞습니다. 당호가 사임당이라고 했습죠."

"여인인데다, 당호를 가진 이라? 이 또한 범상치 않군 그래. 그래서 더 말해보게."

"예. 홍씨 부인이라고. 그 집도 홀어머니 밑에서 자란 양반인데 지금은 가세가 형편없이 기울었습죠. 이원수란 선비의 부인이 그렸다고 하더군요."

"이원수란 선비의 부인 사임당이라……."

선비가 다시 한 번 그림을 보았다. 그림만 보면 남녀의 구별이 딱히 느껴지지 않았다. 주인도 신기한 듯 말을 이었다. 물론 홍정이 먼저였다.

"나으리, 소인이 정보 먼저 먹을 만한 차림으로 한 상 거하게 펼쳐드렸으니 이제 후한 값으로 돌려주셔야죠."

선비가 내내 그림을 바라보며 고개를 끄덕였다.

"그래. 그림값을 지불해야지. 얼마를 쳐주면 되겠소?"

"그런데 나으리, 먼저 여쭙고 싶은 게 있습니다."

"물으시오. 내 아는 분량 안에서 답해주리다."

"이 그림이 나으리 보시기에 그리 좋아 보이는 겁니까?"

"좋아 보이느냐 묻는 겐가?"

"예. 나으리. 그림이래봐야 춘화나 보는 저로선 이걸 산수화라고 하나. 하여튼 뭐, 그런 그림을 보면 이게 잘 그린 건지 못 그린 건지 도무지 구별이 안 되어서요."

주인도 그림이 담백하면서도 꽉 짜여 있다는 느낌은 받았다. 그러나 어느 정도 수준인지는 판단하기 어려웠다.

선비가 말 대신에 그림값으로 가치를 증명했다. 엽전 꾸러미를 본 포목점 주인이 놀란 얼굴로 선비를 바라봤다.

"이게 정말 이 정도 가치가 있는 겁니까? 소인은 미처 몰랐습니다. 이 그림이 그렇게 대단한 것 같습니까?"

"대단하다……. 글쎄 그렇게 말할 수 있을까?"

"그럼……, 누구와 비교할 수 있다고 보십니까?"

주인 역시 이제 단순한 관심을 넘어선 듯 보였다. 선비가 한 치의 망설임도 없이 답했다.

"안견의 그림을 닮았네."

"예? 뭐라구요?"

"조선 최고의 천재화가 안견이 살아 돌아온 것 같아."

"예? 정말이십니까?"

"물론이지. 아님, 내가 이 정도 웃돈을 주고 사겠는가?"

19. 장안에 퍼진 소문

"뉘시오?"

"아, 저희들은……."

의관을 정제한 멀끔한 선비가 손에 붓통으로 보이는 물건을 손에 쥐고 있는 모습이 눈에 들어왔다. 집 앞에서 선비를 맞이한 이는 이원수였다.

아침상을 막 물린 이른 시간이었다. 이원수는 이 시간쯤이면 아침을 먹는 둥 마는 둥 상을 물리고는 자신의 서재로 돌아가 밀린 아침잠을 잘 채비를 하곤 했다. 전날 저잣거리에서 친구들과 술잔을 기울인 탓에 입을 열 때마다 술 냄새가 풍겼다.

그렇게 서재로 돌아가려는데, 사립문 밖에서 인기척이 들리자 이원수가 문을 연 것이다. 문을 연 이원수는 눈앞에 있는 선비의 멀끔한 모습에 놀란 것도 잠시, 선비가 꺼낸 말에 다시 한 번 놀라지 않을 수 없었다.

"이원수 공이십니까?"

자신의 이름 석 자를 호명하는 선비를 보며 이원수는 다시 한 번 졸린 눈을 비비고 상대를 살폈다. 전날 밤 자신이 술에 취해 혹 몹쓸 짓을 저지를 건 아닌지 가슴이 벌렁거렸다. 더구나 선비는 혼자가 아니었다. 역시 말끔한 도포 차림의 선비들 한 무리가 뒤쪽에 서 있었던 것이다. 어림잡아도 열댓 명은 족히 넘어 보였다. 깜짝 놀란 이원수의 표정이 굳었다.

'어젯밤에 무슨 일이 있었나? 내가 술김에 뭐 큰 실수라도 한 건가?'

하지만 이원수는 이내 마음을 놓았다. 선비들의 표정이 하나같이 밝았기 때문이었다. 밤새 막급한 궁금증을 참지 못하고 동이 트자마자 버선발로 달려온 흥분이 느껴졌다. 또 하나 이원수를 안심시키는 건 글과 그림에만 한평생 쏟아부을 법한 선비들의 모습만 있을 뿐, 관아에서 나온 포졸이나 상스러운 복장의 저잣거리 사람들은 보이지 않는다는 점이었다. 약간 마음의 긴장이 풀린 이원수가 선비의 질문에 답했다.

"예. 그렇소만. 무슨 일이십니까?"

"아침 일찍 참으로 송구한 일이긴 하나 답답해서 견딜 수가 있어야죠."

"뭐, 뭐가 말이요?"

"부인의 당호가 사임당이라고 들었습니다."

선비의 말에 이원수가 바로 되물었다.

"내 안사람을 아시오?"

"알다마다요."

"어떻게 내 안사람을 아시오. 내가 알기론 우리 안사람은 좀처럼 바깥출입을 하지 않는 사람인데."

평소 사임당의 반듯한 모습을 답답해하던 이원수였지만 선비에게 이 말을 하는 순간만큼은 아내가 자랑스러웠다. 그리고 더욱 궁금해졌다. 모여든 선비들의 행색들을 보아하니 실수를 범하거나 주색잡기에 빠진 한량들과는 거리가 멀어 보였다. 그들 중엔 이원수 같은 한량의 귀에도 소문이 들려오는 제법 이름 높은 사대부가의 어른도 보였다. 어른과 눈이 마주치자 이원수는 자신도 모르게 옷매무새를 가다듬고 몸을 낮췄다. 하지만 그들은 이원수의 행동이나 태도에 관심이 없었다. 선비의 말이 그들의 마음을 대신했다.

"당연하죠. 저희도 부인의 얼굴을 마주한 적이 없습니다."

"아니, 그런데 어떻게 내 안사람을 알 수 있단 말이요……?"

의아해하는 이원수의 눈앞에 선비가 어깨에 메고 있던 붓통을 내려서는 흔들어보였다.

"이 안에 무엇이 들어 있는 게요?"

대답 대신에 선비가 붓통을 열었다. 낡은 치마 한 벌이 나왔다. 치마를 펼치자 치맛자락에 먹으로 그린 포도와 넝쿨 그림이 나타났다. 눈에 익은 사임당의 그림이었다. 단지 화폭이 아니라 치마폭에 담겨 있다는 것만이 다를 뿐.

그림을 보고 놀라는 이원수에게 선비가 물었다.

"이 그림이 부인의 것이 맞는지요?"

이원수가 문득 의아한 표정을 지었다.

"그림은 아내의 그림이 맞는 것 같은데, 이 치마를 왜 선비님이 갖고 계시는 거요?"

"잘 됐군요. 일단 염치 불구하고 좀 들어가도 되겠습니까?"

치마를 접어 팔에 걸치며 선비가 말했다. 다른 선비들의 표정도 한층 밝아졌다. 동시에 그들은 한층 설레는 기색을 감추지 않았다. 이번에도 선비가 그들의 뜻을 대신 전달했다.

"식전 댓바람에 실례인 건 알지만 그림 구경을 좀 해도 되겠습니까?"

"예? 그림 구경?"

이원수의 목소리가 자신도 모르게 커진 모양이었다. 앞마당 비질을 위해 나선 홍씨 부인이 아침 일찍 대문 앞에서 일어난 작은 소동에 귀를 기울였다. 홍씨 부인도 자연스럽게 걸음이 대문 쪽으로 옮겨갔다. 때맞춰 이원수는 선비들을 집 안으로 들여놓았다.

"누추하지만 일단 들어오시지요."

홍씨 부인이 선비들의 면면을 살폈다. 한양에서 오랫동안 살아온 홍씨 부인은 그들이 얼마나 대단한 유명세를 떨치는 사람들인지 정도는 알고도 남았다. 이원수 옆에 바싹 붙어선 홍씨 부인도 아들을 따라 고개를 숙였다. 그리고는 아들에게 귓속말을 했다.

"이 사람들이 다 무슨 일이냐? 혹시 너……."

"어머니, 지금 무슨 생각을 하시는 겁니까? 그런 거 아니에요."

"내가 무슨 걱정을 하는지 알고는 있는 게냐?"

홍씨 부인이 더 한층 걱정스럽게 물었다. 이원수는 홍씨 부인의 걱정을 일축하며 소리죽여 말했다.

"아이고 어머니, 걱정도 팔자시네. 제가 무슨 재주가 있어 역모 같은 걸 꾀하겠소."

"하도 네가 술자리, 주막집을 전전하는데 걱정이 안 되겠냐. 술 김에 무슨 말을 못하겠어."

"술독에 빠져 나랏일 하는 사람들 타박 좀 했다고 그거 심문하 려고 이 아침에 한양의 유명한 선비들이 출동하겠소."

"그럼 대체 무슨 일 땜에 내로라하는 양반들이 이 아침에 여기 에 모인 게냐?"

"그림 구경하러 왔다지 않소, 그림 구경."

"뭐? 그림 구경?"

홍씨 부인의 목소리가 자신도 모르게 높아졌다. 앞마당에 들어 선 선비들이 홍씨 부인의 말을 그대로 귀에 담았다. 붓통을 들고 온 선비가 밝게 웃으며 큰 소리로 답했다.

"맞습니다, 어르신. 저희들 모두 그림 구경하러 왔습니다. 그림 좀 보여주시죠!"

호탕한 웃음과 함께 이어진 선비의 목소리가 사임당이 있던 별 채까지 들려왔다. 어머니와 함께 그림을 그리고 있던 매창이 앞마 당의 왁자한 소리를 듣고 서둘러 자리에서 일어섰다.

"어머니. 밖에 손님들이 오셨나 봐요."

"손님이라니? 아침까지 별 말씀 없으셨는데……."

간단히 옷매무새를 가다듬은 사임당이 별채 문을 열고 나왔다.

매창도 어머니 뒤를 따랐다. 앞마당을 가득 채운 선비들이 사임당의 눈에 들어왔다. 어리둥절했으나 일단 고개를 숙여 인사를 했다. 선비들이 예를 갖추어 인사를 했고, 그중 하나가 입을 열었다.

"부인, 이른 아침에 이렇게 불쑥 찾아온 무례를 용서하시기 바랍니다."

"무슨 일이신지요?"

"부인의 재주에 대한 소문이 한양에 파다한 까닭에 궁금증을 견딜 수 없어 하는 벗들과 어른들의 채근들을 견딜 수가 있어야죠."

"선비님, 무슨 말씀을 하시는 건지 저는 잘······."

사임당의 말에 이원수가 선비 대신 자랑하듯 말했다

"당신의 그림을 구경하기 위해 이렇게 찾아온 거요."

선비가 이원수의 말을 받아 힘주어 말했다.

"구경뿐이 아니요. 부인. 저희는 부인께 그림을 청하고 싶은 마음에 이렇게 찾아온 것입니다."

"······."

이원수와 홍씨 부인은 점점 더 놀라워하는 표정으로 변하고 있었다.

"기왕 무례를 범한 것, 염치 불구하고 지금 당장 부인이 그린 그림을 보여주실 수 있습니까? 부탁합니다."

시간이 꽤 흘렀지만 선비들은 떠날 생각을 않았다. 궁색한 살림에 불편해하는 홍씨 부인의 꿍얼거림도 소용없었다. 그들은 별채에 모여 앉았다. 자리가 모자라 문 밖에 서서 사임당의 그린 그림들을 넋을 놓고 살피고 있었다.

"안견의 화풍을 그대로 빼닮았어."

"여백과 색채를 다루는 솜씨가 보통이 아닐세."

선비들 모두 한마디씩 찬탄을 쏟아냈다. 예를 갖추긴 해도 글과 그림에 있어선 서로 경쟁하는 사이라 칭찬에 인색한 것이 선비들이었다. 하지만 사임당의 그림은 인정할 수밖에 없는 절대적 기준을 훌쩍 넘어선 것이었다. 그렇기에 저절로 찬사를 쏟아내지 않을 수 없었다. 그리고 가장 솔직한 한마디가 이들에게 사임당의 그림을 소개한 선비의 입에서 나왔다

"안견의 그림을 닮은 게 아니요."

선비의 말에 모여 있는 다른 선비들의 시선이 그림과 선비에 집중되었다. 선비의 시선이 별채 밖 멀찌감치 떨어져 있던 사임당에게로 향했다. 하지만 사임당은 내내 별채 쪽으로 눈길을 돌리지 않았다. 별채에서 선비들을 맞이하는 건 이원수의 몫이었다. 선비가 단정하듯 짧게 한마디 했다.

"안견의 그림은 안견의 그림이고, 부인의 그림은 부인의 그림이요. 안 그렇소?"

선비의 말에 다른 선비들이 침묵했다. 무언의 긍정이었다. 이원수는 잠시 넋이 나간 표정으로 자신의 부인이 그린 그림을 바라보았다.

'이렇게 뛰어난 것인가. 내 아내의 그림이. 내 아내, 내 아내가.

그럼 난, 난 어디에 있지? 난 어디에 서 있어야 하지?'

먼발치에서 사임당은 남편의 표정을 바라봤다. 먼 곳에 있어 확실하진 않았지만 사임당은 분명히 알 수 있었다. 남편이 지금 무슨 마음을 갖고 있는지. 무슨 생각을 하고 있는지.

"부인. 부디 제 청을 뿌리치지 말아 주시오."

"하지만……."

"저는 정말 진지합니다. 제가 부인과 농이나 하자고 이렇게 뵙자고 한 게 아닌 걸 잘 아시지 않습니까. 이는 개인의 단순한 취향이나 도락을 위함이 아닙니다."

사임당은 선비의 말에서 진심을 읽었다. 시를 읊조리고 그림을 이야기하는 사람들은 대개 두 가지 부류로 나뉜다. 한 부류는 참 뜻을 두고 세계와 우주를 펼쳐내는 의미로서 글과 그림을 다루는 부류이고 다른 부류는 선비가 말한 것처럼 단순한 도락과 여흥을 위한 도구로 글과 그림을 생각하는 부류였다. 물론 진지한 선비의 태도를 보면 자신의 그림이 한량들의 주색잡기에 남용되지는 않을 거란 생각이 들기는 했다. 사임당의 표정이 한층 누그러진 걸 확인한 선비가 간곡하게 부탁했다.

"대가는 섭섭지 않게 치르겠습니다. 물론 부인을 저잣거리 환쟁이처럼 대우하지도 않을 거구요."

"……."

"부인의 그림을 기다리는 사대부 대감댁과 유수의 관직에 계신 분들의 청 때문에 제가 밤잠을 못 이룰 정도입니다. 그러니 제발 부인의 기예를 많은 문인의 향취를 그리워하는 이들에게 선사해 주시면 좋겠습니다. 간곡히 부탁합니다."

뿌리칠 수 없는 청에 사임당은 처음엔 산수화 한 점을 그려주었다. 비교적 크지 않은 한지에 조선의 산수를 담아냈다. 담백한 채색을 그림 전체의 주제로 삼았지만 그림을 그리는 동안 많은 생각이 오갔다.

'왜 이렇게 생각이 스산하지.'

생각이 많은 건 당연했다. 누군가에게 돈을 받고 파는 그림을 그린다는 게 과연 군자의 도리일까. 남편과 집안에 누를 끼치지는 않을까. 수많은 생각들이 사임당의 머리를 어지럽혔다. 넘치는 사념은 붓을 쥔 손에서 기운이 떨어지게 했다.

하지만 조선의 산과 바다를 그리는 순간, 사임당의 머릿속을 허다하게 오가던 잡념에 가까운 생각들이 가라앉기 시작했다. 거칠게 출렁이던 파도가 강렬한 정오의 태양, 그 기운에 압도당해 잔잔해지듯 사임당은 그림을 그리는 어느 정점부터 무념에 가까운 지경에 빠져들었다.

사임당은 그리운 강릉의 바다를 떠올렸다. 때론 매섭게 때론 부드럽게 불어오는 강릉의 해풍이 한지 위에 한가득 담긴 산과 물의 윤곽선을 섬세하게 자극했다. 선을 긋고 바다의 물결치는 곡선을 그려나가는 순간순간, 사임당은 강릉 앞바다의 해풍을 온 몸으로 느끼고 있었다.

그리고 사임당은 깨달았다. 그림을 그리는 것, 종이 위의 공간을 하나하나 채워나가는 순간이 가장 행복할 수 있다는 것을.

'아니야. 이건 무책임해. 이거야말로 이기적인 도락이야.'

그림을 그리는 순간 절정의 희열을 실감하던 사임당이 자신도 모르게 고개를 가로저었다. 때늦은 죄책감이 밀려들었다. 손에서 붓을 잠시 놓아야 했다. 멍하게 그리다 만 그림을 바라봤다. 이미 대부분 그려진 작은 종이 위를 물들이고 있는 조선의 산수를 물끄러미 내려다봤다. 절정의 희열이 다시금 온 몸의 감각을 거칠게 일깨웠다.

'아니야. 이건. 이건.'

그 순간, 사임당은 두 가지 생각에 사로잡혔다.

'이건 한갓 유희에 불과한 도락인가, 아니면 그림 그리는 나, 사임당의 발견인가.'

사임당이 조심스럽게 다시 붓을 손에 쥐었다. 그리고 여백을 채워나가기 시작했다.

사흘 만에 그린 산수화 한 점. 사임당은 그 그림을 다음 날 아침 찾아온 선비에게 조심스럽게 내어 보였다. 그림을 완성했다는 전갈을 받자마자 선비는 열 일 제쳐두고 사임당을 찾아왔다. 이른 아침. 새벽의 차가운 공기도 아랑곳하지 않은 선비는 그림에 대한 깊은 기대와 설렘으로 가득했다.

사임당의 그림을 확인하는 선비의 마음이나 자신의 그림에 대한 평가를 기다리는 사임당. 둘 모두 긴장하지 않을 수 없었다. 하지만 긴장의 끈은 자신도 모르게 터져나온 선비의 '아!' 하는 감탄사로 싱겁게 끊어져버렸다.

"부인. 참으로 좋습니다, 좋아요."

"좋다 하시면……."

"흠잡을 데가 없어요."

"과찬이십니다."

"문인화 좀 접했다는 선비들, 고약한 평으로 유명하다는 건 알고 계시죠?"

　선비의 말에 사임당이 조심스러운 미소로 답을 대신했다. 선비가 말을 이었다.

"저도 그런 고약한 선비 중 하나입니다. 그런데, 부인의 그림에선 그런 책조차 잡을 수가 없군요."

　옆에 앉아 있던 이원수는 명문가 사대부들이 집에 들락거린다는 사실 자체가 마냥 흐뭇했다. 또한 안사람이 유명한 이들의 세평에 오르내리는 것도 싫지 않았다. 하지만 마음 한 구석의 불안과 두려움을 떨쳐내기 어려웠다. 집 안에서 자신이 있어야 할 자리가 느껴지지 않는 허무함이 가득했기 때문이다.

　그림 주문은 갈수록 늘어만 갔다. 그리고 사임당의 그림을 대하는 사람마다 감탄을 주저하지 않았다. 보는 눈마다 차이는 있겠지만 사임당이 그린 그림에는 공통분모가 있었다.

담백하다.

사임당에게 그림을 의뢰한 이들은 그녀에게 어떤 주제를 국한해서 요구하지 않았다. 사임당이 추구할 수 있는 주제와 사물의 추구에 대해 별 다른 의심이 없었기 때문이다. 사임당은 그런 이들에게 대개 초충도를 그려주었다. 하나의 화폭에 화초와 들풀, 벌레, 곤충이 어우러진 그림, 초충도.

한 번은 어머니의 초충도를 유심히 지켜보던 현룡이 물었다.

"궁금합니다. 어머니."

"그림이 말이냐?"

"들풀과 벌레들이 이처럼 동일한 비중을 갖고 화폭을 차지할 다른 특별한 이유라도 있는 것입니까?"

현룡의 질문에 사임당이 되물음으로 대신했다.

"들풀, 벌레, 곤충들을 그리지 말아야 할 이유라도 있는 게냐?"

"아니요. 그런 건 아닙니다만."

"벌레나 곤충을 미물로 바라보려는 식견은 인간을 만물의 중심으로 이해하려 하는 이기적인 인간의 식견일 뿐이란다."

"……."

"풀과 나무, 새와 짐승들에게도 모두 각자의 합당한 방식이 있단다. 그걸 잊지 말도록 해라."

현룡에게 준 가르침을 사임당은 화폭에도 고스란히 구현했다. 어찌 보면 더없이 단순하고 보잘것없는 주제일 수 있다. 길가나

야산에 오르기만 하면 지천에 널린 것이 풀이요, 벌레요, 곤충이었다. 터질 듯 둥글게 무르익은 자줏빛 가지, 하늘을 향해 두 날개를 활짝 펼치고 똑바로 날아오르는 나비, 동그란 쇠똥을 온 몸으로 굴리고 있는 부지런한 쇠똥구리 세 마리……. 그 흔하고 단순한 소재를 사임당은 예민하게 관찰하여 산뜻하게 화폭에 담아냈다. 구도는 대담하게 설정하되, 자칫 투박하게 표현될 수 있는 대상들을 간결하고 여유롭게 배치하면서 특유의 섬세함을 더했다.

"나비가 화폭 곳곳마다 날아다녀요. 어머니."

"그러니?"

어머니의 병풍 작업을 신기하고 기쁘게 지켜보던 매창이 호기심을 참지 못하고 입을 열었다.

적당한 크기의 화폭에 그린 초충도도 그림 의뢰자들의 관심이 높았지만 사임당에게 정말로 기대하는 작품이 따로 있는 경우도 있었다. 궁중화에 관심을 쏟는 사대부 선비들이 사임당에게 의뢰했던 작품들은 병풍 그림이었다.

특별히 8폭 병풍들이 관심의 대상이었다. 병풍 그림을 의뢰받은 사임당은 갑충, 양귀비, 개구리, 땅강아지, 오이, 강아지, 벌 등의 소재를 다양하게 다뤘다. 하지만 다양함 가운데는 나름의 정연한 질서가 있었다. 그럼에도 자신도 모르게 가장 많이 그려 넣는 것이 있었다. 바로 나비였다.

매창의 말에 사임당이 확인하듯 병풍을 바라봤다. 딸의 말이 맞았다. 병풍 속의 그림에서 가장 많이, 활기차게 날아다니는 존재는 나비였다.

"어머니는 나비를 정말 좋아하시나봐요?"

사임당이 매창의 얼굴을 바라보았다. 매창의 호기심은 단순한 궁금증 이상의 어떤 것이 있었다.

"장자의 제물론(齊物論)을 알고 있느냐?"

"예. 어머니가 가르쳐주셨잖아요."

"그럼 호접지몽(胡蝶之夢)도 기억하겠구나."

"호접지몽요?"

매창이 기억을 떠올리려 했다. 사임당이 딸의 기억을 도왔다.

"장자가 꿈에서 나비가 되어 훨훨 날아다녔지."

"나비가 되어서요?"

"그래. 꿈에서. 꿈은 언젠가는 깨어나겠지."

"그렇죠. 깨어나서요?"

"깨어나고 보니 자신이 나비였는지 나비가 자신이었는지 알지 못하겠다는 내용이 나오지."

"……."

사임당이 다시 붓을 들었다. 붓을 들며 말을 이었다.

"모든 만물은 나와 나비가 다르지 않은 하나라는 생각, 선하고 악하다는 느낌, 아름답고 추하다는 느낌이 나로 하여금 나비를 그리게 하였구나."

현룡의 손에 새로운 책이 들렸다. 사임당은 현룡이 책을 받아든 손길에서 책에 대한 애정을 느낄 수 있었다. 누구든 마음을 떨리게 만드는 건 따로 있는 듯하다. 바로 옆에 서 있던 매창도 기뻐하긴 마찬가지였다. 매창의 품에는 새롭게 어머니가 서화점에서 사다 준 붓과 종이가 한아름 안겨 있었다.

하지만 책을 받아든 현룡의 표정이 밝지만은 않았다. 현룡이 애써 기쁨을 감추려는 모습이 사임당의 시선을 끌었다. 사임당이 물었다.

"왜 그러니? 책이 맘에 안 들어?"

"아니에요. 어머니."

"그럼 혹시 그 책들도 벌써 읽은 거니?"

사임당은 현룡의 책 읽는 속도를 가늠하기 어려웠다. 하루가 다르게 현룡은 그치지 않는 독서욕을 보여주었다. 더욱이 현룡은 그 이해의 속도가 다른 이들과 비교할 때 현저히 빨랐다. 과거시험을 준비하는 선비들이 학습하는 속도마저도 능가할 정도였다. 그랬기에 사임당은 새로 구입한 책들도 현룡이 벌써 읽은 게 아닌가 하는 우려가 문득 스쳤다. 하지만 그건 아니었다. 현룡이 답했다.

"아니에요. 처음 읽을 책들이에요."

"그런데 왜 표정을 감추지?"

"어머니가 애쓰신 노력으로 읽는 것들 같아서요."

현룡의 말에 사임당의 마음은 뭉클해졌다. 하지만 그런 마음을 애써 감추고 담담하게 말했다.

"부모라면 당연한 일을 하는 거다. 애써 부모의 마음까지 헤아리려 하지 말고 네게 주어진 일에 충실해라."

잠시 현룡의 침묵이 이어졌다. 광통교에서 돌아온 사임당이 별채의 화구와 화첩들을 정리하기 시작했다. 현룡의 답이 사임당의 귀에 살포시 내려앉았다.

"예. 어머니. 그런데, 저……."

"응?"

현룡은 망설였다. 오랫동안 궁금했다. 그러나 물어봐도 될지 판단하기 힘들었다. 어머니가 그림을 두 장씩 그리는 이유. 그랬다. 사임당은 그림을 그려달라는 주문이 들어오면 언제나 똑같은 그림을 두 장씩 그렸다.

"왜 똑같은 그림을 두 장씩 그리세요?"

현룡이 오래전부터 묻고 싶은 물음을 힘겹게 꺼냈다. 사임당이 고개를 돌려 현룡을 바라봤다. 현룡은 새 책을 가슴에 품고 문 앞에 서 있었다. 사임당이 현룡의 질문에 짧지만 강한 한마디를 남겼다.

"곁에 오래도록 두고 싶어서. 훌훌 떠나보내버리면 너무 허전하잖니."

"……."

사임당의 답이 아련한 울림이 되어 현룡의 마음속에 파문을 일으켰다.

20. 흔들리는 지아비

이원수의 고개가 방바닥에 닿을 듯 내려앉았다. 그 모습을 현룡이 물끄러미 바라봤다. 방문이 반쯤 열려 있었다. 열린 방문 틈새로 사임당의 눈에 한 여자의 얼굴이 들어왔다. 시어머니 홍씨였다. 홍씨와 사임당이 눈이 마주친 순간, 사임당은 그녀의 표정 속에 수많은 감정이 교차하고 있음을 직감했다. 아들에 대한 오랜 애증이 그대로 묻어 있는 표정이었다.

사임당은 혼인한 뒤로 한 번도 시어머니 홍씨에게 자신의 속마음을 내비치지 않았다. 솔직한 심경 또한 말하지 않았다. 마음속에 담아두기만 했다. 그런 며느리를 보며 처음엔 홍씨도 답답한 의중을 내비치기도 했다.

"얘야. 무슨 말이라도 해보렴. 힘들면 힘들다고, 기쁘면 기쁘다고 말을 좀 해주면 안 되겠니?"

그럴 때마다 사임당은 잔잔한 미소로 대응했다.

"괜찮아요. 어머니. 힘들어도 어머니의 지난 세월보다 힘들었겠으며 기뻐도 어머니가 느낀 세월보다 기쁘겠어요. 전 지금 이대로가 좋습니다."

"정말 그렇게 생각해? 지금 이대로가 좋다고? 난 잘 모르겠다. 정말 잘 모르겠어."

그렇게 시어머니 홍씨는 고개를 갸우뚱하며 사임당의 진짜 속내를 궁금해했다. 그러다 보니 경우에 없는 말이 홍씨의 입에서 나오기도 했다. 사임당의 침묵에 견디다 못한 홍씨가 분통을 터뜨리며 한마디 꺼낸 것이다.

"정말이지. 답답해서 견딜 수가 없구나. 옛말 틀린 것 하나 없어. 곰 같은 며느리는 사람을 힘들게 하는데 묘한 재주를 지녔구나. 정말 그래. 정말 그렇다고."

하지만 시간이 약이라고 했던가. 조금씩 세월이 지나면서 홍씨는 며느리의 깊은 속내를 깨닫게 되었다. 그녀가 가족의 내밀한 부분까지 깊이 파악하고 있음을 알아차린 것이다. 그 사실을 알게 된 순간, 홍씨는 조금은 무서운 마음이 들었다. 혹 며느리에게 신기가 있나 하는 생각도 들었다.

'그렇지 않고서야 어떻게 아무 말도 섞지 않고 사람 마음이나 성정을 저리도 잘 파악하지? 귀신이 들리지 않고서야 말이지.'

그러면서도 홍씨는 스스로 입방정을 떨었다며 자책하곤 했다.

'내가 미쳤지. 양반가 며느리한테 신기가 뭐야. 신기가.'

법도가 거추장스런 옷처럼 여겨지는 이에게는 침묵과 절제가 불필요하기만 한 옷일지도 모른다. 시어머니 홍씨가 며느리에게 답답함을 느낀 이유도 그럴 것이다. 하지만 시간이 지난 뒤에는 달라졌다. 며느리를 보는 태도가 달라진 것이다. 그녀, 사임당은 주술적인 힘이나 타고난 능력을 가진 게 아니었다. 공자의 가르침, 그 깊은 바닥에 있는 인간다움을 묵묵히 실천하는 것뿐이었다. 사임당은 공자의 가르침을 통해 인간다움이 무엇인지를 체득해나갔다. 사람이 배우는 것은, 깨닫는 것은 자기 자신의 내면, 그 본성을 있는 그대로 보기 위해서다. 그리고 자신의 깨달음을 무례하지 않게 나누는 것이다. 혹여 상대에게서 추한 사람의 본성이 발견된다 해서 그것을 책잡거나 헐뜯지 않는 것, 그 또한 공자의 가르침인 것이다.

사임당은 그것을 너무나 잘 알고 있기에 아들을 바라보는 홍씨의 흔들리는 눈빛과 표정에 담긴 애증에 대해 아무 말도 할 수 없었다. 그리고 이해했다. 아니, 이해해야 한다고 믿었다. 시어머니, 그녀는 아들을 의지할 수밖에 없었다. 조선 땅에서 청상과부의 몸으로 자식을 키운다는 일의 고됨과 쓸쓸함을 당사자 아닌 누가 이해할 수 있겠는가.

사임당은 어느 순간 더없이 유약하고 무기력한 아들을 보며 깊은 허탈감에 사로잡힌 아들을 애증의 눈길로 바라보는 홍씨에게서 눈길을 피했다. 그리고는 조심스럽게 문을 닫기 전 현룡의 어깨에 손을 올렸다. 그리고 말했다.

"날이 좋구나. 잠깐만 할머니와 밖에 있을래?"

현룡이 눈동자를 두어 번 깜빡였다. 그 사이 사임당은 머리를 바닥에 대고 엎드린 남편을 바라봤다. 어머니의 눈빛이 처연했다는 것을 짐작했던 걸까. 현룡이 슬며시 자리에서 일어나 방문 밖으로 나섰다. 마당 밖에는 할머니 홍씨가 기다리고 있었다. 사임당이 방문을 닫았다.

바닥에 머리를 박고 있던 이원수가 고개를 들고 자세를 바로잡고 앉았다. 갓은 벗겨져 있었고, 어디에 놔두고 왔는지 왼쪽 버선 역시 벗겨진 채였다. 한참의 시간이 지난 뒤였다. 해가 뉘엿뉘엿 질 무렵, 창호지로 만든 문밖으로 붉게 물든 태양이 타오르기 시작했다. 붉은 노을이 워낙 강렬했던 것일까. 아니면, 급하고 격렬하게 들이부은 취기로 인한 갈증을 참기 힘들어서였을까. 벽에 등을 기대고 앉은 이원수가 급하게 물을 찾았다. 호롱불 옆에 자리끼를 둔 덕분에 이원수는 가까스로 갈증을 해소할 수 있었다.

물을 마시고 정신을 차린 이원수를 사임당은 물끄러미 바라봤다. 이원수는 차마 아내의 얼굴을 똑바로 쳐다보지 못했다. 자신에게서 시선을 피하자 사임당이 마침내 물었다.

"왜 저를 똑바로 쳐다보지 못하십니까?"

"무슨 면목으로 당신 얼굴을 볼 수 있겠소?"

이원수가 탄식하듯 말했다.

"과거에 낙방한 것 때문에 이러시는 겁니까?"

그 말에 이원수는 깊은 한숨부터 내쉬었다.

"이번이 벌써 세 번째요. 난 아무래도 가망이 없는 것 같아."

"고작 세 번째일 뿐입니다. 평생을 글공부에 매진해도 한 번 급제할까 말까 한 것이 과거 아닙니까?"

사임당의 그 말엔 어쩔 수 없는 책망과 질정이 담겨 있었다. 이원수가 발끈했다.

"난 도무지 공부가 뜻에 맞지 않소."

"무슨 말씀이십니까? 뜻에 맞지 않다뇨?"

"지겹단 말이요. 아무리 열심히 해도 난 아무래도 과거와는 인연이 먼 것 같단 말이요."

"학문과 배움이 반드시 출세하기 위함이 아니잖습니까."

목소리를 높이진 않았지만 사임당의 한마디 한마디엔 간절함이 묻어 있었다. 그녀가 말을 이었고, 이원수는 다시 고개를 숙였다.

"저는 당신이 보다 떳떳하게 세상을 살아갔으면 좋겠습니다. 자식들과 부모님, 나라와 민족에 부끄러움 없는 선비로 살아가길 원하는 겁니다."

"……"

"당신이 야속한 건 과거에 낙방하고 돌아온 것 때문이 아닙니다. 낙방 소식을 듣고 당신은 절망과 쓰라린 심정이란 명분으로 저잣거리를 돌아다니며 내내 주색에 빠져 있다가 이렇게 술에 취한 모습으로 돌아오시지 않았습니까? 제 말이 틀렸습니까?"

"괴로워서 그렇지 않습니까, 괴로워서 말이오!"

이원수의 붉게 달아오른 눈동자가 더욱 크게 확대되었다. 그러나 다음 순간, 사임당과 정면으로 눈을 마주한 이원수의 기세가 꺾였다. 고개를 돌려 그녀로부터 시선을 피했다. 그래도 할 말은 해야 했다.

"난 아무래도 과거 같은 건 맞지 않소. 하지만 당신 앞에 떳떳한 남편으로 서려면 과거 급제가 필요한 것 같단 말이요. 이런 내 마음을 왜 이리 몰라주시오."

사임당이 자신도 모르게 옅은 한숨을 쉬었다. 이원수의 얼굴은 수치와 부끄러움, 하지만 이를 어떤 방식으로 극복할지에 대해선 아무 답도 갖지 않은 무구함으로 가득했다. 사임당이 남편이 알아차리지 못하게 짧은 한숨을 한 번 내쉰 다음 말했다. 한층 차분한 목소리였다.

"당신은 제 남편입니다. 전 당신의 아내예요."

다시 취기가 밀려온 듯 이원수가 고개를 끄덕였다.

"알지. 암. 다 알고말고."

"남편과 아내 관계가 이렇게 확고한데 떳떳하지 않을 게 뭐가 있습니까?"

사임당의 그 말에 이원수가 고개를 들었다. 이원수의 얼굴엔 답답함과 설명하길 없는 억눌림의 기운이 강하게 스며들어 있었다. 그는 사임당을 보며 탄식하듯 말했다.

"당신의 그 눈빛."

"……."

"날 바라보는 그 눈빛 말이요."

"무슨 말씀을 하고 싶으신 겁니까?"

이원수가 자신도 모르게 슬그머니 고개를 가로저었다. 다시금 그의 낯빛 전체에 절망의 기운이 짙게 드리웠다.

"당신이 날 그렇게 바라보는데 내가 어떻게 떳떳할 수 있겠소? 안 그렇소?"

사임당의 눈빛이 흔들렸다. 야속함이 마음 깊은 곳에서 강하게 너울거렸다. 그녀는 남편을 존경하고 싶었다. 남편은 아버지가 허락한 유언과도 같은 존재이기에 더욱 그랬다. 사임당은 간절했다. 그녀는 남편 이원수에게 많은 것을 바라지 않았다. 한양의 살림살이는 강릉의 친정과는 비교할 수도 없을 정도로 곤궁했다. 그래도 사임당은 곤궁한 형편을 남편 탓으로 돌릴 마음은 털끝만큼도 없었다. 그저 이원수가 사람 사는 도리, 충효의 도리, 나라를 진심으로 생각하는 마음, 자녀를 전심으로 교육하고 싶은 마음을 잃지 않는 사람이기를 바랐다. 그리고 그런 남편을 존경하고 싶었다. 간절히, 마음 깊은 곳에서부터 간절히.

하지만 이원수는 사임당의 기대에 너무나 못 미쳤다. 그의 착하고 어진 성정만이 존경의 한 그릇으로 남아 있을 뿐, 사임당이 기대했던 지아비의 모습, 학문을 추구하는 곧은 선비의 모습을 보여주지 못했다. 아내의 이런 좌절감을 남편인 이원수가 모를 리 없었다. 그래서일까. 슬픈 눈으로 남편을 바라보던 사임당의 눈길이 버선이 벗겨진 그의 왼발을 향했다. 저잣거리의 흙먼지를 그대로 묻혀 온, 어린 아이 흙장난의 흔적처럼 남아 있는 그의 맨발을 보는 순간 그녀의 마음은 까닭 없는 동요를 일으켰다. 문득 그녀는 소리내어 울고 싶었다.

이원수가 다시 고개를 숙였다. 더 이상 몸을 가누기 어려웠던 모양이었다. 몸이 자연스럽게 바닥에 곤두박질치더니 그대로 주저앉았다. 술의 힘을 빌리지 않으면 자신의 속내를 풀어내지 못하는 남자, 한없이 착하고 모질지 못한 남자였다. 잠시 아무 생각도, 의지도 갖지 못한 채 바닥에 머리를 박고 코를 골기 시작한 이원수를 바라보던 사임당은 천천히 남편의 더러워진 갓과 도포를 벗기기 시작했다.

흠칫. 무언가가 파고드는 느낌에 사임당이 눈을 떴다. 낯설고 불쾌한 감각이 그녀의 온몸을 가슴 저리게 파고들었다. 날카로운 가시밭 한복판을 헤치고 나가는 듯한 날카롭고 찢기는 감각이었다. 아팠고, 수치스러웠다.

사임당의 새벽잠을 깨운 건 남편이었다. 젖먹이 막내 아들 우를 낳은 뒤 몇 달 지나지 않은 어느 여름날 밤이었다.

자신의 몸 위로 올라선 남편의 온 몸에는 진한 술 냄새가 가득 배었다. 그의 손가락 마디마디에도 술기운이 흔적이 강하게 배어 있었다.

"무슨 짓이에요!"

사임당이 강하게 이원수를 밀쳐내려 했다. 하지만 술의 힘을 빌린 이원수는 완강했다. 이원수가 반복해서 중얼거리는 말이 있었다. 사임당의 귀에 그 말이 더욱 크게 들려왔다.

"당신은 내 아내야. 우린 정을 나눠야 해."

"이게 정을 나누는 거라고요?"

"그럼, 부부가 정을 나누는 게 이런 거 말고 또 다른 게 있다고 생각하오?"

"당신, 정말."

사임당이 필사적으로 이원수를 밀쳐냈다. 사임당의 야멸찬 태도가 이원수를 멈추게 했다. 사임당이 흐트러진 옷매무새를 바로하며 자리에서 일어났다. 때맞춰 새벽을 알리는 닭의 울음소리가 들렸다.

이원수는 무안해하지 않았다. 대신 잔뜩 화난 얼굴로 사임당을 노려봤다. 기회를 잡은 듯한 기세가 느껴졌다. 사임당은 한 걸음 더 물러났다. 술 냄새가 역겨웠던 탓이다. 이원수는 그런 사임당의 얼굴을 보며 말했다.

"한 번도 변하지 않았어. 단 한 번도."

"무슨 말이에요?"

"당신이 날 바라보는 그 눈빛. 날 경멸하는 그 눈빛 말이요."

감정이 가득 배어 있는 발언이었다. 사임당이 짧은 한숨을 쉬었다. 그때, 이원수가 거보라는 듯 한숨을 내쉰 사임당을 손으로 가리키며 말을 이었다.

"이거 봐. 날 경멸하고 있어. 당신은 늘 그래. 언제나 날 무능하고 무례한 시정잡배로 보고 있지."

"……."

"그에 반해 당신은 언제나 고고하지. 공자의 가르침으로 자식들을 가르치지. 그런데 난 어쩌나. 사서삼경은 읽기 싫고 불경이나 좋아하고 과거랍시고 보러 가봤자 눈에 보이는 건 텅 빈 종이. 거기에 뭘 써야 할지 아무 생각도 떠오르지 않는 천한 인간인데."

"그만하세요. 제발."

사임당은 더 이상 이원수의 말을 듣고 싶지 않았다. 한마디만 더 들으면 그동안 애써 다잡아왔던 마음속의 주춧돌이 와르르 소리를 내며 무너져내릴 것 같았다. 심장 위에 무거운 돌이 얹혀 있는 기분이었다. 이 순간 이원수는 더 이상 착한 남자가 아니었다. 정 많고 사람 좋은 남편이 아니었다. 아내에게 버림받고 무시당했다고 생각하는 열패감에 사로잡힌 주정뱅이일 뿐이었다.

갑자기 이원수가 자리를 박차고 일어섰다. 사임당이 당혹감에 사로잡힌 얼굴로 이원수를 올려다봤다. 이원수가 한마디 짧게 남기고는 다시 밖으로 나갔다. 그 순간, 이원수의 뒷모습이 사임당의 눈에는 그토록 차가워 보일 수가 없었다. 뼛속까지 시리게 느껴질 정도로 차갑고 아팠다.

"더 이상 내게 어떤 것도 기대하지 마시오. 당신이 날 거부한 거야. 난 최선을 다했어. 최선을 다했다고."

21. 쓸쓸한 외도

권씨는 얼굴 한가득 홍조를 띠고 있었다. 술을 따르는 품새도, 손놀림도 지나칠 만큼 나긋나긋하고 교태가 묻어났다. 또한 그만큼 흐트러져 있었다. 방심이나 방종이 일상의 습관처럼 묻어 있는 양, 바로 옆에 앉은 사내, 이원수에게 술을 따르는 그녀의 자세는 지금 당장이라도 바닥에 눕혀져 낯선 사내의 먹잇감이 되어도 아쉬울 게 없다는 듯 무방비로 노출되어 있었다.

이원수는 자신의 바로 옆에서 한없이 흐트러진 표정과 손길로 술을 따르는 권씨를 가만히, 그리고 음흉하게 바라보았다. 이원수는 권씨의 저급함이 싫지 않았다. 오히려 편안함마저 느껴졌다. 편안함이란 단어가 머릿속에 떠오르자 이원수는 술상이 차려져 있는 이곳, 자신의 집에서 채 오 리도 떨어지지 않은 저잣거리에 자리한 초라한 주막의 작은 방을 둘러봤다. 허름하고 지저분한

이 방에 오면 이상하게도 마음이 편해졌다. 가지런히 쌓아올린 서책, 반듯하게 깔린 이불, 잘 닦여 반질반질 윤기가 흐르는 장롱 따위는 자신과 맞지 않았다.

권씨는 계속해서 술을 따랐다. 이원수는 그녀가 따라주는 잔을 한 숨도 쉬지 않고 받아 마셨다. 몇 잔이고 계속해서 잔을 비웠다. 그러자 권씨가 투정, 아니 앙탈을 부리듯 말했다.

"아이. 정말 이럴 거예요?"

"뭐가?"

이원수가 잔뜩 토라진 얼굴 흉내를 내고 있는 권씨를 향해 말을 걸었다. 그러자 권씨가 기다렸다는 듯 자신의 빈 잔을 이원수의 얼굴 앞에 들이밀었다.

"내 잔은 안 채워주고 나리만 신나게 마실 거냐고요?"

"그래. 그래. 아가. 내 욕심이 과했구나."

앙탈하는 권씨의 흐느적거리는 말솜씨에 이원수의 마음속 긴장의 끈이 끊어져버렸다. 이원수가 권씨의 흔들리는 손, 그 손에 쥐어져 있는 그 역시 위태롭게 흔들리는 잔 위에 맑디맑은 주액(注液)을 한 가득 담았다. 주액은 이내 권씨가 쥔 잔을 타고 넘쳐 권씨의 하얀 손등을 타고 흘러 내렸다. 이원수의 눈길은 어느새 방울째 손등을 타고 내려 술이 뚝뚝 떨어지는 권씨의 허벅지를 향했다. 정숙함과는 거리가 먼 자세로 앉아 있는 권씨의 하얀 속살이 겹겹이 덮인 치마폭 사이로 드러났다.

권씨는 이원수의 눈길을 은근히 즐겼다. 즐기는 마음에 곁들이는 건 단연 술이었다. 한 잔, 두 잔, 권씨는 계속해서 빠른 속도로 술을 마셨다. 이원수가 빠르게 술을 마시는 권씨의 얼굴과 목, 그리고 허벅지를 번갈아 살폈다. 술을 넘길 때마다 권씨의 목울대가 부드럽게 꿈틀거렸다. 이원수가 그 모습을 넋을 놓고 바라봤다. 그는 곧 권씨와 함께 흥을 맞추기 위해 술을 마셨다. 어느새 다섯 병째 술병이 비워졌다.

"술욕심만 과하신 게 아닌 것 같은데요."

자신을 음흉하게 바라보는 이원수를 보며 권씨가 말을 건넸다. 이원수가 바로 권씨의 말을 받아쳤다.

"다른 욕심도 부리게끔 만드는데 그려. 임자가."

"어머. 나리? 농도 다 하시고. 제가 점잖은 나리께 설마 추파라도 던진단 말이세요?"

"그럼 아닌가?"

슬며시 술잔을 내려놓은 이원수의 손이 권씨의 풀어헤쳐진 치마 틈새로 슬쩍 내놓은 허벅지로 다가갔다. 엄청난 흡수력을 가진 물길 깊은 곳으로 말려드는 듯한 강한 자력에 의한 이끌림이었다. 순간 이원수의 내면에서 알 수 없는 충동에 얽매인 본능이 폭발했다. 그 느낌은 격렬한 해방감에 가까웠다. 권씨 앞에서는 어떤 말도 함부로 할 수 있었고, 행동거지에 일일이 신경을 쓰지 않아도 되었다. 이 어리고 싱싱한, 분방함과 교태가 넘치는 여자에게는 세상 어떤 오염된 말을 쏟아 부어도 농으로 여기고 웃고 넘길 것만 같았다.

이원수의 손이 허벅지를 쓸자 권씨가 기다렸다는 듯 이원수의 빈 잔에 술을 따라주었다. 그녀는 그의 손길을 부러 뿌리치지 않았다. 이원수는 한순간 모든 것을 불태워버릴 것만 같은 정염에 사로잡혔다. 마음속에 불붙은 욕정을 거부하고 싶지 않았다. 기왕 불태워버리는 것, 할 수만 있다면 지금까지 자신을 짓눌러왔던 모든 것을 불태워버리고 싶었다. 권씨가 말했다.

"전 나리가 절 이렇게 바라봐주는 게 좋아요."

"이름이 뭔가?"

"생뚱맞게 이름은. 그런 게 어디 있어요? 주막 계집한테."

자신을 비하하듯 주막 계집으로 하대했지만 이미 이원수의 마음은 주막 계집인 권씨에게 사로잡혀버렸다. 권씨가 다시 술 한 잔 단숨에 털어 넘긴 뒤 낮은 목소리로 말했다.

"그냥 권씨라고 부르세요."

"내가 쓸 만한 이름 하나 불러줄까?"

"무슨 이름으로요?"

"화홍 어때? 화홍이?"

"화홍? 그게 무슨 뜻이에요?"

권씨도 술이 취한 듯했다. 몸을 가누기 힘들어서일까. 권씨가 이원수의 어깨에 얼굴을 기대었다. 한순간 숨이 막힐 듯 짙은 분내가 이원수의 정신을 혼미케 했다. 하지만 이원수는 정신을 차리고 싶지 않았다. 오히려 반대였다. 지금 이대로 권씨의 풀어 헤쳐진 치마폭 사이로 자신의 머리를 밀어 넣고 싶었다.

이원수는 권씨가 편했다. 실제로 권씨는 수많은 빈틈을 보였다. 단 한순간도 틈을 보이지 않는 아내 사임당과는 완전히 달랐다. 그 허술함이 이원수는 좋았다. 조강지처 앞에 서면 이원수는 본능적으로 주눅이 들곤 했다. 정분을 나누고 사람 사는 정을 나누고 싶었지만 사임당 앞에 서면 입이 굳었다. 그녀 앞에서는 어떻게 처신해야 좋을지에 대해서만 궁리하기에 바빴다.

하지만 권씨는 달랐다. 때론 버릇없이 자신에게 말하는 것처럼 보이지만 적어도 자신의 말에 귀기울여줄 줄 아는 여자라고 믿었다. 권씨는 자신이 뭔가를 가르쳐 주고, 그렇게 가르침을 받으며 그에 맞는 교태로 화답하는 여자였다. 이원수는 그런 권씨를 보며 더없는 아늑함을 느꼈다. 이번에도 이원수가 아는 체를 하며 권씨에게 답했다.

"화홍의 뜻이 뭔지 알려줄까?"

"당연하죠. 말하지 않고 그냥 넘어가려고 했어요? 세상에 그런 법은 없어요."

"그래. 그럼 알려주지."

"어맛! 왜, 왜 이래요!"

"알려주려고 그러는 거 아냐. 가만 있어."

"호호홋, 간지러워요. 그만해요. 그만……."

권씨가 자지러지는 웃음을 쏟아내며 어쩔 줄 몰라 했다. 그도 그럴 것이 이원수가 갑자기 자신의 머리통을 권씨의 허벅지 사이로 밀어 넣었기 때문이다. 권씨가 갑자기 밀고 들어온 이원수의 상투를 손으로 움켜쥐었다. 그러면서 이원수에게 말했다.

"이런 음흉한 짐승!"

"그럼, 지금까지 네 년은 짐승이 따라준 술을 마셨던 거야? 응?"

이원수가 다시 고개를 들었다. 가쁜 숨을 내쉬었다. 권씨가 흐릿해진 눈길로 이원수의 뺨을 어루만졌다. 이원수가 권씨의 입술을 거칠게 탐했다.

"화홍이란 붉은 연분홍빛 꽃이란 말이야."

"그렇구나."

"이제야 알아듣겠어?"

"그래도 잘 모르겠는데?"

"무슨 뜻이야?"

권씨가 다시 술잔을 빠르게 삼켜 없앤 뒤 말을 이었다.

"말로만 해선 잘 모르겠다구요."

권씨가 노골적으로 이원수의 몸을 탐했다. 권씨가 자신을 만질 때 이원수는 자신의 머릿속에 지금까지 담겨 있던 모든 것이 깡그리 산화되는 경험을 피하지 않았다. 어설프게 담아두었던 예법과 규율, 보듯 안 보듯 넘기던 공자와 유학의 가르침들, 그 희미하고 불확실하기만 했던 말과 사상이 권씨와의 저속한 욕정으로 인해 한순간에 봄눈 녹듯 스러져버리는 경험을 한 것이었다.

이원수는 그렇게 자신의 모든 것이 태워 없어지는 경험이 싫지 않았다. 이렇게 둘이 뜨거운 호흡을 나누던 시간은 여명이 떠오르는 아침이었다. 주막에는 밤새 술잔을 기울이던 이원수의 저잣거리 친구들은 한 사람도 남지 않았다. 그들은 모두 조강지처와 자식들이 기다리고 있는 집으로 돌아갔다. 단 한 사람, 이원수만 돌아가지 않았다. 변함없는 예법과 사람 사는 이치를 익히고 실천하는 부인, 사임당이 있는 자신의 집으로 돌아가지 않았다.

"이보게, 원수. 일어나게, 일어나보라고."

"누, 누군가?"

이원수가 집에서 나온 지 일주일째 되던 날이었다. 일주일동안 이원수가 권씨의 주막에서 한 일이라곤 시쳇말로 주색잡기가 전부였다. 이원수의 죽마고우인 김서주가 권씨의 주막을 찾아와보니 이원수의 행색은 말이 아니었다. 수염이 험하게 자라 있었고, 상투가 풀어지고 버선도 벗겨지고 바지저고리 옷고름이 풀어져 벗은 듯 입은 듯한 모습이었다. 그리고 그 옆에는 이원수와 함께 술에 취한 권씨가 벽에 기대어 졸고 있었다.

해가 중천에 떠오른 시간. 한창 장사를 해야 할 때였다. 그럼에도 권씨 역시 이원수와 함께 술독에 빠져 헤어 나오지 못했다. 김서주는 한심하다는 듯이 혀를 쯧쯧 차며 말했다.

"날세. 자네 친구, 김 진사."

"아, 김 진사. 어서 오게. 술 한 잔 하겠나."

"이런 친구도 참."

"왜? 술이 아직 남았어. 아니지, 남지 않았으면 또 어떤가. 술이야 비우고 채우라고 있는 거지."

"자네 벌써 이게 며칠째인가? 아예 여기서 살림이라도 차릴 셈인가?"

"자네, 내 안사람이 보내서 왔는가?"

"자네 부인이 어디 그럴 사람인가?"

"그럼?"

"자네 어머니께서 보내셨네."

어머니 홍씨가 찾는다는 말에 이원수가 약간 정신이 든 듯, 머리 매무새를 가다듬었다. 그리고는 주위를 둘러봤다. 벽에 기댄 권씨가 술잔을 홀짝거리고 있었다. 정신을 다잡은 이원수가 김서주를 향해 말을 건넸다.

"어머니가 나를 찾는다고?"

김서주가 답했다.

"그래."

"부인은?"

"자네 부인, 사임당 말인가?"

"그래. 안사람, 그 안사람은 어찌하고 있는가."

못내 궁금했다. 그리고 알고 싶었다. 이원수는 자신의 일탈에 대한 나름의 충분한 변명거리를 갖고 있었다. 거듭되는 과거 시험 낙방과 숨 막히는 가족 분위기에 켜켜이 쌓인 불만이 이유였다. 그래서 주색에 빠졌다는 게 변명이 되느냐고 차라리 아내에게 따가운 질책이라도 받고 싶은 게 이원수의 변명 아닌 변명이었다. 하지만 돌아오는 아내의 반응과 관련된 벗의 설명은 이원수의 마음속, 까닭모를 울분을 심어주기에 충분했다.

"자네 안사람은 내내 일상의 자리를 지키고 있었지."

"서방이 일주일 동안 까닭 없이 집을 비워도 말인가?"

이원수의 반문엔 사임당을 향한 깊은 원망이 담겨 있었다. 못났거나 잘났거나 자신은 한 가정의 지아비다. 이원수는 자신을 정말 지아비로, 아이들의 아버지로 생각했다면 이렇게까지 무심해선 안 된다고 생각했다. 물론 그런 그의 마음에 일주일 동안 술독에 빠져 있는 자신의 무능함에 대한 자책이 배제된 건 아니었다. 하지만 미안한 마음보다 앞서는 건 자신이 어디에 있는 줄 알면서도 찾지 않는 사임당의 차가움에 대한 서운함이었다.

서운함과 미안함이 뒤섞인 복잡한 감정이 급작스럽게 이원수의 머릿속을 어지럽혔다. 이원수의 복잡한 속내를 알 리가 없는 김서주는 원론적인 한마디만 남기고 서둘러 자리를 떴다.

"술 좀 작작 마시고 이제 집에 좀 들어가게. 자네가 이러니 우리가 자네 부인 얼굴 대하기가 더 어려워지는 거 아니겠나."

오랜 벗의 말이 이원수의 가슴에 날 선 비수로 날아와 박혔다. 그리고 그 비수는 가뜩이나 옹졸해진 사내의 마음에 더욱 비뚤어진 객기를 일으켰다. 반듯한 아내 사임당에 대한 야속함과 원망이 더욱 커져갔다.

김서주가 떠나고 난 뒤 권씨가 비틀거리며 몸을 일으켰다. 여전히 술이 깨지 않은 탓인지 일어난 뒤에도 권씨는 계속해서 정신을 차리지 못하고 비틀거렸다. 권씨가 상을 치우려고 빈 술병과 먹다 만 안주가 담긴 접시들을 치우려 했다. 그 모습이 이원수의 눈엔 위태롭고 쓸쓸하게만 보였다. 이제 갓 스물쯤 되었을까, 어린 나이에 술 팔고 웃음 파는 권씨의 모습이 이원수의 눈엔 더없이 안타깝게만 보였다. 비틀거리는 걸음걸이로 흐트러진 술상을 치우기 시작한 권씨에게 이원수가 말했다.

"뭐하려는 거야?"

"술상 치우지 뭐하긴 뭐해요?"

"글쎄 술상을 왜 치우느냐고?"

"다시 장사해야지. 나리도 참. 누구 밥 굶길 일 있어요?"

"……."

"술장사 작파한 지 며칠째야. 저, 나리랑 함께 있는 게 좋긴 한데 자꾸 술만 찾게 되고 이러다보니까 진짜 장사를 못할 것 같아. 그러면 정말 나 굶어 죽어. 혼자 사는 몸뚱이 굶어죽든 역병 걸려 뒈지든 별 상관없지만 그래도 뒈지기 전까지는 살아야지."

푸념 반 교태 반이 섞인 권씨의 말을 듣던 이원수가 벌떡 일어섰다. 계속해서 조금씩 술을 마신 탓에 여전히 몸을 가누지 못하는 권씨와 다르게 한숨 푹 잤던 이원수는 멀쩡했다. 자리에서 일어난 이원수가 휘청대고 있는 권씨의 손목을 낚아챘다. 그리고 말했다.

"가자."

"어디로요?"

"우리 집이지, 어디긴 어디야?"

"어머. 미쳤나봐. 내가 거길 왜 가요?"

"군말 말고 따라와. 우리 집에 가서 한 잔 더 하자."

"글쎄, 그 집에 내가 왜 가냐고요!"

이원수의 손길을 뿌리치려 했지만 소용없었다. 손목이 붙잡힌 권씨가 이원수의 손길에서 벗어나려 했지만 그러면 그럴수록 더 강한 이원수의 힘에 압도되었다. 그리고 어느 순간부터 권씨는 이원수의 손에 잡힌 자신을 그대로 내맡겼다. 주막을 따라나설 때까지 입으로는 이원수의 충동적인 행동을 말렸지만, 속마음은 어느새 이원수를 따라가고픈 충동에 몸을 맡기고 있었다.

22. 칼날 위에 서다

"이게 대체 무슨 꼴이냐!"

"……."

"무슨 꼴이냐고!"

아들에게 좀처럼 언성을 높이지 않는 홍씨 부인이었지만 작금의 상황에서는 어쩔 수 없었다. 일주일이나 집에도 들어오지 않고 주막에서 주색잡기로 시간을 보낸 것도 모자라 또 다시 집으로 주막집 여자를 데리고 들어온 아들의 추태를 어떤 식으로든 책망하지 않으면 안 되었기 때문이다.

하지만 홍씨 부인이 아무리 언성을 높이고 화를 내어도 이원수의 신경을 자극하지는 못했다. 마당 앞에 서 있던 이원수가 내내 눈치를 보고 있는 이는 오직 한 사람, 사임당이었다.

마루 끝에 선과 매창이 앉아 있었다. 입을 다물고 할머니와 아버지의 눈치를 보고 있었지만 작은 얼굴 가득 어린 실망감은 감추지 못했다. 하지만 이원수는 자식들의 야멸찬 시선이나 표정 따위는 아랑곳하지 않았다.

이원수의 손에는 권씨의 손목이 여전히 붙잡혀 있었다. 권씨는 놀라울 정도로 대담했다. 외간 남자의 집, 그것도 그의 어머니와 부인, 자식들이 모두 지켜보고 있는 이른 저녁의 방문에 권씨는 별 다른 수치심을 갖지 않았다.

일주일 만에 들어온 남편의 손이 다른 여자, 익숙하게 술을 따르던 여자의 손목을 잡고 있는 것을 본 사임당은 우는 것도 찡그린 것도 아닌, 묘한 표정이었다. 그때 그 여자, 강릉에서 한양으로 올라온 날 안방에서 보았던 그 여자가 다시 자신의 눈앞에, 아이들의 눈앞에 나타난 것이다. 어머니의 미묘한 낯빛을 본 매창이 오라비에게 뭐라 속삭였다. 선이 고개를 끄덕였다. 그리고 홍씨에게 다가가 어깨를 끌어안고는 부축하여 안방으로 들어갔다. 매창은 어머니에게 다가갔다.

"너도 방으로 들어가거라."

사임당의 나지막한 목소리에 얼어붙은 듯 매창이 걸음을 멈추었다.

"어머니, 저랑 같이 방으로 들어가요."

"허허."

모녀의 모습을 지켜보던 이원수가 넉살좋게 웃었다. 그리고는 말했다.

"부인. 나 돌아왔소."

사임당은 남편을 쳐다보지 않았다. 쳐다볼 수 없었다는 말이 더 정확한 표현이었다. 이원수는 아랑곳하지 않고 말을 이어나갔다.

"술을 마시다 보니 문득 이런 생각이 들었소. 왜 내가 이 시간에 날 기다리고 있는 처와 자식, 그리고 어머니가 있는 집에서 술 마실 생각을 않고 퀴퀴한 냄새나는 주막에서 술을 마셔야 하는지 문득 깊은 회의가 밀려오더라 이 말이요."

"나리도 참. 그럼 뭐 우리 주막이 냄새나고 더럽단 말이에요?"

권씨가 주책스럽게 이원수의 말을 곧이곧대로 받으며 서운한 마음을 드러냈다. 이원수는 권씨의 말을 무시하고 말을 이었다.

"그래서 이참에 우리 집에서 부인이 차려다준 술상으로 술 한 잔 하고 싶어서 왔소. 어떻소? 부인은 비범하고 어진 분이시니 이런 황망한 상황에도 능히 지혜롭고 슬기롭게 대처할 줄 알 거라는 내 기대가 잘못되진 않았겠죠?"

"……"

"그럼 내 들어가겠소. 흐흠."

헛기침을 한 번 크게 내뱉고는 이원수가 안채로 향했다.

"아버지!"

매창이 매섭게 외쳤다. 하지만 이원수는 못 들은 척 그대로 들어갔다. 주막 여자 권씨의 손을 잡아끌고서. 그때 안방 문이 벌컥 열렸다. 너무 황망 간에 당한 일이라, 그리고 며느리 눈치 보랴, 손주 손에 방으로 끌려들어가랴, 정신없던 홍씨가 안채로 들어가 버린 아들의 뒤통수를 향해 질책과 원망의 넋두리를 쏟아내기 시작했다.

"아이고, 아이고, 이놈아! 이게 사람이 할 짓이냐! 계집이 벌어서 먹고사는 주제에 무슨 염치로 이런 짓까지 하는 게냐. 아이고, 내가 너무 오래 살아서 이런 꼴을 다 보는구만……."

한량인 아들 대신 며느리인 사임당이 그림을 팔아서 살림을 꾸려가는 것에 대한 미안함을 표출하며 홍씨가 넋두리처럼 늘어놓은 말이었다. 하지만 사임당의 귀에는 아무것도 들리지 않았다. 머리가 어지럽고 가슴이 두근거리고 심장이 터져버릴 것처럼 거칠게 뛰었다. 매창이 부축해주지 않았더라면 그대로 그 자리에서 혼절했을지도 몰랐다.

어떻게든, 어떻게든 이 순간을 넘어서고 싶었다. 하지만 절망의 시간은 망각, 또는 새로움을 허락하지 않았다. 칼 끝 위에 선 느낌이었다. 더는 피할 곳도, 돌아설 곳도 없다는 섬뜩한 절망이 그녀를 전율케 했다.

"어머니, 좀 앉으세요."

매창이 부축해서 이끄는 대로 툇마루 끝에 걸터앉은 사임당의 귀에 안채의 웃음소리가 들려왔다. 여자의 웃음소리와 그 웃음소리를 기꺼이 받아 넘기는 남편의 목소리.

사임당은 이 순간 자신을 돌아봐야 했다. 자신이 어떤 사람인지 알고 싶었다. 절망을 이겨내기 위해 자신도 저 문밖, 야속한 가족들처럼 다른 이들에게 원망과 야속한 말을 들을 법한 행동을 해야 할지 쉽게 가늠이 되지 않았다. 모든 것을 내팽개치고 숨어버리고 싶은 충동, 아니면 그냥 이대로 무너져내리고 싶은 충동이 그녀를 괴롭혔다.

'술이 정녕 저렇게 좋단 말인가. 모든 근심 걱정을 허물어버릴 정도로?'

남편에 대해 원망과 실망감을 넘어선 절망을 이겨내지 않으면, 아니 어떻게든 모면하지 않으면 견딜 수가 없었다.

'마음을 다스려야 해. 나는 사임당이잖아.'

사임당은 마음속으로 부르짖었다. 자신을 끌어안고 있는 매창의 손을 꽉 잡으려 했다. 기댈 것이 필요했다. 하지만 그 순간, 눈앞이 하얗게 변하면서 몸이 스스르 옆으로 기울었다.

"어머니! 어머니!"

매창의 비명에 할머니를 달래고 있던 선이 안방에서 뛰어나왔다. 혼절한 사임당을 매창이 온몸으로 끌어안았고, 선이 업어다 안방에 뉘였다. 홍씨가 허둥지둥 부엌으로 달려가 찬물 한 사발을 떠왔다. 이 소란 중에도 안채에서는 웃음소리가 들려왔다.

23. 현룡 앞에서

마음속 벼랑 끝, 그 벼랑 끝에서 사임당을 견디게 해준 유일한 힘이 있었다. 한 아이의 똘망한 눈망울이었다. 자신을 바라보는 그 눈망울.

사임당이 아이의 시선을 느낀 것은 절망적으로 무너지던 때, 자신의 방 한 구석에서였다. 어린 사내아이가 그 자리에 앉아 있었다. 화첩과 서책이 가지런히 정돈되어 있는 안채 한구석에. 아직은 어린 사내아이가 저토록 단정하게 앉아 있을 수 있다니.

아이의 자리 앞에는 작은 반상이 놓여 있었다. 반상 위에 펼쳐진 서책도 눈에 들어왔다. 멀리서 봐도 한눈에 짐작할 수 있는 익숙한 필체였다.

'아버지, 아버지의 글씨!'

짐작대로였다. 서책은 공자의 마음과 성리학의 이치를 직접 적어놓은 신명화의 서책이었다.

남편 이원수의 외도는 식을 줄 모르는 불꽃 같았다. 거기에 더해 술과 친구들과 벗 삼은 나날이 계속되었다. 사임당에게는 절망의 시간이 끝을 모르고 확산될 시기였다. 여름이 지나고 선선한 바람이 부는 가을이 찾아왔지만 사임당의 마음은 계절을 건너뛰어 이미 한겨울이었다. 남편을 생각하면 돌연 가슴 한복판에 북풍한설이 몰아쳤다. 한 차례 폭풍 같은 바람이 몰아칠 때마다 사임당의 마음은 허물어져 내렸다.

그렇지만 사임당은 절망을 핑계로 삶의 끈을 늦추지 않았다. 그럴수록 그녀는 일상의 정해진 예의 길을 더 굳게 붙잡았다. 주위의 방황과 부침, 질곡 많은 인생사 시시비비에 일일이 마음을 쏟으면 군자의 길을 갈 수 없음을 확신하고 있었기 때문이다. 사임당은 천 갈래 만 갈래로 찢어지는 마음을 함부로 추스르지 않았다. 어설프게 추스렸다간 더 깊은 생채기를 만들 수 있었다.

대신 사임당은 글과 그림에 더 많은 시간을 할애했다. 글에서, 그림에서 눈을 떼지 않았다. 그러한 몰입과 다짐으로 흔들리고 무너지는 마음을 다잡았다. 무엇보다 그녀에게는 아이들이 있다. 사임당은 아이들에게만큼은 방탕하고 난삽한 세계를 물려주고 싶지 않았다. 우주적 본질의 세계, 참 이치의 세계를 일깨워주고 싶었다. 그러려면 먼저 자신을 추스려야 했다. 아이들에게 참 이치를 자신의 행동과 배움의 의지로 보여주고 깨닫게 해주고 싶었다.

사임당은 세상 이치를 깨우친다는 게 한순간에 가능한 것이 아님을 알고 있었다. 이치의 깨달음은 깨닫고자 하는 마음에서 시작된다. 강제와 일시적인 훈육으로 지속되는 것은 교육이 아니다. 사임당은 그 사실을 너무나 잘 알고 있었다.

아버지 신명화를 떠올릴수록 그녀의 신념은 더욱 확고해졌다. 교육은 자신 앞에 펼쳐진 글과 세계에 대한 스스로의 관심에서부터 시작한다. 글과 그림의 세계를 에워싸고 있는 건 대지의 기운을 고스란히 담은 하늘과 땅이다. 하루가 지나고 하루가 지나면 찾아오는 만물의 고요한 생동이다. 그것을 몸소 느끼고자 하는 관심이 교육의 시작임을 사임당은 알고 있었다. 부모는 단지 문을 열어주는 것이다. 이 세상의 빛을 본 자녀가 그 고요한 생동을 최대한 풍요롭게 경험할 수 있도록 안내해주는 것이 전부라는 확신. 사임당의 확신은 조문에 쓰인 강제된 강령이나 훈시가 아니었다. 그건 사임당 자신이 유년 시절 체득한 것이었다. 자신을 둘러싼 모든 것이 놀라운 환희로 들끓는 것, 그러한 생동에 대한 그녀 스스로의 발견에 의한 것이었다.

만물의 생동은 모든 이에게 주어졌지만 모두 같은 모습으로 주어진 것이 아니다. 사임당의 눈에 비친 일곱 남매 모두 같지 않았다. 세상에 빛을 보게 된 한 자아가 만물의 이치를 이해함에 있어서는 그 나름의 절대적인 기준이 있는 법이다.

'한 뱃속에서 나왔지만 모두 다르다. 각자의 개성과 특질이 있는데, 어떤 연유와 기준으로 그게 같아질 수 있겠는가. 같아질 수 없어. 같아져서도 안 된다.'

그래서일까. 사임당은 자녀들에게 공부를 강요하지 않았다. 도리어 그녀 자신이 공부에 매진했다. 일상의 예법이 중요하다는 사실을 자녀들이 직접 느낄 수 있도록 그녀 자신이 글에서 눈을 떼지 않았다. 하루도 빠짐 없이, 하루도 흐트러짐 없이 글을 읽었고, 붓을 들어 그림을 그렸다. 그녀는 종이 위에 올려놓은 붓끝, 그 세밀한 움직임에 온 정신을 집중시켰다. 정돈되고 엄격한 하루하루를 자녀들에게 보여준 것이다. 그리고 한 가지만 바랐다.

'이 길에 내 모든 핏줄들이 스스로 동참하기를……'

하지만 일상의 예법에 자녀들 모두가 따를 수 있는 건 아니었다. 어느새 아픈 손가락이 되어버린 맏아들 선은 이 길을 따르지 못했다. 선은 어머니의 길을 동경했다. 그녀가 묵묵히 걸어가는 법도와 예의 길에 심정으로는 동감했다. 하지만 선의 정신력은 이에 미치지 못했다. 심정으로는 백 번이고 천 번이고 어머니의 길을 따르고 싶었다. 하지만 사임당의 눈에 비친 선은 더없이 유약했다. 천성이 정신적으로 강하지 못한 아이였다. 선은 책상 앞에 앉는 것조차 힘들어했다. 서책을 펼친 뒤 그 속에 적혀 있는 주옥같은 이치와 깨달음의 경구들을 선은 즐겨 읽고 싶었다. 하지만 읽어 내려가는 속도, 이해하는 속도가 너무나 느렸다. 몇 번을 읽어도 선은 깨닫지 못했다. 그렇게 고백하는 선은 스스로도 안타까웠지만, 자신을 탓할 수밖에 없었다.

선은 점심식사 뒤 찾아오는 오후 시간을 무서워했다. 해가 중천에 뜬 정오가 넘어서면 졸음이 쏟아져 견딜 수 없기 때문이다. 어머니의 길을 따르기 위해 같은 방에 앉아 서안에 서책을 펼쳤지만 이내 고개가 가라앉았다. 내려앉는 눈꺼풀 탓에 서안 앞에 앉아 있는 것조차 고역이었다. 그런 선을 보며 사임당은 묻곤 했다.

"선아."

"예? 예. 어머니."

꾸벅거리며 졸던 선이 정신을 차리고 어머니에게 반응했다. 사임당이 부드러운 말투로 물었다.

"글을 읽는 게 즐거우냐?"

어머니의 질문에 선이 고개를 갸웃거렸다. '글을 읽는 게 즐겁다?' 그런 생각을 해본 적이 있는지 고민하는 모습이었다. 그렇게 한참을 고민하던 선이 답했다.

"글공부를 재미로 하나요? 세상의 이치가 즐거운 건 아니지 않나요?"

"인간다움을 깨우치는 과정이 힘들 수는 있어도 인간다움의 결과는 진정한 기쁨이야."

진정한 기쁨이란 말을 듣는 순간 선의 얼굴엔 불안과 희망이 교차했다. 선이 말했다. 질문이었다.

"그런데요. 어머니…… 전 사실 기쁘지 않아요."

"……."

"왜 이렇게 힘든 걸까요?"

"글공부를 그만두고 싶다는 말이니?"

"아니에요. 저 여기 계속 앉아 있고 싶어요. 앉아서 글을 읽고 싶은데, 붓을 쥐고 쓰고도 싶은데 글이 하나도 이해가 되지 않아요. 무슨 말을 하는지, 나한테 뭘 요구하는지 정말 모르겠어요."

"그래. 선아. 힘들 거야. 다 안다."

"그래도 어머니 전……"

"그것도 알아. 마음은 아니라는 걸."

사임당은 선의 천성을 부정하지 않기로 했다. 선은 방 안에 앉아 있는 것보다 밖으로 뛰어다니는 걸 좋아하는 아이였다. 선은 친구들을 만나는 게 즐거움이었다. 저잣거리의 분주하고 복잡한 장터 느낌이 기쁘고 그리웠던 것이다. 선은 애써 부정하고 있었지만 사임당은 알고 있었다. 선이 친구들과 어울리며 뛰놀 때 가장 맑은 웃음을 보인다는 걸. 그런 선을 보며 사임당은 선에게 어떤 길을 보여줘야 할지 아무 생각도 하기 어려웠다. 매일 서책을 펼치고 책상머리에 앉아 뜻을 세우는 일을 마다할 수는 없는 것이다. 자신에게 주어진 이 땅에서의 할 도리, 대장부로서의 뜻을 거역해서는 안 되기 때문이다.

결국 사임당은 선에게 완전한 자유도, 완전한 구속도 허락하지 않았다. 하지만 사임당의 그런 교육법은 선을 괴롭게 했다.

"어머니."

"그래. 선아."

"어머니는 저를 믿지 못하시는 것 같아요."

어렵게 꺼낸 말인 걸 알지만 사임당은 당황스러웠다. 가을이 깊어가던 늦은 오후, 설핏 열린 안채 방문으로 조심스럽게 들어온 선이 꺼낸 말이었다. 안채에는 사임당이 앉아 그림을 그리고 있었다. 주문받은 그림이 밀려들어 오던 때였다. 하지만 사임당은 선의 그늘 어린 표정을 보며 붓을 잠시 내려놓아야 했다. 사임당이 물었다.

"그게 무슨 말이야? 믿지 못하다니."

어려운 질문을 꺼낸 뒤 선이 잔뜩 망설였다. 맞은편에 앉았지만 안절부절 못하는 선의 모습이 그대로 사임당의 눈에 들어왔다. 사임당이 옅은 한숨을 쉰 후 부드러운 목소리로 말했다.

"괜찮아. 편하게 말해. 자신의 의견을 밝히는 걸 두고 다그치는 부모는 없어. 그러니 편하게 말하렴."

그제야 선이 용기를 얻었다.

"전 이 집안의 맏아들이잖아요."

"그래서?"

"저도 우리 집안의 기둥이 되고 싶어요. 그 마음 누구보다 간절하다는 거 어머니는 알고 계시잖아요. 그렇죠?"

거듭 확인하는 질문을 선이 꺼냈다. 사임당이 천천히 고개를 끄덕이며 답했다.

"그래. 그 사실이 어디 변하니? 그래서 하고 싶은 말이 뭐니?"

"왜 제게는 글을 읽지 않는다고 꾸지람을 하지 않으세요?"

"선아."

"저만 너무 풀어놓으신 것 같아 전 사실 불안해요."

"뭐가 그렇게 불안한대?"

"아버지처럼."

"뭐?"

"아버지처럼 될까봐서요."

"네 아버지가 어때서? 그런 말을 입에 담다니 실망이구나."

"죄송해요. 그래도 전 아버지처럼 되고 싶진 않아요. 그래서 말씀드리는 거예요. 아버지처럼 시간을 그냥 허비하는 것 같아 불안하고 무서운데, 그런데 어머니는 아무 말씀도 해주지 않으셔서. 그게 두려워요. 그게 두렵다구요."

효심은 맏아들 선이 가족들 중 누구보다 강했다. 선은 어머니를 지키고 싶었다. 하지만 마음과 달리 선은 자기 자신조차 온전히 믿기 힘들었다. 뜻한 바와 다르게 그의 몸과 머리는 전혀 다르게 반응했다. 선은 마냥 게으르고 유약한 자신의 몸과 머리가 싫었다. 선은 지금 주어진 자신과 전혀 다른 자신을 열망했다. 난잡하고 한없이 무능해 보이기만 한 아버지의 모습을 죽기보다 싫어한 선이었다. 그럼에도 선은 술과 오래된 벗, 인간다움의 정을 그리워하는 모습을 그대로 빼닮아갔다. 그렇게 선은 자신도 모르게 하루 이틀, 어머니가 보여준 규칙적인 책읽기와 한 몸이 되지 못했다.

맏아들을 향한 좌절이 알게 모르게 사임당의 마음 속 깊이 스며들 때였다. 바로 그때였다. 그녀의 눈에 현룡이 들어왔다.

어린 아이의 눈동자가 이토록 자신의 마음 깊은 곳을 헤집을 줄은 상상하지 못했다. 늦은 오후, 사임당은 자신이 홀로 안채에 남아 있다고 생각했다. 자녀들에게 읽을 책의 범위는 알려주었지만 책을 다 읽고 난 뒤 무엇을 하라고 말한 적이 없었던 어느 날이었다. 일곱 남매 중 가장 어린 우를 제외하고는 모두 책을 읽었다. 물론 정확히 말해 맏아들 선은 읽는 시늉만 하다 밖으로 나갔다. 맏딸 매창은 어머니가 읽으라고 지정한 범위의 서책을 한 글자도 빠뜨리지 않고 읽은 뒤 안채를 벗어났다. 하지만 한 아이만은 계속해서 자리를 지키고 있었다. 현룡. 채 열 살도 되지 않은, 하지만 일곱 남매 가운데 가장 뛰어난 집중력을 보여주는 아이였다.

사임당이 잠시 독서삼매에 빠져 있었다. 평소 한 번 글에 빠져들면 아무 것도 보이지 않던 그녀였다. 하지만 이날의 삼매는 그 양상이 조금 달랐다. 글에게 빼앗겼던 마음이 갑작스럽게 자신의 마음속 절벽에 주목하도록 이끈 것이다. 갑작스럽게 머릿속이 어지러워졌다. 삽시간에 마음속 번뇌가 그녀의 영혼을 사로잡았다. 두려움과 불안이 그녀의 심장을 평소보다 빠른 속도로 거칠게 고동치게 만들었다. 지금도 저잣거리 어느 곳에서 시정잡배들과 어울리거나 딸뻘 되는 어린 권씨의 치마폭에 싸여 있을 남편을 생각하면 앞이 막막했다.

사임당이 서책에서 눈을 떼었다. 동시에 어린 아들 현룡이 시선에 들어왔다. 형과 누나들이 다 빠져나간 뒤임에도 처음에 앉은 자세 그대로 서책을 읽고 있었다.

"현룡아, 이제 그만 읽어도 될 듯한데."

어머니의 말을 듣고서야 현룡의 시선이 책에서 떨어져 사임당을 향했다. 그녀가 물었다.

"언제부터 책을 읽은 거지?"

현룡이 짧게 답했다.

"조반 먹은 뒤부터 줄곧 읽었습니다."

사임당이 눈짐작으로 현룡이 서책을 넘긴 분량과 자신의 분량을 비교해 보았다. 현룡은 이미 한 권의 서책 대부분을 읽은 뒤였다. 사임당은 자신이 읽던 서책의 분량을 가늠해보았다. 잡념에 빠진 탓에 몇 장 넘기지 못한 채였다. 문득 사임당은 시간을 허송한 자신이 부끄러웠다. 그리고 자연스럽게 물었다.

"글 읽는 게 재밌느냐?"

"예?"

사임당이 또렷한 눈망울로 바라보는 현룡을 향해 부드러운 목소리로 거듭 물었다.

"지루하지 않느냐고 했다."

"글을 읽고 배우는 일 말입니까?"

"그래."

"솔직히 말씀드려도 되겠습니까?"

"물론."

"솔직히 말해 허탈합니다."

"허탈하다? 그게 무슨 뜻이냐. 좀 더 자세히 말해보거라."

"경서를 읽어보았습니다."

"읽었다는 게 어떤 의미냐."

"말 그대로입니다."

"말 그대로라면……, 그 이치를 다 파악했다는 뜻이냐."

"예."

열 살도 안 된 아이의 입에서 나오는 '경서를 통달했다'는 오만한 말에 사임당은 기쁨보다 두려움이 앞섰다. 그리고 보았다. 이한없이 총명한 어린 아들의 눈에 깃든, 어쩔 수 없는 교만한 신동의 기운을.

사임당이 거듭 물었다.

"그래. 이치를 모두 깨달았다면 어떠하였느냐."

"글에 대한 감흥을 물으시는 겁니까?"

"그래."

"방금 전 허탈했다고 말씀드렸던 그대로입니다. 성인의 도가 겨우 이 정도라니. 이것뿐이라니요."

현룡이 말끝을 흐렸다. 어머니의 의중을 살피려는 의도가 느껴졌다. 사임당의 표정이 자신도 모르게 복잡해졌다.

경서뿐만이 아니다. 글과 학문에 대한 현룡의 집념과 의지는 타의 추종을 불허했다. 아이의 비범함은 하늘에서 내려오는 것인가. 하지만 사임당은 현룡의 천재성이 오만과 다른 이를 향한 경멸과 우월감으로 발전되지 않기를 바랐다. 그 바람이 사임당의 얼굴 깊이 스며들었다. 그런 어머니를 바라보는 현룡은 알 수 없는 서운함을 느꼈다. 어머니가 자신의 재능을 애써 외면하려 한다는 느낌을 받기 때문이다.

늦여름이 끝나고 가을의 초입이 될라치면 한 번쯤은 반드시 거칠게 비가 내렸다. 그때만 되면 저잣거리를 찾아 방황하던 이원수 역시 집 안에 틀어박혀 시간을 보내곤 했다. 만물이 꼼짝 않고 숨을 죽이고 있을 정도로 세찬 비가 쏟아지던 날이었다. 비를 온 몸으로 맞는 한 소년이 사임당의 눈에 들어왔다. 소년은 셋째 아들 현룡이었다. 현룡은 거칠게 쏟아지는 비를 온 몸으로 견디며 마당 한복판에 무릎을 꿇고 앉아 있었다.

비를 한 몸으로 받아내는 현룡의 모습을 사임당은 막지 않았다. 채 열 살도 되지 않았지만, 사임당은 현룡이 또래 다른 어떤 아이보다 예민하게 학문의 이치를 깨우쳤다고 판단했다. 사임당은 현룡의 범상치 않은 기운을 부정하지 않았다. 하지만 현룡은 한 가족의 일원이다. 형님과 누이, 동생을 둔 혈육간의 정, 그 도리를 다해야 하는 구성원이었다.

사임당은 내내 갈등해왔다. 셋째 아들 현룡의 천재성이 맏아들 선이나 둘째 아들 번의 자존감을 심하게 훼손하지 않을까 하는 마음에서였다. 실제로 선과 번은 성년이 다 된 자신들이 아직도 제대로 깨우치지 못한 경학과 성리학, 공자의 가르침을 읽는 것에 머무르지 않고 뜻풀이까지 척척 해내는 동생 현룡에게 경외감과 질투심을 감추지 못했다. 고통스런 번민의 시간이었다. 끝이 보이지 않는 자존감의 추락이었다.

하지만 정작 어린 현룡은 두 형의 심정을 헤아릴 겨를이 없었다. 자신에게 주어진 학문적 호기심과 성취욕에 온통 마음이 쏠려 있었기 때문이다. 매일 조반을 먹은 뒤 간단히 집 뒤란을 산책하고 홍씨의 수발을 든 뒤 촌각을 빼앗기는 게 두려워 서둘러 서

안 앞에 앉아 서책을 펼쳐드는 어머니 사임당과 배움을 함께하는 게 현룡은 행복했다. 안방에서 어머니가 규칙적으로 책장 넘기는 소리를 듣는 게 좋았다. 자신의 어떤 물음에도 막힘없이, 차분하게 설명해주는 어머니의 가르침이 좋았다. 그는 단지 그 배움의 세계, 이치의 세계가 더 간절했고 그리웠을 뿐이다. 한순간이라도 다른 이들보다 앞서서 깨우치고 싶은 마음이 강했다. 그렇게 보란 듯 깨우친 생각을 누구보다 배움에 간절한 뜻을 두고 있는 어머니에게 인정받고 싶었다.

하지만 사임당은 현룡의 천재성에 마냥 기뻐하지 않았다. 아무리 빼어난 인재라고 해도 가족간의 도리와 형제간의 우애를 해친다면 그런 천재는 고립될 공산이 큰 법이다. 사임당이 바라본 조선 사회는 분명 그러했다. 간신이 득세하고 간신의 말에 속절없이 회유되는 무능한 왕들의 사회, 이런 시대에 천재들은 언제나 고독한 회의주의자가 되거나 제 권력 보존을 위해 적당히 타협하고 적당히 속물이 되고 부패해버리는 게 현실이었다. 사임당은 현룡이 그런 부류가 되지 않기를 간절히 바랐다. 하지만 천재의 함정은 언제나 교만의 덫과 함께하는 법, 어린 현룡을 바로잡아야 한다는 생각에 사임당은 칭찬과 격려보다는 가족 간의 엄격한 법도와 이치를 자주 입에 올렸다. 결국 현룡의 서운함에 대한 감정의 토로가 사임당을 격노하게 만든 일이 벌어진 것이다.

현룡은 어머니에게 솔직히 묻고 싶었다. 정말이지 알고 싶었다. 뜻을 펼치고 싶은데, 더 높은 곳을 바라보고 싶은 생각이 잘못인지 알고 싶었던 것이다.

"어머니. 형님에게 글을 말씀드리고 가르쳐드리고자 하는 게 잘 못된 겁니까? 전 그렇게 생각하지 않습니다."

현룡의 진심이 느껴졌다. 사임당은 그의 눈빛을 결코 잊지 못했다. 하지만 그녀는 그럴수록 더 굳게 마음을 다잡았다. 흔들려선 안 된다는 마음이었다. 현룡이 거듭 말을 이었다.

"동생이라도 먼저 학문의 이치를 깨우쳤다면 그러한 기쁨과 희열을 형님에게 나눠드리는 게 도리라고 생각합니다."

옅은 한숨을 내쉰 사임당이 현룡의 말을 받았다. 말을 받는 그녀의 표정은 단호해졌다.

"지금 도리라고 했느냐?"

"예. 어머니."

"진정한 도리라고 한다면 네 형들인 선이나 번이 한참 어린 동생인 너에게 가르침을 받아야 한다고 할 때 갖게 될 박탈감을 먼저 생각해야 하는 거 아니냐?"

"하지만 어머니. 전 저희 형제 모두가 바른 길로……."

"바른 길? 네가 말하는 바른 길이란 게 과연 무엇이냐."

"어머니."

"기술로서 학문을 배우고 그렇게 배운 학문으로 출세하는 걸 말하는 거냐?"

현룡의 본뜻을 사임당이 부러 비틀었다. 하지만 현룡은 그 의도를 알 것 같았다. 어머니는 지금 두 형의, 아니 특히 큰형님인 선의 박탈감에 대해 말하고 있는 것이었다. 그리고 그 말은 한 가정의 웃어른인 아버지이자 자신의 남편에 대한 현룡의 실망감을 지

적하는 것이기도 했다. 한 번도 제대로 책장 넘기는 걸 본 적이 없는 아버지였다. 현룡은 저잣거리나 오가며 하릴없이 벗들과 어울려 술잔이나 기울이는 아버지에 대한 실망감이 자칫 가족 전체의 질서를 무너뜨릴지도 모를 거란 어머니의 우려를 간파했다. 반쯤 고개를 숙인 현룡을 본 사임당이 말했다.

"제대로 된 생각이 들 때까지 안채에 들어올 생각 마라. 그것이 이 어미가 지금 너에게 해줄 수 있는 말이다."

제대로 된 생각이란 게 무엇인지, 어떤 의미인지를 깨달은 걸까.

장대비를 온 몸으로 맞으면서도 현룡은 앞마당에 무릎을 꿇은 자세를 고쳐 앉지 않았다. 빗물에 온 몸이 젖고 몰골이 말이 아니었다. 그럼에도 현룡은 자세를 허물지 않았다. 변치 않는 현룡의 꼿꼿한 자세가 사임당의 마음에 깊은 울림을 주었다. 하지만 내색은 하지 않았다. 그래야만 한다. 그게 현룡의 앞길을 위한 길이라 확신했기 때문이었다.

사임당은 한참 동안 아무 말도 하지 않았다. 안채에서 술잔을 들이키던 이원수는 아내가 가장 아끼는 것으로 알고 있는 아들에게 왜 저렇게 모질게 구는지 알지 못했지만 감히 모자 사이에 끼어들지 못했다.

다른 형제들 역시 마찬가지였다. 피가 마를 듯한 긴장감을 그들도 알고 있었다. 빗속에 무릎을 꿇은 현룡을 지켜보는 어머니 사임당과 비가 몇을 때까지, 아니 언제까지라도 그 자리를 고집스럽게 지킬 것 같은 현룡, 그 둘을 슬쩍 열어둔 문틈으로 바라보고 있었다.

그렇게 한참이 지나고 비가 잦아들 즈음이었다. 사임당이 말했다. 짧고 낮은 한마디 음성이었다.

"들어와라."

어머니의 말에 현룡의 고개가 저절로 들어 올려졌다.

"……."

"다른 곳에 있을 수도 있었다. 비를 피할 수도 있었어. 그런데 그렇게 하지 않았구나. 왜 그랬지?"

현룡이 침묵했다. 다시 고개를 숙이지는 않은 탓에 시선은 여전히 사임당을 향했다. 사임당은 현룡이 침묵하는 이유를 짐작했다. 긴장을 풀어주기 위해 사임당은 낮은 목소리로 다시 말했다.

"현룡아, 너의 마음을 알고 싶어서 그런다. 그러니 답을 알았다면 망설이지 말고 대답해."

그러자 현룡이 용기를 냈다. 비에 흠뻑 젖은 현룡의 모습이 안쓰러웠지만 사임당은 아들의 솔직한 마음을 나누기까지 표정을 바꾸지 않았다.

"제 생각과 뜻이 교만했습니다."

"교만하더라도 가족을 위한 일이라 하지 않았느냐. 교만함보다 가족과 형제의 미래를 위한 조언이 앞선 것이란 생각을 바꾼 것이냐."

"서로 전혀 다른 방향이란 걸 알았습니다."

"무슨 뜻이지?"

"어머니 말씀이 맞았어요."

갑자기 화제를 돌린 듯했다. 사임당이 현룡을 보며 되물었다.

"내 어떤 말이 맞았다는 말이냐?"

"학문을 출세와 다른 이에게 무시받지 않으려는 자기 보호로 생각하는 것, 그 자체가 학문 속에 담긴 이치와 다르다는 걸 알았습니다."

"……."

"어머니. 전 알았어요. 학문의 이치와 뜻이 단지 이해하는 데서 끝나는 게 아니란 걸요."

"그럼? 더 무엇이 있단 말이냐."

"예."

"그게 무엇이지?"

"이해했다면 그대로 실천하는 게 예법의 완성이란 걸 알게 되었습니다. 교만을 버리라는 가르침을 이해했으면 그대로 실천해야 했는데 그렇게 하지 못했어요. 다른 이를 어질고 진심으로 대하라는 공자의 말뜻을 이해했다면 그렇게 이해한 걸 남에게 가르칠 것이 아니라 자신이 실천해야 한다는 걸 전 잊었습니다. 애써 잊으려고 했던지도 모르죠."

현룡의 말 한마디 한마디가 사임당의 마음 깊은 곳을 울렸다. 이어지는 현룡의 말은 사임당으로 하여금 더 이상의 가르침이 필요하지 않다는 걸 깨닫게 해주었다.

"비를 맞으면서 전 다짐하고 또 다짐했습니다."

"뭘 말이냐?"

"이러한 반성이 어머니 앞에서 제 깨우침을 과시하는 행동이 되지 않게 해달라고 제 자신에게 다짐했어요."

말을 마친 현룡이 고개를 반쯤 숙였다. 자신이 해야 할 말을 끝내고 어머니의 처분을 기다리는 눈치였다.

한참이 더 지났다. 사임당은 내내 현룡의 몸에서 뚝뚝 떨어지는 빗물을 바라보았다.

"들어오너라."

"어머니……."

"책 읽어야지. 이제 읽어도 된다."

"……."

"읽어도 돼."

24. 다시, 갈라지는 마음

둥.

덩.

우의 고사리손이 해죽을 잡고 팽팽하게 감긴 여섯 줄의 명주실 가운데 하나를 튕겼다. 그윽하게 떨리는 거문고 소리에 적막하던 방안에 서늘한 청량감이 가득 찼다. 모든 것이 차분하게 가라앉고 사물의 중심에 하나의 소리만 기억되는 느낌이었다. 팽팽한 여섯 줄이 어린 우의 손가락 끝에서 튕겨 오를 때마다 섬세한 소리들이 물결쳤다. 때론 잔잔하게, 때론 거칠게 치솟거나 가라앉았다.

우가 거문고의 현 한 줄 한 줄을 튕겨낼 때마다 별채에 모여든 사람들은 숨죽여 그 모습을 지켜봤다. 선과 매창, 현룡도 어린 막내가 거문고 타는 모습을 호기심 어린 모습으로 바라보았다.

이원수는 예술적 기예가 남다른 막내아들이 거문고를 타는 모습에 마냥 뿌듯한 얼굴이었다. 이원수가 초대한 저잣거리의 한량, 사임당의 빼어난 서화 실력을 귀동냥으로 익히 들어 알고 있던 한양 주변의 선비들이 모여든 자리였다.

오늘만큼은 이원수도 술을 마시지 않았다. 술상을 봐오라고 말하고도 싶었지만 그렇게 하지 않았다. 모인 사람들 모두 약속이라도 한 것처럼 우가 거문고 타는 모습을 대견해했다.

거문고를 두고 앉아 현의 울림, 그 삼매에 빠져 있던 우의 눈길이 맞은편에 앉아 있는 어머니를 향했다. 자신의 재능을 알아주고 독려해주는 어머니 앞에서 재주를 마음껏 자랑하고 싶은 마음으로 가득한 눈빛이었다. 사임당은 그런 막내아들의 눈빛에 가만히 고개를 끄덕여 화답했다. 그녀 역시 충분히 자랑하고도 남을 기예라고 생각했다. 음과 음을 이어받는 현을 대하는 우의 현란한 움직임은 듣는 이로 하여금 숨이 멎을 듯한 감흥으로 이어지기에 부족함이 없었다.

우의 손이 멎었다. 연주가 끝난 것이었다. 우의 이마에 땀방울이 맺혔다. 사임당이 우에게 다가가 이마를 닦아주었다. 우와 사임당의 눈이 마주했다. 우가 어머니를 보며 배시시 웃어보였다. 사임당은 수건에 묻은 우가 흘린 땀의 흔적을 내려다보았다. 그때, 그녀는 더없이 사람 좋은 웃음을 짓고 있는 남편과 눈이 마주쳤다. 이원수는 우와 사임당, 모자의 자연스런 손길과 호흡을 흐뭇하게 지켜보았다. 그는 우의 연주가 끝나자 함성을 지를 듯한 기세로 박수를 쳤다.

"대단해. 대단하지 않아? 우리 막내 아이네."

이원수의 친구들은 기꺼이 칭찬행렬에 동참했다.

"그러게. 어린 아이가 어떻게 이렇게 연주할 수 있지? 저 나이 때면 현을 퉁기는 것조차 예삿일이 아닐 텐데 말이야."

이원수가 친구들의 칭찬에 더 어깨가 으쓱해져 말했다.

"천재는 타고나는가 봐. 우리 막내를 보면 그렇지 않은가?"

모두들 입을 모아 신동의 탄생, 천재 예술가란 칭찬을 아끼지 않았다. 그런 말을 들을 때마다 이원수의 얼굴은 밝아졌다.

그런 남편을 지켜보던 사임당의 마음속에서 한 가지 결의가 생겨났다. 남편의 모습과 우의 모습, 그리고 우의 연주에 귀를 기울이고 있는 현룡의 모습이 차례로 떠올랐던 때였다. 그 한순간, 그녀는 셋째 현룡을 주의해 바라봤다. 올곧은 표정으로 아우의 연주를 지켜보던 현룡이 사임당의 마음 깊은 곳에서 울림을 일으켰다. 사임당은 그 울림을 더 깊게 자신을 마음속에 펼쳐 보이고 싶었다. 현룡을 보자 사임당은 마지막 희망이 치솟는 것 같았다. 그녀는 자녀들에게 참된 도리와 예의 세계로 나아가는 길을 열어주고 싶었다. 다시 한 번 일그러진 세계를 바로잡고 싶었다. 그러기 위해 사임당은 자녀들에게 떳떳해지는 지아비의 모습을 보고 싶었다. 사람 좋은 웃음으로 모질지 못한 후덕한 인성을 가진 남편, 이원수에게 처음이자 마지막, 당부의 한마디를 남기고 싶었다.

"어찌된 일이요? 해가 서쪽에서 뜨겠소."

막내아들 우의 거문고 연주가 끝나고 난 뒤, 친구들과 헤어지고 모처럼 일찍 집으로 돌아온 이원수를 기다리고 있는 건 거하게 차려진 술상이었다. 이원수는 술상을 차려놓고 기다린 이가 아내란 사실에 놀라워했다. 물론 그 놀라움은 반색이 바탕이 된 것이었다. 사람에 대한 정과 의로운 의지 나눔이 그리웠던 이원수는 집 안, 살을 맞대고 살던 부부의 방에서 술상을 받았다는 자체에 감동했다. 매일을 글과 화첩, 그게 아니면 자녀들과의 예와 글공부에 전념하던 아내에게서 좀처럼 찾아볼 수 없는 행동이었기에 기쁨은 더했다. 사임당이 술병을 들어 이원수의 잔을 채웠다.

"오늘은 맘껏 드세요."

"그런데 괜히 긴장되는구려. 부인이 나한테 뭔가 단단히 결심한 것 같은데……."

처음엔 농담을 하듯 말했다. 하지만 말을 뱉고 난 뒤였다. 말을 꺼낸 이원수의 표정이 순간 굳었다. 평소에 좀처럼 볼 수 없는 행동을 보인 사임당이다. 불현듯 이원수는 그녀가 진정 자신에게 대단한 대소사와 관련된 말을 할지도 모른다는 생각이 들었다. 사임당은 불안한 반응을 보이는 남편을 보며 만감이 교차했다. 이원수가 긴장된 표정으로 물었다.

"정말 무슨 일 있는 거 아니오?"

사임당이 부드럽게 고개를 가로저으며 답했다.

"편하게 드세요. 저와 마주하며 약주하신 적이 근래 있었나요. 마음 편히 드세요. 아무 일도 없어요."

"그래. 그럼 내 기분 좋게 한잔 하리다."

사임당은 지금까지 혼인생활로 인한 불행은 온전히 자신의 몫이라 생각했다. 혼인으로 인해 고통받은 건 자신뿐이라고 여겼던 것이다. 남편 이원수는 무책임한 혼인생활의 가해자일 뿐이었다. 지나치게 사람을 그리워하는 무능한 남자, 학문에 대해 최소한의 관심도, 끈기도 없는 남자, 뜻을 이루려는 인내심마저 결여된 남편을 두고 가슴앓이한 자신만 불행하다고 생각했던 것이다.

하지만 돌이켜보면 모든 건 상대적인 것이었다. 이원수 역시 의도치 않은 아내에 대한 깊은 열등감에 시달려야 했다. 그림에 능하고 모든 일에 앞서는 아내에 비해 무능하기만 한 자신을 자책하며 시간을 보내야 했다는 걸 사임당은 이제야 조금씩 알 것 같았다.

물론 지금도 남편의 전부를 이해할 순 없었다. 모두 이해한다는 건 불가능할지도 모른다. 그 사실을 그녀는 너무나 잘 알고 있었다. 그래도 이제는 조금씩 남편을 이해할 수 있을 거란 기대가 생겼다.

이원수의 얼굴이 기분 좋게 상기되어 있었다. 술병 하나를 말끔히 비운 상태였다. 기분이 좋아진 이원수가 먼저 자신을 물끄러미 바라보는 사임당에게 말을 걸었다.

"할 말이 있는 것 같은데……."

사임당은 자신의 마음에서 남편을 통째로 지우고 싶지 않았다.

지아비를 무시하고 거부하는 군자의 길은 없다고 믿었다. 그래서 한 가지만, 딱 한 가지만 남편에게 약속받고 싶었다.

"청이 하나 있습니다."

이원수가 사임당의 말을 채근했다.

"어서 말해보시오. 나는 오늘 참으로 기분이 좋소. 할 수만 있다면 부인의 어떤 청이라도 들어줄 수 있을 것 같단 말이요."

사임당이 입을 열었다. 이 말만은 반드시 해야 했다. 아이들을 지키기 위해.

"딱 한 가지만 약조해주세요. 제 청을 들어주실 수 있죠? 아니, 들어주셔야 해요."

"글쎄 말해보라니까. 내가 부인 청을 들어주지 못할 게 뭐가 있겠소."

"제가 죽은 뒤에 당신은 다시 장가를 들지 말아주세요. 부탁이에요."

술잔을 들어 입으로 가져가던 손이 허공에서 멎었다.

"부인, 지금 무슨 뚱딴지 같은 소리를 하는 겁니까? 무슨 유언이라도 하려는 게요? 죽은 이후라니, 무슨 유언 같구려."

"우리는 이미 일곱 남매를 두었습니다. 그런데 우리에게 또 다른 자식이 필요한 것도 아니고 또 다시 무슨 자식을 두어 예기의 훈도를 어길 수 있겠어요? 그러니 다시 장가를 들지 말아줬으면 하는 것입니다."

권씨를 염두에 둔 말이었다. 사임당은 지난 몇 년 동안 그런 불안감에 시달려왔다. 자신이 만에 하나 일찍 세상을 뜬다면 남편은 어쩌면 권씨를 집에 들일지도 모른다. 그러면 일곱 남매는 어떻게 될까. 남편에게 미리 다짐을 받아두고 싶었다. 권씨를 아이들의 어머니로 들이지는 않겠다는 다짐을.

하지만 사임당의 간곡한 당부에 이원수는 오히려 오기가 생겼다. 항상 공자와 성리학 운운하는 부인 앞에 기가 죽어 있었기에 그 상태를 비틀고 싶었다. 악심을 품은 것이다.

"당신, 내가 알기로는 공자가 아내를 내보냈다고 합니다. 그건 예법에 맞는 것이요?"

사임당의 마음 한 구석이 절벽처럼 무너져내렸다. 남편은 결코 자신의 의지와 제멋대로의 삶을 포기할 인물이 아님이 더 명확해지는 것 같았다. 그러자 사임당의 마음속 화폭에서 남편, 지아비의 모습이 점점 지워지기 시작했다. 하지만 사임당은 부질없는 희망의 끈을 놓지 않으려 애를 썼다.

"공자가 아내를 내보냈다고 하는 건 그가 노나라 소공 때 난리를 만나 제나라 이계라는 곳을 피난을 갔는데, 그 부인이 따라가지 않고 송나라로 갔기 때문입니다."

"그런가……?"

"그러므로 공자가 그 부인과 다시 동거를 하지 아니했을 뿐, 부인을 내쫓았다는 기록은 어디에도 없습니다."

이원수가 빈 술잔에 술을 따르더니 단숨에 들이켰다.

"그렇다면 증자도 있소. 증자가 아내를 내쫓은 건 무슨 까닭이요. 그도 예법 꽤나 지킨다고 소문난 인물 아니요?"

사임당의 눈이 지아비의 눈을 잠깐 쳐다보았다. 두 사람의 눈이 허공에서 부딪쳤다. 이원수는 눈길을 피했다.

"증자의 아버지가 찐 배를 좋아했습니다. 그런데 부인이 배를 잘못 쪘습니다. 부모를 공양하는 도리에 깊은 어긋남이 발견되었던 탓이죠. 그런 연유로 부득이 내쫓은 것입니다. 하지만 증자 역시 한 번 혼인한 예를 존중해 새 장가를 들지는 않았지요."

사임당이 말을 마치자 방안에는 어색한 공기가 내려앉았다. 흠흠, 이원수가 무안한 기색을 감추지 못하고 헛기침을 두어 번 했다. 그러나 여기서 물러나고 싶지 않았는지 다시 한 번 물었다.

"주자의 집안 예법에도 그와 비슷한 일이 일어난 적이 있지 않소? 그건 어떻게 설명해야 하오?"

"주자가 마흔일곱 살 때 부인 유씨가 죽었습니다. 그리고 맏아들 숙은 당시 장가를 들지 않아 살림할 사람이 없었죠. 하지만 그럼에도 주자는 다시 장가를 들지 않았습니다."

이원수는 더 이상 할 말을 찾지 못했다. 애꿎은 술병을 들어 술잔에 거칠게 들이붓더니 단숨에 잔을 비웠다. 그러나 새 장가를 들지 말라는 사임당의 청에는 끝내 답하지 않았다.

25. 무너지는 몸

쨍그랑!

요란한 소리와 함께 매창과 현룡의 눈에 들어온 건 산산조각이 난 하얀 사기그릇이었다. 그릇에 가득 담겨 있던 붉은빛 안료, 선홍빛을 띤 액체가 안채 바닥에 곤두박질치는 순간 붉은 빛깔의 선연한 점들이 사방으로 흩뿌려졌다.

"어머니, 괜찮으세요?"

매창이 걱정스런 얼굴로 거듭 물었다. 사임당은 비석처럼 꼼짝 않고 서 있었다.

"무슨 일이세요? 안색이 좋지 않으십니다."

현룡도 거들었다.

붉은 안료가 담긴 그릇이 손에서 미끄러져 바닥에 떨어지는 순간, 누구보다 당혹스러운 건 사임당이었다. 하지만 자신의 상태를 있는 그대로 내보여선 안 되었다. 자신의 몸 상태가 현재 어떤지, 그런 입장을 밝힐 대상은 자신만을 바라보며 자신을 따르고 있는 자식들에게는 표현해선 안 되는 것이다. 사임당은 비틀거리며 주저앉았다. 이마에 손을 얹고 가만히 숨을 골랐다.

"어머니, 어젯밤에도 밤을 새우신 게 틀림없으신 것 같은데요. 그렇죠?"

매창이 힐난하듯 말했다.

"신경 쓰지 마라."

"하지만……."

매창은 말을 잇지 못했다. 자신을 똑바로 바라보는 어머니의 눈과 정면으로 마주했기 때문이다. 화를 내는 것도, 야단을 치는 것도 아닌 눈길이었지만 범접할 수 없는 결의가 느껴졌다. 사임당이 옅은 미소를 보이며 부드러운 목소리로 말했다. 시선은 누이의 옆에 앉아 있는 현룡을 바라보며.

"정말 괜찮다. 네 말대로 오늘 자정까지 넘겨주기로 약조한 그림이 있어서 조금 무리를 한 것뿐이야. 그러니 가서 너희들은 하던 일을 마저 하도록 해라."

어머니의 부드러운 음성에 자녀들은 따를 수밖에 없었다. 그것은 모태의 깊이에서부터 어머니 품에서 먹고 자라난 자녀들의 조건반사적인 반응에 가까웠다. 매창이 자리에서 벌떡 일어나 걸레를 가져와서 바닥에 흩뿌려진 안료를 닦아내기 시작했다. 누이만큼 손놀림이 익숙하지는 못했지만 현룡도 도왔다.

이마에 손을 얹은 사임당은 미소를 띠고 그 광경을 바라보고 있

었다. 시도 때도 없이 찾아오는 극심한 두통과 숨이 턱 막힐 정도
의 가슴 통증은 이젠 익숙하다. 그런데 얼마 전부터는 어지럼증과
현기증에 손이 떨리는 증세까지 생겼다. 결국 오늘은 손이 떨려
안료 그릇을 떨어뜨리고 말았다. 내 몸에 무슨 일이 생기고 있는
걸까. 하지만 커가는 아이들 뒷바라지를 위해서는 돈이 필요했다.
매창에게 그림 그릴 종이와 붓을 사줘야 했고, 현룡이 읽을 서책
들을 사줘야 했다. 그러려면 그림을 그려야 했다. 아니, 팔아야 했
다. 사임당의 그림은 이미 사대부들 사이에서 은밀하게 고가에 거
래되고 있었고, 그림을 그려달라는 의뢰는 끊임없이 들어왔다. 사
임당은 그림을 넘겨주기로 약조한 날짜를 반드시 지켰고, 그렇게
해서 팍팍한 살림살이가 겨우 숨통이 트였다.

"현룡아."

"아버님?"

안채에서 나온 현룡을 손짓으로 가만히 부른 것은 아버지 이원
수였다. 현룡은 별채 문을 열고 나오며 주섬주섬 의관을 다듬는
아버지의 모습에 다소 놀란 표정을 지었다.

이원수가 별채에서 나와 현룡에게로 다가왔다. 현룡이 자신을
향해 다가오는 아버지를 보며 물었다.

"언제 들어오신 겁니까?"

"오늘 새벽에. 닭이 울 때 들어왔지."

"간밤에는 어디 계셨던 것입니까?"

"그건……, 어른들의 일이다."

말꼬리를 흐린 이원수가 안채를 흘낏 바라보며 현룡에게 물었다. 현룡이 방금 전 어머니의 방에서 나온 것을 보았기 때문이다.

"그나저나 너희 어머니. 어제도 그림 그리느라 늦게 잤다고 들었다. 맞아?"

"예. 밤을 꼬박 새우셨습니다."

사임당이 밤을 새웠다는 말에 이원수의 표정이 심란해졌다. 그런 아버지의 표정을 바라보는 현룡의 마음엔 안타까움이 스며들었다. 현룡은 아버지가 좀 더 많이 내색했으면 하는 마음이었다. 마음의 변화와 동요가 있다면 반드시 그 동요는 행동과 실천으로 이어진다고 그는 배웠다. 수많은 학문, 현자들의 가르침이 사상과 가치의 차이는 있겠으나 결국엔 실천에 대해 말해온 것 아니던가. 하지만 안타깝게도 아버지 '이원수'란 사람은 실천의 초입에서 언제나 망설여왔다.

마음은 더없이 여리고 선한 이였다. 누구보다 정이 많고 동정심도 강한 인물이 현룡이 지금까지 바라봐온 아버지의 모습이었다. 하지만 마음속 깊이 스며든 선한 심성의 증거인 운우지정이 실천과 결단으로까지는 연결되지 못했다. 언제나 어느 고비에서 좌절되거나 부러지는 일을 반복해온 것이다.

지금도 예외는 아니었다. 아내가 다른 어떤 이유도 아닌, 집안의 생계를 꾸려가기 위해 그림을 그려야 하는 현실을 직접 전해 듣는 순간 이원수의 표정은 더없이 심란해졌다. 여기에 현룡은 한마디를 더 보태 밤새 한양 저잣거리 어딘가에서 벗들과 정과 술을 나누던 자신의 시간을 뼈저리게 반성하고 돌이키기를 소원했다. 하지만 아버지의 의지와 결단은 결코 오래가지 못했다. 이원수는 심란한 표정 그대로 얼굴에 담은 채 안채를 향해 고개를 돌리며 중얼거리듯 말했다.

"나 원 참. 누가 저렇게 미련하게 그림을……."

그와 함께 이원수는 현룡이 듣고 싶어했던 것도 아닌 말을 부러 다짐하듯 들려주었다.

"걱정 말아라. 아버지도 그냥 하릴없이 돌아다니는 게 아니다. 조만간 좋은 소식이 들려올 거야."

"좋은 소식이요?"

"그래. 그러면 네 어머니, 그림 그려 집안 살림 보태는 일을 하지 않아도 될 거야."

"……."

"내 약속하마. 정말이야."

현룡의 흔들리는 눈동자를 본 이원수가 거듭 다짐하듯 말했다. 자신의 말을 믿지 못한다고 생각한 모양이었다. 하지만 현룡은 아버지를 불신하지 않았다. 그저 수많은 상념들이 한순간 머릿속을 어지럽게 스치고 지나갔을 뿐이었다. 그 생각 속 장면의 주인공은 안채 한구석에 앉아 이따금 쓰라린 표정을 지으며 가슴팍을 움켜쥐는 어머니, 사임당이었다.

26. 무너지는 마음

웃음소리가 들렸다. 여자의 자지러지는 웃음소리였다. 어떻게 들으면 비명에 더 가까운 웃음소리. 그 소리가 들릴 때마다 사임당은 심장이 멎고 사지가 찢기는 듯한 고통을 느꼈다.

꼬박 며칠 밤을 새웠는지 모르게 그림에 몰두했던 사임당이 더는 버틸 수 없어 방 한 구석에 등을 기대고 앉았다. 매창이 방에서 나가면서 당부의 말을 남겼지만 사임당은 듣지 않았다.

"어머니, 이부자리라도 봐놓을 테니 조금이라도 눈을 붙이세요. 제발 부탁이에요."

하지만 곱게 깔린 이부자리에 사임당은 누울 수 없었다. 약조한 그림을 보내줘야 할 기일이 며칠 남지 않았다.

자신이 재능을 낭비하는 것은 아닌가, 하는 생각은 이제 사임당의 머릿속에 남아 있지 않았다. 그녀에게 자신에게 주어진 재능보다 더 중요한 건 자식들의 미래였다. 사임당이 기대하는 자녀들의 미래는 단순히 출세나 입신양명의 문제가 아니었다. 한 사람의 뿌리 깊은 변화와 뜻을 이룸이 많은 이들을 이롭게 하고 그들을 바른 길을 인도할 수 있다고 사임당은 믿었다. 그렇기에 사임당은 붓을 놓을 수 없었다. 자신의 그림이 한낱 눈요깃거리가 되어도 할 수 없었다. 아니, 그렇게라도 해서 보는 이의 정신세계를 위무해줄 수 있다면 족하다고 여겼다.

그러나 과거 시험에만 매달리던 남편을 대신해 식구들 건사하기 위해서는 하루라도 그리는 일, 집안일 돌보는 일을 쉴 수 없었다. 일이 쌓여가는 것에 늘 감사했지만 반대로 해결되지 않는 마음속 앙금이 사임당을 집요하게 따라다녔다. 여전히 그녀의 머릿속과 눈동자 속에 지워지지 않고 각인되어 있는 것. 마치 자신에게 주어진 죄명을 알 수 없는 극한 형벌, 그 형벌의 낙인과도 같은 것. 남편의 여자. 권씨의 웃음소리였다.

그 웃음소리는 낮과 밤을 가리지 않고 사임당의 심장을 비수처럼 찔러댔다. 심장이 무방비로 그녀의 웃음소리에 의해 찔리고 뜯겨질 때마다 사임당은 자신이 쌓아온 생의 모든 것이 조롱받는 것 같은 수치심에 사로잡혔다.

애써 잊으려 했었다. 권씨의 웃음소리를, 남편의 유약함을, 시어머니 홍씨의 순진한 눈치 없음을 그저 마음 한 구석에 담아두려 했다. 하지만 그것은 사임당의 마음 깊은 곳에 자리 잡았을 뿐, 그 어떤 것도 사라지지 않았다.

하지만 이대로 주저앉을 수 없었다. 가슴을 파고드는 뜻 모를 통증, 그야말로 하늘이 무너질 듯한 극한의 고통, 숨을 쉴 수 없을 정도로 아프고 쓰라린 절망을 딛고 다시 붓을 쥐어야 했다. 그렇게 마음먹은 사임당이 다시 조금씩 몸을 움직여 종이가 놓여 있는 좌탁 앞으로 다가갔다.

붓을 다시 손에 쥔 순간, 하얀 종이 위에 붓을 갖다댄 순간부터 권씨의 웃음소리, 그 웃음소리에 감싸여 헐떡이는 남편의 가쁜 숨소리가 잦아들기 시작했다. 소리가 잦아들면서 심장을 조여오던 극심한 통증도 가라앉기 시작했다. 하지만 사임당은 알고 있었다. 고통의 파도가 거세게 몰아치고 나면, 그 뒤에 찾아오는 건 더 한층 쇠약해진 자신의 몸이라는 걸. 자신의 몸이 어떤 고통의 통과의례를 겪었는지 다른 이는 기억할 수 없겠지만 사임당 자신은 분명히 기억하고 있는 것이다.

27. 타오르는 내면의 불꽃

한 해, 또 한 해가 지났다. 사임당의 일곱 남매는 어머니의 품에서 절대의 안온함을 느끼며 성장했다. 특히 현룡은 이미 이태 전에 열세 살의 나이로 과거에 급제했다. 그러나 그것에 만족하지 않고 계속 정진해야 한다는 어머니의 당부를 새기며 학문에 열중했다. 현룡은 침식을 잊고 학문에 매진했다. 조반을 마치면 점심 때가 되도록 꼼짝도 하지 않고 서안 앞에 앉아 있었다.

하지만 사임당은 총명한 현룡에게 글보다 자연의 소리를 더 깊이 들려주고 싶었다. 열 손가락 모두가 사임당 그녀 몸의 일부이지만 손가락마다 길이도 품새도 모양도, 쓰임새도 다르듯이 그것에 대한 애착과 관심의 농도도 남달랐다. 그런 사임당이 보고자 하는 현룡이라는 손가락은 학문적 성취에 있어서는 더 이상 바랄 게 없는 완벽한 쓰임새였다. 그런데, 사임당은 그런 현룡의 완벽함이 어딘지 모르게 안쓰러웠다.

열다섯 나이가 무색할 정도로 현룡의 책임의식은 남달랐다. 학문을 대하는 폭과 범위조차 웬만한 과거 시험 준비하던 이들과 비교해도 우열을 가릴 수가 없을 정도였으며, 특히 형제들 간의 우애와 가족의 질서를 생각하는 마음은 한 집안의 가장이 감히 비교할 수 없을 정도로 깊었다. 현룡은 맏형 선의 어쩌면 선천적인 평범함이 자신과의 학문적 비교를 통해 자칫 열등감으로 비쳐질 게 두려워 이를 경계하고 의식하는 모습을 일관적으로 보여주었다. 또한 아우인 우의 천재적 예술성에 대해서는 자신이 갖지 못한 부분이라고 격려하며 위아래, 형제 사이에 세심하게 신경을 썼다. 그 모습이 사임당의 눈에 자주 띄어서 오히려 안타까웠다. 그래서일까. 사임당은 현룡만 보면 집 안을 이어갈 가장이라고 확신하면서도 동시에 그런 종류의 부담감을 안기고 싶지는 않았다. 정해진 시간에 사서삼경을 공부하고 공자의 가르침을 마음에 새겨야 하는 소년의 모습을 사임당은 더 이상 기뻐하고 대견해할 수만은 없었던 것이다.

이런 사임당의 마음은 현룡에게 오롯이 전달되었다. 현룡은 사임당, 자신의 어머니가 보다 자유로웠으면 좋겠다는 생각이었다. 안채에서 사임당과 함께 책을 읽고 문장이나 시구에 담긴 의미를 나눌 때가 되면 현룡은 자신도 의식하지 못한 사이에 문장 속 낱말을 풀어내는 사임당의 표정과 몸짓을 살피곤 했다.

현룡이 서책을 머리와 가슴으로 읽어 내려가는 동안 사임당은 붓에 먹을 듬뿍 묻혀 종이 위에 대담한 선을 한 줄기 그었다. 하나를 더 그었다. 하얀 종이 위에는 이내 담백한 농담을 품은 검은 선들이 채워졌다. 그리고 그 굵고 가는 선들이 차츰 하나의 형상을 구축해나갔다. 종이 위의 여백을 수놓는 건 수많은 나비들이었다. 나비들은 저마다 보여줄 수 있는 최선의 날갯짓을 보여주며 사임당의 세계를 채워나갔다. 산들바람이 불어왔다. 정오의 빛이 스며드는 안채로 작은 산새소리가 들려왔다. 처마 밑에 가까스로 매달린 물방울이 툭 떨어졌다. 나비가 날개를 활짝 펼쳤다.

현룡의 열다섯 생일날 늦은 오후였다. 사임당은 자녀의 생일을 축하하기 위해 특별한 잔치를 열어주지는 않았다. 그렇다고 무심하게 넘어가지도 않았다. 사임당은 현룡의 열다섯 번째 생일을 더욱 특별한 학문적 교류의 시간으로 꾸려주고 싶었다. 공자의 가르침을 정리하는 시간을 갖고자 했던 것인데, 그런 사임당의 특별한 가르침을 특유의 총명한 눈길로 모든 것을 흡수하듯 받아들이던 현룡이 조심스럽게 말문을 열었다

"어머니."

자신을 부르는 현룡에 대한 사임당의 반응은 가만히 고개를 들어 바라보는 것이었다. 다소 어색한 침묵이 흘렀다. 어머니를 부른 뒤에도 현룡은 시선을 공자의 가르침이 담긴 서책에 고정시켰고, 사임당 역시 자신을 부른 아들이 뭔가 깊은 생각에 잠겨 있다는 걸 짐작하고 있었다.

사임당이 자신의 좌탁 위에 벼루와 먹, 붓, 그리고 종이 한 장을 꺼내 올려놓았다. 현룡과 사임당, 둘 모두 아무것도 그려지지 않은 하얀 종이를 바라봤다. 현룡은 결국 표면적으로 형성하고 있던 모자 사이의 예의라는 허울을 잠시 벗기로 했다. 어머니, 아니 붓을 손에 쥐고 종이 위에서 자유로운 영혼의 춤을 추는 한 예술가의 초상을 향해 현룡은 하고 싶은 말이 있었다. 어쩌면 그것은 어머니가 아닌 한 여성, 아니, 여성이란 기준조차 뛰어넘는 한 인간으로서의 영혼을 향한 찬탄이었다.

"어머니는 제게 이렇게 가르치셨습니다."

말을 마친 현룡이 자신에게 주어진 종이 위에 글귀 하나를 적어 넣었다. 사임당이 가만히 현룡이 적어 내려간 글귀를 바라봤다. 단문의 짧은 글귀에 대한 해석은 그것을 써내려간 이의 몫이었다. 현룡은 더욱 차분하고 담담히 가라앉은 목소리로 말을 이었다.

"뜻을 세우는 건 부끄러운 일이 아니라고 말입니다."

사임당이 가만히 고개를 끄덕였다.

"맞는 말이다."

이어지는 그녀의 말. 현룡은 어머니의 말에 용기를 얻었다. 그리고 그, 현룡은 그 뜻을 함께 나누고 싶었다. 어느새 자신의 정신과 학문의 분신이 되어버린 어머니와 함께.

"뜻을 세워 나가는 데 있어 남녀가 유별하다고 생각하지 않는데……. 전 분명 그렇게 배웠습니다."

사임당의 약간 흔들리는 눈빛은 강한 동의의 표시였다. 그리고 그 순간, 그녀의 마음속에서 찰나의 섬광과도 같은 깨달음의 불꽃이 일었다. 현룡은 지금 자신과 같은 생각을 갖고 있는 것이었다. 문득 사임당은 자신의 손에 쥐어져 있는 붓을 내려다봤다. 가지런한 붓끝이 구석까지 촘촘히 검은 빛에 물들어버렸다. 그 붓을 한사코 놓지 않는 자신의 손과 붓을 사임당은 번갈아 바라봤다.

남녀의 유별함 없이, 그 어떤 제약도 없이 자연과 사물과 인간이 거대한 환희 속에서 하나로 용해되어버리는 지경, 그 지경에 다다르려는 뜻을 세우는 과업을 사임당은 현룡에게 요구하고 있었다. 학문을 이루려는 그 뜻으로. 그런데 지금 현룡이 도리어 자신에게 묻고 있었다. 그 뜻. 그 지경. 어머니 자신이 도달하고픈 미답인 황홀함이 아니었느냐고. 잠시 숨을 고른 현룡이 짧지만 강한 한마디를 던졌다.

"소자는 어머니가 어머니의 세계 속에서 살아가시는 모습을 뵙고 싶습니다."

"……."

"그게 어머니를 생각할 수밖에 없는 소자의 생각, 뜻의 전부입니다."

사임당이 답했다. 그렇다. 비범한 천재의 피를 타고 난 정화된 정서로 무장된 한 분신의 말에 대한 확증과도 같은 것이었다.

"내 세계는 지아비를 받들고 눈에 넣어도 아프지 않을 자식들을 건사하는 가족이라는 인류의 질서가 살아 숨 쉬는 정원이라고 생각해보지는 않았느냐?"

사임당의 그 말에 현룡은 단호하게 항변했다. 단호한 그의 답이 바로 돌아왔고, 그렇게 돌아온 그의 답변이 강고한 영혼의 메아리가 되어 다시금 사임당의 마음을 두드렸다.

"어머니의 세계는 어머니 자신만의 것입니다. 풀과 꽃과 바다와 산이 고동치는, 수많은 나비가 날갯짓하는 소우주가 어머니의 세계 아닙니까."

현룡의 그 말들, 한 치의 망설임도 없이 이어지는 말의 이어짐 속에서 사임당은 더 이상 아들의 음성을 듣는 것이 아니었다. 자기 자신의 세계를 추구하라는, 자연과 사람과 사물, 곧 생기를 가진 모든 것들이 하나의 세계로 융화되는 하나의 소리를 듣는 것이었다. 그 소리는 곧 사임당의 영혼을 형성하던 태곳적 소리, 아버지의 소리였다. 그리고 지금 아버지의 소리가 현룡의 작지만 다부진 입을 통해 새어나오고 있었다.

'아버지의 재래(再來)인가?'

아버지!

사임당은 자신의 내면에서 내내 들끓고 있던 소리를 외면하지 않았다. 서서히 땅거미가 내려앉았다. 사임당이 고개를 돌려 슬쩍 열린 문밖을 바라봤다. 낙엽이 하나둘 떨어지고 있었다. 현룡의 열다섯 생일. 사임당은 거역할 수 없는 자신의 세계를 보고야 말았다. 아버지를 보고야 만 것이다.

28. 풀과 나무와 새

　이원수가 수운판관이 되었다. 과거 급제는 진작 물 건너갔다고 생각한 이원수가 먼 인척의 소개에 소개를 통해 겨우 얻어낸 말단 관리직이었다.

　혼인한 지 26년 만에 처음 얻은 관직. 이원수는 의기양양해졌다. 무엇보다 자신의 입신을 아내에게 알려주고 싶었다. 이원수는 아내가 끊임없이 자신에게 요구했던 것이 이런 것, 관직에 진출하는 모습을 보여주는 일이라고 믿었다. 그래서 처음 수운판관직에 허함을 받았을 때, 가장 먼저 이 소식을 아내에게 들려주리라 마음먹었다.

　하지만 소식을 들은 사임당의 표정은 밝지 않았다. 이원수는 이해하기 힘들었다.

　"왜? 당신은 기쁘지 않은 거요? 당신 뜻대로 관직에 나간 거요.

나라의 녹을 먹게 되었다는 말이오."

하지만 사임당의 표정은 밝지 않았다. 이원수가 진저리쳐지도록 싫어하는 그 표정.

그녀가 말했다.

"봉직을 받게 된 것을 제가 기뻐할 거라고 생각하신 겁니까?"

"그럼 아니오?"

"제 뜻을 어찌 이리 몰라주시는 겁니까?"

순간, 이원수의 낯빛이 굳어져갔다. 아내에게 인정받지 못한 것에 대한 실망과 아쉬움, 그에 반해 마음 깊은 곳에서 끓어오르는 반발이 시작되는 순간이었다.

"속 시원히 말해보시오. 그렇게 자나 깨나 나랏밥 먹게 해달라고 노래를 부르지 않았소?"

"전 당당한 입신을 원해요. 당신이 실력과 기개로 뜻을 펼쳐보이시기를 원했던 것입니다."

사임당의 단호한 말에 이원수는 기가 막히다는 듯 얼굴을 벌겋게 붉히며 답했다.

"아니 글쎄, 실력이 뜻과 목표에 미치지 못하니까 이렇게라도 해서 당신이 원하는 입신양명에 성공했으면 된 거 아니오?"

한참을 사임당을 바라본 이원수가 그만두자는 듯 손사래를 치며 남는 아쉬움, 원망의 말을 한마디 내뱉었다.

"그만둡시다. 그만. 내 꼴만 우습군. 늙은 나이에 말단 관리직 하나 얻은 걸 갖고 고매한 당신의 수준에 맞춰보겠다고 한 내가 백치로군. 천하에 둘도 없는 백치였어."

"서방님, 제가 그런 뜻으로 말씀드린 게 아니라는 건 아시지 않습니까."

사임당이 말을 이어가려 했으나 이원수가 잘랐다.

"그만 이야기해요. 무슨 말인지 잘 알아들었으니까."

"⋯⋯."

"그런데 이거 알고 있소? 당신이라는 사람은 정말 빈틈이 없다는 거 말이요."

이원수는 벌떡 일어나 방을 나갔다. 방안에 홀로 남은 사임당의 귀에 이원수의 말이 오랫동안 맴돌았다. 불안과 회한의 말들로.

이후 이원수는 이전보다 더욱 대담하고 빈번하게 집에 들어오지 않았다. 임명받은 지역이 공교롭게도 한양이 아닌 지방이었던 탓도 있지만 그건 일종의 구실에 가까웠다. 이원수는 일을 핑계 삼아 아내의 눈을 피해 주색잡기로 나날을 보내기로 작심해버린 것이다.

천성이었던 걸까. 그의 기질은 전혀 사내답지도 못하고 호방하지도 못했지만 어떤 억눌린 열등감의 정서가 폭발하기만을 기다린 듯 상황이 주어지자 그것을 패악스런 행동으로 연결시키지 못해 안달이 난 소인배처럼 굴고 말았다. 이원수는 하급 관리직 하나 얻은 것을 평생의 자랑거리, 또는 벼슬이라 여기며 아내 사임당에게 치졸한 패악질을 부리고 싶었던 것이다.

사임당은 그 패악질이 진심이 아닌 것쯤은 알고 있었다. 자신의 남편, 운우지정이 강하고 사람에 대한 그리움과 정에 굶주린 인물이 자신의 남편이란 사실을 결코 모르지 않았다. 그럼에도 그녀는 남편이 갈구하는 정에 충실히 응대하지 못했다. 아니 응대하지 않았다고 보는 게 더 정확할 것이다. 사임당은 자신의 지아비가 한 번이라도, 생애 한 번이라도 세상과 도리에 대해 떳떳해지길 바랐던 것이다. 인간적인 정을, 그 유약하지만 따뜻한 그리움을 한 번만이라도 차갑게 식히고 양반의 법도를 향한 참된 이치를 한 번이라도 헤아려주길 바랐던 것이다.

하지만 이원수는 그런 마지막 기대마저 저버렸다. 허망하고, 보기에 따라선 치욕스럽기까지 한 보잘것없는 연줄로 얻어낸 하급 관리직을 제수받고 좋아라하는 남편의 모습 앞에 사임당의 마음은 무너져 내렸다. 그저 막막할 뿐이었다.

아내의 실망이 자신이 예상할 수 있는 도를 넘어섰다는 걸 깨우치게 된 이원수는 더욱 황폐해지기 시작했다. 영혼과 정신의 황폐가 가속화되고 만 것이다. 어쩌면 이원수는 아내 사임당이 자신의 선택에 대해 따뜻한 한마디만이라도 해주길 갈구했는지 모른다. 그래도 한 가족의 가장으로서 할 일을 하기 위해 노력한 점을 알아주길 바랐던 건지도 모른다. 하지만 더 이상 자신의 뜻을 알아주지 않는다고 판단한 이원수의 이후 행보는 일그러진 패악질, 그이상도 이하도 아니었다. 주독과 여색에 빠져 하릴없이 시간을 보낸 다음, 마지막은 한양 자신의 집, 방 안으로 언제나 익숙하게 교태를 부리며 자신을 사내로 대해주는 주막집 권씨를 데리고 오는 일로 마무리되곤 했다.

권씨는 진심으로 자신이 이곳의 안주인이 될지도 모른다는 생각을 품고 있었다. 거나하게 술에 취한 아버지뻘 되는 나이의 이원수가 안방을 내어주고 아내 사임당과 함께 덮던 이불까지 내어주는 꼬락서니를 보며 안주인이 될 수도 있겠다는 욕심을 부렸더랬다. 하나뿐인 아들을 더 이상 나무라지도 않고, 꿀 먹은 벙어리마냥 며느리 눈치만 슬금슬금 살피는 홍씨 부인을 보며 권씨는 그런 욕심을 포기할 수 없었던지도 몰랐다.

하지만 이 기괴한 작태를 보고 넘길 수 없었던 건 다른 이가 아닌 가장 정 많고 아버지를 닮은 맏아들 선이었다. 계속되는 과거 시험 낙방에 상심해 있던 선은 권씨를 안방으로 들인 아버지, 한 달 만에 집에 돌아온 아버지가 보인 추태를 보며 흥분을 감추지 못했다. 선은 고래고래 소리를 질렀다.

"아버지!"

"……"

"으흑흑, 아버지. 이건 정말……!"

선이 절규하듯 소리쳤다. 그 옆에 선 현룡과 막내 이우는 아무 말도 못하고 이 장면을 지켜만 보았으나 아연실색한 표정까지 감추지는 못했다.

"제발 그만 좀 하세요. 이제 제발 그만 좀 하시라고요!"

이원수도 알고 있었다. 아무리 외면하려 해도 맏아들 선이 견디기 힘들 정도로 자신을 닮았다는 사실. 맏아들인 그는 열 살도 더 어린 동생 현룡이 진작에 터득해버린 사서삼경을 비롯한 공맹의 가르침 중 어느 것 하나 제대로 깨우치지 못하고 있다는 걸 알고 있었다. 지금도 이따금 불경이나 뒤적이며 소일하는 게 전부인 자신처럼 말이다.

하지만 그래서일까. 이원수는 더욱 화가 났다. 자신에게 아무 말도 하지 않지만 부끄러움을 가르치는 듯 자신을 빤히 쳐다보는 현룡과, 셋째 형의 곁에 달라붙어 손을 꼭 붙들고 있는 어린 막내 우의 모습을 지켜보면 볼수록 취기가 달아나고 설명하기 어려운 수치만 마음속 깊은 곳에서부터 스멀거려 견디기 힘들었다. 그러한 불편한 심기는 자신에게 저항하는, 하지만 자신이 보기에 가장 만만한 아들 선을 향한 파렴치한 꾸지람으로 이어졌다.

"네깟 녀석이 뭘 안다고 떠드는 거냐. 어른들이 결정하는 일이야. 가서 네 에미한테 술상이나 봐오라고 해라."

권씨가 주제 파악을 하지 못하고 이원수의 말을 거들었다.

"아이고 이 사람이 왜 이래? 술상을 형님이 보게 하라뇨. 제가 봐올게요."

"흥. 자네 지금 주막집 주인 티내는 겐가? 가만 있으라고. 서방이 한 달 만에 왔는데 술상은 집사람이 봐와야지. 선아, 네 에미 어디 있냐? 어디 있기에 코빼기도 비치지 않는 거냐?"

"아버지……!"

선은 말을 잇지 못했다. 얼굴이 붉게 상기된 모습이 금방이라도 울음을 쏟아낼 것 같았다. 이원수의 몸에는 다시 취기가 돌았다. 부러 술에서 깨어나고 싶지 않았던 탓이다. 그런 이원수의 눈에 현룡이 보였다. 손짓으로 불렀다.

"현룡아, 이리 와 보거라."

현룡이 말없이 다가왔다. 이원수가 기특하다는 듯 현룡의 머리를 쓰다듬으며 말했다.

"가서 네 어머니에게 전해."

"……."

"술상 좀 봐오……."

이원수의 고개가 스르르 숙여졌다. 현룡의 머리를 쓰다듬어주던 손의 힘 또한 한순간 꺼져가는 불꽃처럼 그 기운이 가라앉았다.

"술상을 봐오라고 해. 어서."

다음 순간, 현룡의 차가운 한마디가 이원수의 술취한 귀에 아스라이 들려왔다.

"싫습니다."

"뭐, 뭐라고?"

셋째 아들 입에서 단 한 번도 나온 적이 없는 말이었다. 싫다니, 효와 예를 아침저녁으로 실천하는 유학자의 표본 같은 아들 아니었던가. 아비의 말에 감히 '싫습니다'라니! 믿을 수 없는 말에 놀라 비틀거리던 이원수가 현룡의 어깨에 기대어 몸을 지탱하려 손을 뻗었다. 그러나 현룡은 아버지의 손을 내쳤다.

"소자, 술상을 봐오라는 아버님의 말씀을 어머님께 전할 수 없습니다."

"네 이놈! 감히 애비의 말을 거역하겠다는 게냐?"

현룡은 그 말에는 대꾸하지 않았다. 대신에 겁에 질린 눈으로 지켜보고 있는 우를 번쩍 들어올려 안았다. 그리고 단호히 몸을 돌려 대문 밖으로 나가버렸다. 지켜보고 있던 선이 허겁지겁 따라 나갔다.

"현룡아, 어디로 가는 거냐? 나도 같이 가자!"

아들들이 모두 나가버린 마당에 이원수는 멍하게 서 있었다. 때마침 불어온 찬바람에 끈이 풀린 갓이 날아가버려 맨상투바람이 되었다.

그 시각, 사임당은 매창과 함께 별채에 있었다. 초저녁, 매창이 호롱불을 밝히면서 사임당은 그림을 그리기 시작했다. 바깥에서 벌어진 술판과 그 사이 오가는 남편의 고성과 권씨의 새된 웃음소리가 신경을 거슬리게 했다.

'아이 참, 아버지도 정말……!'

매창은 곁에서 어머니를 도우면서도 별채 밖의 소음에 신경을 곤두세웠다. 도저히 그림에 집중할 수 없었다. 한 달 만에 들어온 아버지의 술주정. 낯설고 상스러운 외간 여자의 자지러지는 웃음소리. 저 소리를 들으면서 어떻게 마음을 다스리고 그림을 그릴 수 있다는 말인가.

문득 붓을 든 손을 멈춘 사임당이 문 밖을 자꾸 응시하는 매창에게 한마디 건넸다.

"신경이 쓰이는가 보구나."

"예? 아, 저보다는 어머니가……."

"내일까지 보내줘야 한다. 약조했던 기한이 내일이잖니."

말을 이으면서 사임당이 그림 아래쪽에 커다랗게 자리한 둥근 수박에 붉은 안료로 씨앗을 그려넣었다. 수박 속에서 붉은 꽃잎처럼 떨어지는 씨앗도 점점이 그렸다. 양 옆에는 꽃잎 같은 씨앗을 갉아 먹고 있는 두 마리 들쥐를 그려 넣었다. 주문받은 그림의 기한은 사임당의 독백을 닮은 말처럼 내일이었다.

그림은 거의 완성된 것처럼 보였지만 아직도 세심하게 마무리해야 할 부분들이 있었다. 그림이든 글씨든, 최선을 다하지 않은 작품은 의미가 없었다. 완벽한 구도, 완벽한 색감, 화폭 위에 하나의 온전한 세계를 구현하는 것이 중요했다. 주변의 잡다한 소리에 귀를 기울인다면 주의가 산만해져 아무것도 하지 못할 게 틀림없었다.

하지만 밖에서 들려오는 남편의 고성에는 이제는 아내의 그림 그리는 방이 되어버린 별채를 향한 노골적인 불만과 허세가 담겨 있었다. 그럴수록 권씨는 더 교태를 부렸다. 아버지의 다른 여자가 교태 어린 웃음소리를 낼 때마다 매창은 얼굴을 붉혔다. 사임당이 말했다.

"매창아, 지금 내 귀와 눈에는 온통 수박과 나비, 들쥐 같은 풀과 곤충밖에 보이지 않는구나."

"예?"

매창은 어머니의 낯빛을 살폈다. 나지막한 한숨과 이마에 흐르는 식은땀. 이 방 문턱을 넘어가면 외간 여자, 그것도 주막집 여자가 어머니 대신 안방에 버티고 앉아 있는 끔찍한 현실이 있었다.

매창은 자신이 아버지 이원수의 딸인 것이 몹시 부끄러웠다.

하지만 사임당은 무심함을 넘어서서 평온했다. 사임당이 종이 위에 그려넣는 그림 역시 남달랐다. 짙푸른 풀과 역동적인 동작들이 살아 숨 쉬는 것 같은 나비가 종이 위를 유영하는 느낌이었다. 곤충들이 춤을 추듯 종이 위에서 유연한 선과 선으로 이어졌고, 더없이 푸르른 풀과 자연이 고요한 절대의 평형을 이루었다. 그것은 절대의 평온이었다.

사임당이 붓을 내려놓았다. 그리고는 그리다 만 매창의 그림을 보며 살며시 미소 지었다. 닫힌 별채 문밖에선 권씨 부인과 한 달 만에 돌아온 이원수의 농지거리, 실없고 격조 없는 음설들이 오갔다. 하지만 그 순간 사임당의 눈과 귀에는 하나의 세계만 보였다. 자신의 내면 깊은 속에서 펼쳐지는 단 하나의 세계.

깊은 밤이었다. 매창이 그린 그림을 봐주고는 별채를 벗어난 사임당은 자연스럽게 혼자만의 장소를 찾았다. 잡동사니들을 보관해두는 창고 같은 골방이었다.

문고리를 풀고 여닫이문을 연 순간, 사임당의 눈에 낡고 허름한 상이 보였다. 상 위에 놓여 있는 오래되고 빛바랜 서책 두어 권. 부러 흔적을 남기려고 한 건 아니었지만 사임당은 이 골방을 밤 늦게까지 사용하던 이가 누군지 쉽게 짐작할 수 있었다. 저녁 식사를 마치고 막내, 그리고 둘째 형과 함께 기거하는 방으로 들어가지 않고 골방을 찾아가던 현룡의 뒷모습이 사임당의 머릿속에서 강렬한 잔상처럼 남아 있었다. 그 잔상의 힘이 사임당, 그녀로 하여금 그녀 자신마저도 골방으로 이끌게 했던 것이었을까.

깊은 밤, 바로 지척에는 남편이 곤히 잠들어 있는 본채가 있었다. 시어머니와 아이들도 함께 있는 마당 깊은 집. 하지만 사임당은 남편이 있는 본채 방안에는 들어가지 않았다. 들어가지 못했다는 게 더 정확한 표현일 것이었다. 술에 취해 곤히 잠든 남편의 자리 옆에는 언제까지라도 술기운에 깊이 젖어들어 있을 법한 한 여자가 함께했기 때문이다.

신기했다. 그리고 서글펐다. 바로 지척에 숨 쉬고 있는 남편에게 다른 여자가 함께 있는데, 그런데 아무 감정도 피어오르지 않는 현실이 그녀를 오히려 서글프게 했다. 사임당도 여자였다. 굳이 이성으로서가 아니더라도 지아비의 따뜻한 품과 다정한 숨결이 그리울 수밖에 없는 여자였다.

만약 그렇다면, 지아비를 하늘로 섬기고 살아가는 한 여자의 몸이라면, 그렇다면 이성으로서 자신의 남편이 다른 여자와 몸을 섞고 있는 현실에 대해서 비탄을 느껴야 하는 게 당연할 것이다. 그것도 일반의 비탄적 감정과는 다를 것이다. 피가 거꾸로 솟고 온몸이 찢어질 듯한 가혹한 전율에 포박되는 비탄이 남편을 소유할 수 없는 안타까움에 대한 절절함의 끝일 것이다.

그런데, 기이하게도 아무 감정도 끓어오르지 않는다. 하지만 그녀는 잘 알고 있었다. 비탄과 고통이 짓무르고 짓물러서 어느 순간 만성이 되어 자신의 마음속에 깊은 상처로 녹아내리고 있음을 몸의 경험으로 느끼고 있었던 것이다.

몸은 거짓을 말하지 않는다. 몸은 세 치 혀로 감정을 속이고 현실을 화려하거나 꽤 살 만한 것으로 포장하는 말의 유희에 매도되지 않는다. 사임당, 그녀의 몸, 지아비의 품과 다정한 음성을 그리워하고 열망해야 할 몸이 어느 순간, 어느 질곡의 순간을 체험한 이후부터 놀랍도록 싸늘해져버린 것을 사임당은 누구보다도 잘 알고 있었다.

방문을 연 사임당이 문턱에 앉았다. 사방은 깊은 어둠이었다. 사임당은 슬며시 등잔에 손가락을 갖다 대었다. 약간의 기름이 남아 있었다. 손가락 끝으로 기름을 확인한 사임당이 불을 밝혔다. 조그마한 불빛이 점화되자 작은 방안이 어스름하게 밝아졌다. 사임당은 불이 밝혀진 뒤에 공간을 다시금 둘러봤다. 농도가 각기 다른 그림자들이 어른거렸고 습기 가득한 방이었다. 문턱에 앉았던 사임당이 방 한가운데 자리를 잡고 앉았다. 앉는 순간 오랫동안 군불을 때지 않은 탓에 시리도록 차가운 냉기가 뼛속까지 스며들었다.

자리에 앉은 사임당의 시선을 잡은 건 좌탁 위에 놓여 있는 두 권의 서책이었다. 주자의 성리학과 공자의 가르침이 적힌 책이었다. 두 권의 책 끝과 낱장의 종이 사이사이에 손때가 묻어 있었다. 제법 선명한 온기도 남아 있었다.

책장을 한 장씩 넘기면서 현룡의 흔적을 느껴보았다. 사임당은 현룡이 읽고 또 읽던 공자의 가르침을 손가락을 짚어가며 따라 읽어갔다. 밤이 깊어가도록 사임당은 책에서 눈을 떼지 못했다.

동녘 하늘이 환해질 때까지 공자의 가르침을 찬찬히 한 글자, 한 글자, 깊이 새겼다. 조금씩 마음이 가라앉았다. 몸과 마음을 갉아먹는 고뇌가 잦아들어감을 느끼며 사임당은 오랜만에, 참으로 오랜만에 강릉의 푸른 바다와 아버지를 떠올렸다.

"어머니."

"매창…… 이냐?"

"예. 어머니. 여기서 뭐하세요?"

"……."

"여기서 밤을 새우신 거예요?"

호롱불은 이미 꺼져 있었다. 차가운 냉기로 가득한 바닥은 아주 약간, 사람의 온기로 채워졌다. 문틈으로 아침 햇살이 스며들었다. 슬며시 열린 방문 틈으로 매창이 서 있었다. 걱정스러운 표정이었지만, 매창은 어머니만의 경계를 본능적으로 실감하고 있었다. 방 안으로 선뜻 들어설 수가 없었다. 밤을 새울 수 있는 장소가 아닌 골방에서 밤의 시간을 보낸 어머니. 그 적막한 심경을 매창은 가늠할 수 없었다. 더욱이 사임당은 이 공간을 벗어나려는 의지를 보이지 않았다.

나지막한 목소리로 사임당이 말했다.

"매창아, 한마디만 해도 될까."

"예. 어머니."

"하루. 아니, 어쩌면 이틀……."

사임당이 잠시 동안 숨을 골랐다. 열린 문 틈으로 초가을 아침의 서늘한 바람이 휘익, 불어 닥쳤다. 사임당이 좁은 방 안을 둘러봤다. 그리고 다시 습관처럼 가슴 위에 손을 올려놓았다. 심장 언저리가 조이듯 아파왔다. 익숙한 통증. 그러나 아직은 심장이 뛰고 있었다. 느리고 약하지만 규칙적으로. 매창은 숨 죽여 어머니의 말을 기다렸다.

"이 방에 잠시만 머물러 있고 싶구나. 그래도 될까."

"어머니."

"이상하지?"

어머니의 체념하는 듯한 말에 매창이 고개를 가로저었다. 그리고 말했다

"아니에요. 그런 거. 어머니. 계세요. 여기 그대로."

말을 잇는 매창의 목소리가 잠겨들었다. 목이 타들어가는 듯한 느낌을 참기 어려웠다. 자신도 여자였다. 어머니의 심정을 왜 이해 못하랴.

문 밖으로 수런거리는 소리가 들렸다. 잠에서 일어난 권씨의 상스러운 웃음소리, 지난 밤 마신 술에서 여전히 깨어나지 못한 이원수의 횡설수설, 이를 안쓰럽게 지켜보며 타박하지만 부질없는 잔소리에 그치고 마는 홍씨 부인의 탄식, 아침 일찍 찾아오는 이원수의 저잣거리 술친구들의 소리까지. 소리들이 끊이지 않고 이어지자 매창이 열린 문 밖으로 한 발짝 물러섰다.

매창은 문을 닫아주고 싶었다. 어머니의 세계가 조금 더 계속되

길 간절히 바랐다. 차갑고 습기찬 골방에서 어머니의 가장 따뜻한 세계가 활짝 열리기를 바랐다.

"오빠와 동생들 끼니는……, 걱정하지 마세요, 어머니."

문이 닫혔다. 여전히 술에 취한 듯한 이원수의 조각난 말들과 뜻을 알 수 없는 투정이 문 사이로 잠시 들리다가 사라졌다.

29. 나비를 보았다

닫힌 공간이었다. 답답한 느낌이 들 정도로 작고 닫힌 곳. 하지만 사임당은 그곳에서 절대의 자유를 느꼈다. 가만히 방 한구석에 웅크리고 앉은 사임당이 심장에 손을 갖다 대었다. 오래된 습관처럼 익숙한 행동이었다. 자신이 살아 있는지 확인하는 행위, 심장이 여전히 뛰고 있는지 확인하는 일이었다. 심장은 뛰고 있었다. 손끝, 손바닥으로 심장의 고동이 확연히 전달되었다.

그런데, 찰나의 순간이 지나간 때였다. 미세한 바람이 여운을 느낄 새도 없이 모래 틈처럼 빠져나간 순간, 사임당은 심장에서 손을 떼었다. 자신도 모르게 반사적으로 벌어진 일이었다.

그녀는 더 이상 심장의 고동소리를 듣지 않아도 되었다. 그럴 필요가 없어진 것이다. 심장에 대고 있던 그녀의 손은 어느새 붓을 쥐고 있었다. 자신과 가장 오랜 시간 숨결을 함께 주고받아오던 붓이었다. 화폭 위에서 신생의 미물들이 새롭게 채워져갔다. 그 생명들이 보이는 세계와 보이지 않는 세계를 연결했다. 신생의 미물들이 거침없이 날갯짓했다.

화폭을 한가득 메운 세계에서 가장 활력 넘치는 대상은 나비였다. 샛노란 나비가 끊임없이 생을 향한 날갯짓을 계속했다. 크고 작은 나비들이 화폭을 가득 메워나갔다.

나비는 종이 위에 그려진 형상만이 아니었다. 사임당의 붓끝을 통해 그 자체로 살아난 생명이었다. 사임당이 그림에 몰입한 그 순간부터 나비의 날갯짓이 평면의 화폭을 뛰어넘었다. 그리고 그녀를 에워싼 텅 빈 공허의 세계를 끌어안았다. 텅 비었던 세계, 황막하고 쓸쓸한 세계를 수많은 나비 떼가 황홀감으로 메웠다.

나비의 세계는 더없이 찬란한 세계요 휘황한 생동감으로 메워진 세계였다. 그런 나비의 날갯짓이 사임당의 전부가 되어버렸다. 살아가면서, 살아내면서 한 번은 품었을 법한 영혼의 사치로 가득 메워진 나비의 세계가 이 순간만큼은 사임당의 세계가 된 것이다. 사임당은 자신에게 주어진 세계를 가슴 벅찬 열정으로 받아냈다.

한순간, 그녀를 온전히 사로잡은 건 나비의 날갯짓뿐이었다. 그와 동시에 형언할 수 없이 밝은 빛이 나타났다. 빛이 그녀의 마음 깊이 쏟아져 내렸다. 거대하고도 오묘한 군집의 형태로 직하한 것이다. 태곳적부터 말라붙었던 천형절벽 위로 한 줄기 물이 힘차게 쏟아지듯이. 물처럼 쏟아지는 빛의 정서에 동화된 사임당에게 잠시 잊고 있던 정신의 포자가 활짝 열렸다.

깊고 깊은 계곡의 물이 터져 나오듯 빛이 천장에서부터 쏟아져

내린 것과 함께 사임당의 내면세계는 격동했다. 그녀의 내면에서 형언할 수 없는 황홀한 색의 향연이 탄생한 것이다. 그것은 가히 혁명의 열림이었다. 그 열림은 사람의 상식과 인습으로는 해명될 수 없는 자연의 무구한 이치를 그대로 빼닮았다. 열린 세계 속 펼쳐진 색의 향연은 한 번도 사람의 손길이 닿지 않은 미답의 순수를 떠올리게 했다. 순수 자연 그대로의 숨결이 그녀의 심장을 뛰게 했다. 심장의 고동소리가 이처럼 활력 있게 느껴진 적이 있었던가.

'여기가 마지막이라면……. 그렇다면 좋겠어.'

사임당의 뛰는 심장은 어느새 그녀를 생생한 자연으로 세계, 내면세계의 황홀함으로 이끌었다. 그녀는 기꺼이 자신을 이끄는 또 다른 힘에게 자신을 내맡겼다.

'어떤 제약도, 경계도 없어. 이곳이 마지막이라면……. 정말 그렇다면…….'

나지막한 독백과 함께 어느새 그녀는 산길을 걷고 있었다.

걸으면 걸을수록 청명한 느낌으로 가득한 곳이었다. 한 걸음 걸음을 옮길 때마다 풀잎이 서걱거리는 소리가 미세한 공명을 일으켰다. 그 공명을 들으면 들을수록 사임당의 내면은 더 크고 환한 빛으로 채워져 갔다. 빛의 울림은 사임당의 마음속에서 알알이 맺히는 포도송이처럼 열매를 맺어갔다. 더없이 싱그러운 과육이 알알이 맺혀갔다. 서서히, 또는 빠르게 익어가는 만물의 농익음, 그 산산한 속도가 사임당의 내면을 천연색 환희로 채우기 시작했다.

색채의 향연이 절정에 이를 무렵, 사임당은 피아의 구분이 무용해지는 어느 경지 위에 서 있는 느낌을 받았다. 그녀는 자신이 발 딛고 서 있는 대지의 숨결을 마음껏 향유했다. 이 순간 그녀는 자 신을 압도하는 색채의 향연, 그 공간이 환상인지, 실재인지 애써 구분짓지 않았다. 그저 몸으로 실감할 뿐이었다. 천연의 색과 화 폭 전체를 수놓은 나비의 날갯짓이 계속되는 그곳은 언어의 세계 를 넘어선 곳이었다. 그곳에는 남녀의 유별함이, 신분의 차이가 사람의 본성을 앞서지 않았다. 하나의 자아가 온전히 대자연의 일 부로 스며든 곳이었다. 하나의 숨결이 전 우주의 사멸되지 않는 빛으로 지속되는 곳이었다.

그곳, 대지의 기운이 그녀를 감싸 안았다. 포근한 봄바람처럼, 때로는 초가을 이른 오후의 산들바람처럼 그녀를 따뜻하게 품어 주었다.

닫힌 공간에서 그림 그리기에 몰두한 그녀가 경험한 세계는 이 처럼 달콤하고 새로운 것이었다. 그 새로움에 감복한 그녀가 두 팔을 벌렸다. 자신을 규정한 모든 틀을 놓아버렸다. 그리고는 스 스로를 내모는 그곳, 색채의 향연을 향해 영혼의 두 팔도 함께 벌 렸다.

보이는 세계가 점점 희미해져갔다. 아득하고 나른한 느낌이 그 녀의 머릿속을 가득 메웠다. 수많은 나비의 날갯짓조차 더 이상 사임당의 미적 황홀의 절정을 압도하지 못했다. 황홀한 나비 떼의 빛깔과 화려한 날갯짓의 윤무가 사라진 것이 아니었다. 그 모든 아름다움이 한순간 그녀의 내면세계의 배경으로 물러선 것이다.

사임당의 내면에 새롭게 떠오른 깊이가 보였다. 나비를 비롯한 거대하고 깊은 자연의 세계가 펼쳐졌다. 미물들로 취급되던 풀, 곤충, 물소와 물새들의 움직임이 대자연의 무대, 사임당의 내면 무대를 하나둘씩 채워 나갔다.

이 순간, 그녀는 대자연 앞에서 겸허해졌다. 대자연의 주어진 황홀함 앞에 아무것도 할 수 없는 자신을 발견했다. 그리고 그녀는 깨달았다. 고결한 정신의 세계는 아무것도 욕망하지 않는 무위의 세계란 사실을 말이다.

그러므로 사임당은 더 이상 두렵지 않았다. 자신의 미적 재능에 대한 고민, 여성 화가로서 받게 될 차별, 더 근본적인 가족에 대한 근심과 고민이 더 이상 신경 쓰이지 않았다. 그녀는 알고 있다. 아니, 이제야 깨달은 것인지도 모른다. 자신이 추구하고 원하던 세계가 이제야 주어졌다는 만족감이 자신을 사로잡았다.

대자연의 모든 것이 구분 없이 하나로 어우러지는 세계, 보잘 것 없든 화려하든, 고결의 미로 끓어오르는 천박한 해학으로 마무리되든 그 모든 게 차별 없이 대자연이란 그릇 안에 함께 뒤섞이고 숨 쉬는 세계, 그런 곳이 존재한다면 바로 여기일 거라고 사임당은 확신했다. 이 순간은 그녀에게 분명 그랬다. 생애 단 한 번 포박당할 수 있는 극도로 명료하고 자유로운 세계였다. 단 하나의 대우주가 있다면 바로 이곳일 거란 환희가 그녀를 흥분케 했다.

'어디에도 없어. 이곳은. 내 마음에도. 어디에도. 그래도 난. 난

여기에 있어.'

살아 있음을 확인한 사임당은 어느새 한 곳을 향해 힘차게 내달렸다. 가슴이 벅차오를 듯한 의지를 담아 뛰기 시작했다. 내달리는 그녀 주변으로 대자연의 청명함이 함께했다.

따뜻하고 부드러워.

내달릴수록 사임당의 몸은 더없이 적당한 온기로 메워졌다. 그렇게 메워진 온기의 틈새를 타고 익숙하고 다정한 울림이 들려왔다. 소리는 단지 귀로만 전달되지 않았다. 세미한 육성이 사임당의 달뜬 숨결을 타고 스며들었다. 동시에 황막했던 사임당의 내면을 파고들었다. 다정한 육성이 그녀의 내면을 위로해주었다.

자신의 내면 안으로 스며든 그 따뜻함이 사임당을 되려 당혹스럽게 했다. 그녀가 느끼는 당혹감은 일종의 부끄러움이었다. 그 순간 사임당은 자신의 내면에 자리한 자신의 또 다른 모습과 마주했다. 대자연의 침묵, 한없이 부드러운 세계의 이면에서 그녀는 홀로 웅크리고 앉아 있었다. 대자연의 거대함, 그 뒤안길에 서글프게 울고 있는 소녀가 보였다. 소녀는 너무나 슬프고 아파했다. 사임당은 자신도 모르게 자기 자신인 소녀를 향해 오열하듯 말을 열었다.

'그만 그쳐. 그만 아파하란 말이야!'

하지만 사임당의 그 말조차 소녀에겐 사치스럽게 보였다. 그만큼 소녀는 외로워 보였다. 소녀의 외로움과 정면으로 마주한 사임당은 전율했다. 그녀의 마음도 와르르 무너져내렸다. 고통과 전율의 장벽이 허물어지고 만 것이다. 그 순간, 극한 허무가 밀려왔다. 힘겹게, 힘겹게 하루하루 버티고 살아오던 자신의 모든 게 소멸되어버린 듯한 허무함이었다.

그럼에도 사임당은 물러서지 않았다. 소녀를 외면하지도 않았다. 고독하게 혼자 있던 그 소녀가 자신의 이름을 불러주고 있었다. 아버지가 자신의 이름을 불러주었듯이.

30. 그를 용서하다, 그를 놓아주다

폭풍과도 같이 한 계절이 지났다. 붉은 낙엽이 빠르게 졌고, 나무들은 앙상한 뼈대로 남아 겨울을 맞았다. 일곱 남매와 이원수의 겨울 역시 빠르게 지나갔다. 현룡은 자신이 가진 천재적 글공부 재능을 경계했다. 글공부를 할 때 주위 다른 누구도 돌보지 못하는 삼매를 경계해야 했다. 몰입이 때론 교만을 낳을 수 있기에 그랬다. 그래서일까. 현룡은 자신의 천재성을 억제하면서까지 형제들의 학문 수준과 보폭을 같이하는 인성을 유지했다. 현룡은 어머니 사임당이 자신에게 진정으로 원하는 게 무엇인지 알게 되었다. 별 다르게 훈육하거나 꾸짖음을 주지 않아도 현룡은 어머니의 뜻을 알 수 있었다.

예술적 재능은 타고 나는 것일 수 있다. 현룡은 막내 우와 큰누이 매창을 보며 그것이 사실임을 깨달았다. 비단과 종이에 선을 그리고 색을 입히는 것이 전혀 부담스럽지 않은 재능, 화폭에 자신이 쏟아낼 수 있는 표현을 충분히 담아내는 손끝 움직임, 그 미려한 손놀림은 선천적 재능의 결과인 것을 곁에서 지켜봐왔던 것이다. 학문적 재능의 타고남도 비슷했다. 하나를 보면 열을 깨우친다는 옛말은 빈말이 아니었다. 하나의 단어에 세상의 이치와 전체의 도리가 담겨 있다는 뜻의 발견은 범상한 지식 이해로는 불가능한 경지였다. 이 역시 예술적 재능과 마찬가지로 고도의 비범성을 타고나지 않으면 어려운 것이었다.

그런데, 세상의 이치는 참으로 오묘했다. 예술적 재능에 대해서 범인들은 질투나 열등의식을 느끼지 않지만 학문적 재능으로 인한 격차에는 민감할 수밖에 없었다. 같이 배우고 같이 자랐는데 자신이 지식이 모자란 것에 대해선 본능적 모멸감을 더 심하게 느끼는 것이다. 배움의 기회는 누구에게나 공평해야 한다. 하지만 배움의 결과는 다를 수 있다. 배움의 기회와 결과 모두가 공평해야 한다고 믿는 믿음에는 안타깝게도 깨우침의 심미에 대한 이해가 배제되어 있었다. 현룡은 그 사실을 일찌감치 알고 있었다. 하지만 그 믿음이 지나친 열등감을 생산한다. 많은 이들은 자신과 같은 시간, 같은 환경에서 글을 배운 이가 자신보다 훨씬 탁월해질 때 열등의식을 갖게 된다. 더욱이 경쟁하는 배움의 대상이 가족, 형제라면 그 박탈감은 더하다.

사임당은 현룡에게서 학문적 재능과 인성의 균형을 바랐다. 그녀는 현룡이라면 충분히 가능할 거라고 믿었다. 현룡은 이러한 사임당의 마음을 분명히 전달받았다. 그래서 그는 자신이 다른 형제들에 비해 학문적 깨달음이 앞서 있다 해도 늘 경계했다. 자신의 선각자적 재능이 한 가족의 질서를 해치는 것이라면 오히려 억눌러야 한다는 걸 누구보다 더 철저하게 가르침 받아온 것이다. 그 가르침의 완성은 어머니 사임당이었다.

그런 현룡을 보며 사임당은 일곱 자녀들에게서 조금씩 안도의 숨을 내쉬었다. 이들 모두 올바르게 자랄 수 있다고 믿었다. 그리고 실제로 일곱 자녀들은 사임당이 따로 타이르거나 훈육하지 않아도 알아서 질서를 지킬 만큼 올바른 성장을 지속했다.

오히려 사임당은 미안해했다. 넉넉지 못한 살림 탓에 자신이 교육받았던 어렸을 때보다 상대적으로 훨씬 못한 교육 기회를 줄 수밖에 없는 사실이 미안하고 안타까웠다. 하지만 일곱 남매는 그런 어머니의 미안함과 그에 따른 우려를 잊게 해주었다. 일곱 자녀 모두 스스로 자신에게 필요한 교육을 찾아나갔다. 그녀는 잘 알고 있었다. 일곱 자녀가 올바른 성장을 행할 수 있는 바탕에 셋째 현룡이 있다는 사실을. 현룡은 모두가 함께 갈 수 있는 배움의 길을 택했다. 현룡을 대할수록 사임당은 고마움과 미안함을 함께 느꼈다. 현룡이 충분히 앞서 나갈 수 있을 텐데도 형제들과 배움의 보폭을 같이했기 때문이다.

일곱 자녀의 성장을 지켜보면서 사임당의 자신의 마음 속 번뇌도 정리해야 한다는 책임감을 느꼈다. 그녀는 자신의 마음속 깊은 그늘이 되어버린 남편 이원수에 대한 원망함과 야속함을 내려놓기로 결심했다. 스스로 그를 향한 미움의 불씨를 꺼뜨리려 노력했다. 그건 단순히 남편에 대한 용서가 아니었다. 사임당은 자신의 마음정리가 우선되지 않으면 안 되었다. 마음 속 번뇌와 미움, 절망의 기운이 높아질수록 자신의 내면이 황폐해지기 때문이었다. 그리고 또 하나. 사임당은 스스로 자신의 몸을 느끼고 있었다. 겨울이 지나고 봄이 오면서, 그렇게 한 해가 지나면서 자신의 시간이 더 빠르고 차가워진다는 사실을 실감했다.

"고백할 게 있소."

한겨울이었다. 이원수가 설맞이를 위해 한양으로 올라온 어느 날 밤이었다. 사임당은 명절맞이에 여념이 없었다. 그날도 한참을 집안일을 마치고 안채로 돌아왔을 때였다. 사임당은 언제나처럼 지방 근무를 마치고 올라온 남편의 술상을 봐두었다. 하지만 안채로 돌아왔을 때 사임당이 의아한 표정을 지었다. 그녀가 술상을 바라보며 말했다.

"어디 불편하시기라도 하세요? 상에 손도 대지 않으셨네요."

"불편할 게 어디 있소. 그냥 오늘은 술 생각이 없네요."

술상이 그대로였다. 술잔도 처음 차려놓았을 때 위치 그대로 있었다. 술병이 놓인 위치도 같았다. 술잔은 비어 있었고, 술병의 술도 그대로였다. 이원수는 갓끈도 풀지 않고 우두커니 앉아 있었다. 그러다 사임당이 들어온 것을 확인하고는 부탁하듯 말했다.

"할 말이 있으니 일은 그만하고 거기 앉으시오."

사임당이 남편 앞에 마주 앉았다.

"하실 말씀이 뭔가요?"

고백할 게 있다던 이원수가 질문부터 꺼내놓았다.

"요즈음은 그림을 그리지 않소? 집에 와 보면 그런 것 같아서 말이오."

경대와 서랍 쪽을 흘낏 바라본 이원수가 그렇게 물었다. 사임당이 짧게 답했다.

"예. 그리지 않습니다."

"뭔가 심경의 변화라도 있는 게요?"

"……."

"당신은 그림 그리고 글 쓰는 걸 누구보다 좋아하지 않소?"

"그림 그리는 일은 좋아하셔서라기보단 가족의 생계 때문에 계속해야 할 업과 같습니다."

"흐흠. 그렇군. 미안하오."

"아니에요. 괜한 말을 했네요. 지금은 어쨌든 그림을 그리지 않아도 집안 건사가 어렵지 않아 붓을 놓고 있을 뿐이에요."

이원수가 곤란해 할 거라고 생각해서일까. 사임당은 이원수의 질문에 더 말을 잇지 않았다. 잠시 어색한 침묵이 이어졌다. 그녀가 짧고 낮은 목소리로 물었다.

"고백할 게 있다고 하지 않으셨나요?"

"그렇지. 그래. 말할 게 있어."

새삼 다시 생각났다는 표정을 지었지만 사임당은 알 수 있었다. 그가 처음부터 내내 뭔가를 이야기하고 싶어 한다는 사실을. 그래도 이원수가 망설이자 사임당이 말을 이었다.

"솔직히 말씀해보세요. 약주는 왜 안 드신 거죠? 정말 몸이 불편하세요?"

이원수가 손사래를 치며 말했다.

"아니, 정말 불편할 거 없소. 그보다는."

"그보다는 뭐죠?"

"생각해보니 요 몇 해 동안 말이오. 술을 마시지 않고 당신을 마주한 적이 한 번도 없었던 것 같아 말이오."

스스로를 돌이켜본 이원수의 짐작이었다. 그리고 그 짐작은 틀리지 않았다.

한양에 올라오면 이원수는 습관처럼 권씨의 주막을 찾았다. 그곳에서 자신보다 더 많이 마시고 더 빨리 취하는 권씨와 함께 술잔을 기울이며 시간을 보냈다. 그런 날이 대부분이었다.

청탁으로 인해 하급관리직을 얻은 이후로 이원수의 삶을 더욱 피폐해졌다. 조그마한, 썩은 밑둥뿌리만한 관직이라도 얻으면 과거 시험으로 인해 시달리는 통에 도통 보지 못했던 책과 학문을 마음껏, 순수한 마음으로 읽어보겠노라고 다짐한 그였다. 하지만 이원수의 다짐은 한줌의 공염불이 되어버렸다.

관직에 오른 뒤, 이원수는 매일을 술독에 빠져 지냈다. 지방에서는 외롭다는 핑계로 술잔을 들었다. 한양에 돌아와서는 저잣거리의 술친구들과 어울렸다. 무엇보다 자신을 따뜻하게 맞아준다고 생각되는 지인들이라면 나이, 신분 상관없이 함께 어울리며 술잔을 주고받았다. 그러는 사이 이원수는 점점 태평해지고 더욱 게을러졌다. 책을 읽는 일은 더욱 멀어졌다. 거기에 사임당이 자신의 모습을 보고 책잡지 않는 게 내심 불안하면서도 싫지 않았다. 그러다보니 관직을 얻은 이후 이원수의 사리분별력은 더욱 떨어져 갔다. 책보다는 술을, 깨달음보다는 찰나의 쾌락에 모든 정력을 쏟아부었다.

이원수가 빈 술잔을 만지작거리며 말했다.

"술을 마시면 좋은 점이 뭔지 아시오?"

말은 했지만 정작 그는 술을 입에 대지 않았다. 빈 잔만 손으로 만지작거릴 뿐이었다. 사임당이 이원수의 술잔을 쥔 손만 물끄러미 바라보았다. 그녀의 얼굴에 굳은 기운이 맴돌았다. 이원수가 답했다.

"사람을 편하게 대할 수 있다는 점이요."

"편하게요?"

"그렇지. 특히 세상에 목숨을 걸려고 하는 사람들이 결코 많지 않은 이 시점조차도 벗어날 길을 마련해주는 게 술이란 말이요."

"그런데 왜 오늘은 그 좋은 술을 드시지 않습니까?"

"오늘만큼은 부적절하다는 생각이 들어서."

"무엇이 부적절하다는 말씀입니까?"

"당신과 온전한 대화를 할 수 없을 것 같아 그런다 이 말이요."

목이 마른 듯했으나 그는 술을 마시지 않고 더 청명해진 눈빛으로 말했다.

"난 고백하고 싶소. 바로 이런 점을 말이요."

"이런 점이라뇨?"

"내가 왜 이렇게 항상 술에 취해 있을 수밖에 없느냐는 사실에 대해 말이요. 들어주겠소?"

동의를 구한 것은 사실 사임당에 대한 예의라기보다는 이원수 그 자신에 대한 예의에 가까웠다. 제대로 취하지 않고 자신의 마음을 고백하려 했기 때문이다. 하지만 그때였다. 사임당이 자신의 말을 꺼내놓았다.

"제가 먼저 고백해도 될까요?"

"당신이……? 무, 무엇을 말이요?"

사임당이 고백을 한다고 하자 이원수가 놀란 눈을 크게 뜨고 그녀를 바라봤다. 눈빛이 심하게 흔들렸다. 사임당은 그의 눈빛에서 형언하기 힘든 복잡한 생각의 충돌을 읽었다. 남편은 언제나 그랬다. 자신을 보며 불안해했다. 이를 지켜보는 이에게도 편안함을 주지 못했다. 그래서일까. 사임당은 이원수의 불안함을 그만 보고 싶었다. 그래야만 했다. 결심이 서자 사임당이 주저하지 않고 바로 말했다. 자신이 주저해 오던 고백을 이야기했다.

"이제 전……. 당신을 놓아주기로 했어요."

"놓아준다고? 그게 무슨 말이요?"

이원수의 눈빛이 날카로워졌다. 표정에는 당황스러움이 가득했다. 하지만 사임당도 물러서지 않았다. 맞서는 눈길은 아니었다. 그녀는 가족 중 누구와도 맞서지 않았다. 맞설 수 없었다.

"당신이 힘들다는 거 잘 알아요."

"이보시오, 부인."

"힘들었을 거예요. 아니, 숨이 막힐 수 있죠."

"……"

"그래서 이젠 놓아주고 싶어요. 진심이에요."

"도대체 무슨 말을 하는 건지 모르겠소. 내가 누구한테 묶여 있기라도 했단 말이요? 내가 당신한테?"

그 질문에 사임당은 답하지 않았다. 대신 다음과 같이 말했다.

"이제 당신이 하고 싶다는 그 말을 해주세요. 당신의 그 고백 말이에요."

하지만 이원수는 잠시 입을 다물었다. 표정 또한 많은 생각에 휘말린 듯했다. 사임당 역시 잘 알고 있었다. 이원수의 고백이 어떤 종류의 것이라는 것을. 자신이 늘 술에 취해 있고 여자 문제로 마음을 잡지 못하고 있었음에 대한 사죄의 성격이 담긴 고백, 또는 변명일 거라고 사임당은 짐작했고, 그녀의 짐작은 틀리지 않았다. 복잡한 표정을 지은 이원수가 할 말을 찾지 못했고, 끝내 자신의 고백은 술 한잔을 입에 털어 넣는 것으로 대신했다. 한 잔을 빠르게 채우고 빠르게 비운 뒤, 두 번째 잔은 사임당이 직접 채워주었다. 그리고 말했다.

"고생 많았어요."

두 번째 잔을 마신 이원수가 바로 물었다. 궁금했다. 궁금해 견딜 수가 없었다.

"왜 그런 말을 하는 거요? 놓아준다니."

사임당이 미소 지었다. 더없이 부드러운 웃음이었다. 이원수는 그런 사임당의 모습을 지금까지 제대로 본 적이 없다고 느꼈다. 하지만 지금은 그런 최초의 반응에 대한 감격보다 놓아준다는 그녀의 말에 대한 의구심이 더 컸다. 그에겐 그랬다. 이원수는 보채는 아이마냥 채근했다.

"점점 더 답답해지려고 해요. 그러니 말해줘요. 당신. 혹시 어디
면 길이라도 떠나려는 게요?"

"사람의 인연이란 잡을 때가 있으면 떨어질 때가 있고, 떨어질
때가 있으면 또 서로 붙잡을 때가 있는 겁니다. 이젠 그런 인연의
끈을 우리 느슨하게 할 때가 되었다는 거예요."

"글쎄 왜 우리 부부의 인연을 느슨하게 해야 하느냐니까."

"당신이 힘들어 보여서요."

"뭐……, 뭐라고?"

"말 그대로예요. 진심이구요. 당신. 많이 힘들어 보여요. 이젠 쉬
어도 될 것 같아요."

이해할 수 없는 답답함이 그의 표정에 오롯이 묻어 있었다. 이
원수는 다시 연거푸 두 잔의 술을 더 들이켰다. 그리고는 반쯤 고
개를 숙인 채로 조용하지만 떨리는 목소리로 말했다.

"그림을 다시 그리도록 해요. 붓을 손에서 놓지 말고."

"……."

"당신은 그림을 그릴 때 가장 행복해하는 사람이요. 그러니 뭐
든 포기하지 마시오."

사임당이 말없이 다시 술병을 들어올렸다. 그리고 남편의 빈 술
잔에 찰랑찰랑하도록 술을 가득히 채웠다.

31. 쓰러지다

"이보게, 의원, 대체 어머니가 갑자기 왜 이러시는가?"

사임당의 맥을 짚어본 의원의 표정이 어두워졌다. 이 모습을 지켜본 현룡의 표정도 무너졌다. 며칠 전만 해도 평소와 다름없이 바지런한 일과를 보내던 어머니였다. 해가 바뀌면서 부쩍 여위긴 했지만 계절이 바뀔 때마다 앓는 계절통을 앓는 것뿐이라고 말했기에 크게 의식하지 않았다. 하지만 오늘 아침, 사임당은 자리에서 일어나지 못했다. 이마는 식은땀으로 가득했다.

찬 수건을 번갈아 어머니 이마에 올려놓으며 머리맡을 지키던 매창과 현룡의 눈이 마주쳤다. 매창이 가볍게 고개를 끄덕이자 현룡이 낮은 목소리로 여쭈었다.

"어머니, 아무래도 의원을 불러야겠습니다."

"아니다, 그럴 것 없다……. 그냥 어미 곁에 있어다오."

열에 들떠 목소리도 갈라져나왔다.

단순한 고뿔이실까, 요즘 그림을 그리시느라 밤을 많이 새우더니 기력이 쇠해지신 걸까. 이미 몇 해 전부터 입맛을 잃고 가슴팍을 움켜쥐곤 하시더니 홧증이 심해지신 걸까. 매창은 세 번째 가능성을 떠올리다 새삼 아버지에 대한 원망이 솟구쳤다. 참, 그러고보니 아버지는 왜 아직 안 오시는 거지? 지금쯤이면 벌써 기별이 갔을 텐데.

하루가 기울고 다시 하루가 기울어도 사임당은 일어나지 못했다. 메마른 숨소리와 신열에 들뜬 신음소리를 듣다 못한 현룡이 달려가서 의원을 불러왔다.

의원은 아무 말도 하지 못했다. 사임당의 여윈 손목 끝을 붙잡은 손을 떼지도 않았다. 기다리다 못한 선이 채근하듯 말했다.

"여보게, 답답하이. 말 좀 해보게. 어머니가 지금 왜 이러는 겐가? 고뿔이 심하게 걸리신 겐가, 아니면 다른 병환이라도 생기신 겐가?"

방안의 공기가 무겁게 가라앉았다. 자리보전을 하고 있는 사임당의 거친 숨소리만 들려왔다.

"……."

의원이 그대로 자리에서 일어섰다. 그리고는 비틀거리는 걸음으로 별채 밖을 나섰다. 현룡이 밖으로 따라나왔다. 짚신을 발에 꿰던 의원의 손이 허공에서 멈추었다.

"올 겨울부터였던가? 저렇게 마르기 시작하신 게."

"그렇다네."

"……."

"말을 해보게. 마음의 준비를…… 해야 하는 일인 겐가?"

현룡의 목소리가 떨렸다.

"자네 어머니는……, 어쩌면 이미 살아 있는 사람이 아닐세."

"그게 무슨 소린가?"

"지난겨울부터 자네 어머니의 맥박은 죽어 있었을 걸세."

"……."

"심장이 차갑게 식으면서 신체 오장육부도 그 기능을 잃었겠지. 지금까지 온전한 정신으로 버틸 수 있었던 거, 자네 어머니가 아니었으면 엄두도 못 냈을 거야."

방 안에서는 아무 반응을 보이지 않는 어머니의 모습을 보며 신음에 가까운 호소의 말을 쏟아내는 매창의 울먹이는 말들과 당황스러워 어쩔 줄 몰라 하는 선의 거친 목소리가 뒤섞여 들려왔다.

"어머니. 정신 좀 차려보세요, 제발요. 도대체 아버지는 언제 오시는 거야? 아버지에게 기별했어요, 오라버니?"

"그럼, 벌써 했지."

"이틀이 지났어요. 그런데 왜 안 오시는 거예요? 어머니가 저 지경이신데……."

"나리. 부인께서 쓰러지셨다고 합니다."

"쓰러졌다고요? 내 아내가?"

"위독하시다고 어서 댁으로 오시랍니다."

이원수의 입이 딱 벌어졌다. 술상과 천박한 지분 냄새로 들끓는 지방, 하급관리이지만 알량한 관리의 직을 이용해 민간 상업을 꾸리는 상인들로부터 술접대를 받던 중이었다. 이렇듯 술로 하루를 보내는 것이 요즘 이원수의 일과였다.

지방의 한 구석에 처박힌 채로 나라로부터 주어진 녹이나 꼬박꼬박 받아 챙기며 술과 여자의 나날, 소소하지만 비루한 도락에 빠진 시간을 보내던 이원수에게 사임당이 쓰러졌다는 소식은 그야말로 마른하늘에 날벼락이었다. 흐트러진 술상 못지않게 매무새가 흐트러진 술자리의 다른 여자들도 이원수의 새파랗게 질린 얼굴을 보며 걱정스런 표정이 되었다. 그러나 이원수는 현실을 부정했다.

"이것 봐. 내 아내는 말이야. 강한 사람이야. 강한 사람이라고."

이원수는 한양에서 날아든 소식을 전하기 위해 변두리 주막집을 찾은 젊은 관리의 멱살을 움켜쥐었다. 이원수의 목소리가 높아졌다.

"아내가 쓰러지다니. 말이 안 돼. 그 여자는 언제까지라도 자신의 자리를 지키고 있을 여자야. 그럴 리가 없다고."

"글쎄 전, 모르겠습니다. 전 그냥 소식을 전하는 것뿐이라고요."

젊은 관리가 한 걸음 물러섰다. 이원수가 멍한 표정으로 주위를 둘러봤다. 함께 접대하던 상인이 이원수에게 조심스럽게 말을 걸었다.

"저. 나리."

"응? 응."

"가보셔야 하는 거 아닙니까?"

"어딜?"

"어디긴 어딥니까? 부인께서 쓰러지셨다는데 당장 집에 가보셔야죠."

"아, 그렇지. 가야지, 어서 가봐야지."

이원수가 단골처럼 드나들던 통에 그의 사정을 모를 리 없던 주막집 여자가 흘러가는 말투로 말을 꺼냈다. 그 와중에도 술집 아낙다운 설익은 호칭이 담겨 있었다.

"나으리 집, 한양 아니야?"

옆에서 술을 따르던 여자가 거들었다.

"맞아. 나리 사시는 곳은 한양이잖아."

"나리, 일단 목부터 축이고 가요. 금강산도 식후경이라는데."

조강지처가 쓰러졌다는데 하는 말이 그랬다. 하지만 더 가관인 건 이원수의 태도였다. 쉽게 정신을 차리지 못하는 이원수가 갈팡질팡하는 모습을 보이자 그 모습을 지켜본 접대 상인이 한마디 더 거들었다.

"그래요. 나리. 기왕 이렇게 된 거 한 잔만 더 드시고 가시죠. 아직 우리 나눠야 할 얘기들이 많습니다."

"그럴까?"

소식을 전한 젊은 관리가 기가 막히다는 듯이 다시 말했다.

"나리, 부인께서 쓰러지셨다고요. 위독하시다니까요!"

"알아. 알아들어! 그런데 내 어떡하나. 지금 여긴 한양과 까마득히 먼 거리일세. 그리고……."

이원수가 털썩 주저앉듯 자리에 앉았다. 그리고는 단숨에 술잔을 비운 뒤 중얼거렸다.

"그 사람. 내게 아프다는 내색은 한마디도 하지 않았어. 이 건……, 이건 안 될 말이야. 안 되는 거라고."

그러더니 벌떡 일어났다.

갑자기 세찬 비가 쏟아지기 시작했다. 굵은 빗줄기를 뚫고 이원수는 빗속을 달려 나갔다. 바지저고리 차림 그대로에 우비도 갖추지 않은 채, 짚신도 꿰지 않은 채. 이원수는 달렸다. 캄캄한 밤에 방향도 없이, 숨이 턱에 닿도록 무작정 달렸다. 미친 듯이 달려가던 이원수가 갑자기 멈춰섰다. 그리고는 허물어지듯 빗속에 꿇어앉아 통곡했다.

"으흐흑, 이건 말도 안 돼!"

빗줄기가 사정없이 이원수의 얼굴을 때렸다.

32. 다시, 빛 속으로

쇠약해질 대로 쇠약해진 몸이지만 사임당은 다시 몸을 일으켰다. 더 이상 효험 있는 약재도, 방도도 없다는 의원이 말이 그녀의 마음을 일순 괴롭게 했지만 개의치 않았다. 그녀가 몸을 일으키자 매창이 울음 섞인 목소리로 애원했다.

"어머니. 누워 계세요. 제발요."

현룡도 걱정스럽긴 마찬가지였다.

"맞아요. 어머니. 몸이 회복되실 때까지 쉬셔야 합니다."

"괜찮아. 그리고 난 일어서서 움직이는 게 쉬는 거다."

사임당은 알고 있었다. 자신의 몸이 이제 곧 한줌의 재로 돌아갈 거라는 걸. 하지만 자신의 몸이 비록 조금 일찍 한줌의 재가 될지라도 하루하루는 계속된다. 이 땅의 역사도 계속될 것이다. 그리고 자식들, 남편의 삶 역시 계속될 것이다. 그 삶에 방해를 주어선 안 된다고 사임당은 다짐했다. 거역할 수 없는 도도한 시간의 물길은 언제까지라도 계속될 것이다. 그 도도한 물길에 맞춰 자신의 삶도 포개어놓아야 한다고 그녀는 믿었다. 그녀의 믿음, 그 강고한 신념은 그녀의 삶을 에워싼 전부였다.

정오의 해가 뜨겁게 달구어질 때까지 사임당은 몸을 움직였다. 몸을 일으켜 서책을 펼쳤고, 손을 들어 붓을 쥐기도 했다. 붓을 쥐겠다고 하자 매창이 문방사우를 준비해주었다.

"내가 할 수 있는데."

"아니에요. 이 정도도 거들지 못하게 하시면 안 돼요. 어머니. 거들게 해주세요."

"고맙구나."

매창의 안쓰러워하는 표정이 사임당의 눈에 그대로 읽혔다. 하지만 사임당은 슬퍼하지 않았다. 평심 그대로, 하루의 일상 그대로를 이어가고 싶었다.

매창도 그런 어머니의 뜻을 알았던 걸까. 어머니와 함께 붓을 쥐었다. 사임당은 기운이 몸 밖으로 빠져나가는 탓에 자꾸만 쥐던 붓을 놓치곤 했다. 그 모습을 본 매창은 어머니의 손에서 붓을 내려놓게 하고 싶었지만 입술을 깨물고 참았다.

오후에는 힘겹지만 걸음을 옮겨 안채와 별채, 집 안 전체를 살폈다. 장이 부족하지 않은지, 집안에 손볼 것은 없는지. 시간이 평소보다 두 배 이상 걸렸지만 찬찬히 집 안의 상태를 살펴봤다. 집 안을 돌아다니는 동안에는 맏아들 선이 동행했다. 사임당이 집 안을 살피는 동안 선이 곁에서 한마디 여운처럼 남겼다.

"어머니가 가꾸고 만져온 것들로 가득하네요. 앞마당의 나무도 그렇고."

사임당은 말없이 미소 짓는 것으로 답을 대신했다. 선은 안타까웠다. 어머니가 여느 때처럼 자신 있게 답해주길 원했기에 그 절망감은 더했다. 선은 약간의 울먹임을 더하며 말을 이었다.

"약속해주세요. 어머니. 앞으로 계속 우리에게 책도 읽혀주시고 그림도 가르쳐주시겠다구요. 저 앞으로 더 열심히 듣고 배울게요. 제가 잘 못 알아들을지도 모르지만 그래도요."

저녁상을 물리고 난 뒤에도 사임당은 안채 앞 툇마루에 오래 앉아 있었다. 앞마당에 심은 나무와 어스름한 저녁 어둠에 잠긴 집을 바라봤다. 그윽한 눈길로 저녁 바람을 맞으며 지금까지 몸담고 살아온 자신의 모든 것이 담긴 집의 저녁 풍경을 응시했다.

마지막까지 사임당을 가만히 지켜보는 건 현룡이었다. 한 움큼의 순간이라도 자신의 눈에 담아두고 싶은 모친의 마음을 헤아린 걸까. 그런 현룡이 조심스럽게 사임당에게 말을 건넸다.

"어머니."

사임당은 대답 대신 눈길을 현룡에게 돌리는 것으로 대신했다. 사임당이 힘들지 않게 현룡은 기둥에 기대어 앉은 사임당 앞에 무릎 꿇은 자세로 고쳐 앉았다. 현룡은 사임당을 올려다보며 말을 이었다.

"이제 방으로 들어가세요. 날이 많이 찹니다."

"그래. 들어가야지."

"이 맑고 좋은 풍경, 내일도 보셔야죠."

"그래. 그러자."

사임당이 힘겹게 고개를 끄덕였다. 현룡이 어머니를 부축하며 일으켜 세웠다. 순간 현룡의 마음은 와르르 무너져내렸다. 하루가 다르게 가벼워지는 어머니의 몸. 타고 남은 재처럼 무게를 느끼기 힘들 정도로 앙상해진 몸. 사임당을 부축하고 방으로 걸음을 옮길 때마다 현룡은 입을 앙다물었다. 눈물을 참고 또 참았다. 바로 옆에선 가쁜 숨을 내쉬는 어머니의 힘겨운 숨소리가 들렸다. 차가운 바람이 한 차례 현룡의 얼굴을 스치고 지나갔다. 현룡이 부러 씩씩한 목소리로 다짐하듯 말했다.

"내일은 어머니를 모시고 집 밖을 한 바퀴 돌아볼까 합니다."

"그래. 현룡아. 나랑 같이 나가주겠느냐?"

"예. 어머니. 바람도 좋고 볕도 참 좋습니다. 소자와 함께 걸으세요."

보이는 모든 것들이 사임당에게 깊은 여운과 아쉬움을 남겼다. 자식들을 생각할수록 더욱 그랬다. 강고한 신념을 품고, 뜻을 품고 살아간다는 게 쉬운 길이 아님을 너무나 잘 알고 있던 그녀였기에, 그랬기에 어머니란 이름의 울타리 없이 살아가게 될 자녀들을 생각하면 자신의 시시각각 무너져 내릴 듯 다가오는 몸의 한계가 야속하기만 했다.

하지만 한편으로는 안도의 한숨이 절로 내쉬어지기도 했다. 보이는 세계의 모든 것들은 순리에 의해 본래의 자리로 돌아갈 거란 안도감이 그것이었다. 그 안도감을 마음에 붙잡은 사임당이 늦은 오후, 석양이 지는 붉은 기운을 등지고 다시 자신의 자리, 자신의 방으로 돌아왔다.

자리에 누운 사임당은 가만히 눈을 감았다. 정갈한 수묵화처럼, 때론 아련하고 아득한 그림 속 산이 보였다. 야트막한 산을 한달음에 달려 넘어서면 그 너머로 푸르른 바다가 보였다. 강릉, 영혼의 고향이 사임당을 향해 어서 오라고 손짓하고 있었다. 수많은 나비 떼가 일제히 날아오르며 절정의 아름다움을 과시했고, 이파리마다 싱그러움을 머금은 무성한 신록들이 산들바람에 춤을 추었다. 하늘과 땅이 하나였고, 검푸른 바다의 고고한 깊이가 사임당을 미소 짓게 했다.

그때, 바다를 바라보며 사임당은 하늘을 품었고, 땅을 품었다. 산을 품었고, 바다를 품었다. 그 모든 것을 갈구했고, 그 모든 것, 대자연과 하나되는 게 두렵지 않았다. 이 모든 걸 자애로운 눈길로 바라봐주는 아버지가 있었기 때문이다. 아버지의 눈길이, 아버지의 숨결이 지금 사임당의 서서히 가라앉는 눈길과 점점 옅어지는 숨소리 위에 포개어졌다.

이 순간, 아버지가 너무나 보고 싶었다. 아버지의 넓고 풍요로운 등이 그리웠다. 아버지를 힘껏 끌어안고 싶었다. 아버지를 끌어안고 그 역시 힘껏 눈물 흘리거나 환히 웃음 짓거나 소리 내어 웃고 싶었다. 산새소리, 바람소리 가득한 야산 위에 올라 대자연의 황홀을 화폭에 담고 싶었다. 하얗고 까만 색채의 대비로 가득한 수

묵의 세계 위에 농축시키고 싶었다.

옆을 지키고 있는 아이들의 눈물범벅이 된 얼굴이 점점 희미해져갔다. 사임당은 눈을 크게 뜨려 애를 썼다. 무릎을 꿇고 옆에 단정히 앉아 있는 현룡의 모습이 잠시 선명하게 눈에 들어왔다가 희미해졌다. 그 옆에서 선이 몸을 들썩이며 손등으로 눈물을 훔치고 있었다. 마음이 여리기는……. 다 자란 사내 녀석이 울면 안 되지. 매창이 어머니의 손을 잡았다. 아, 우리 딸 고운 손……. 화폭 위에 난을 치고 매화를 피워내는 손. 우가 가장 마음에 걸렸다. 이제 겨우 여섯 살, 이 어린 막내를 어찌할꼬.

눈을 감았다가 뜨기가 점점 힘들어졌다. 스르르 눈이 감겼다. 사임당이 가만히 입을 열었다. 하지만 자신이 어떤 말을 하는지 현룡이, 다른 자식들이 들을 수 없을 거라고 생각했다. 그만큼 작고 나지막한 심연으로 가라앉는 한없이 낮은 목소리였다.

더 이상 지상에서는 들을 수 없는 소리였다.

차별을 뚫고 일궈낸 치열한 생의 미학

역사는 현재의 거울이다. 우리는 역사의 기억을 통해 선조들의 삶을 이해하고 오늘의 우리 모습을 들여다본다. 아울러 과거의 역사를 통해 우리는 미래를 설계한다. 더욱이 자신이 겪어낸 시대를 고민하고 주어진 삶을 그 누구보다 치열하게 살아낸 인물의 삶과 사상을 성찰하는 건 오늘의 시대를 살아내는 이들의 숭고한 의무이기까지 할 것이다.

조선시대, 차별과 억압의 구조 속에서 신음해야 했던 한 인물 사임당을 우리는 어떻게 바라보고 있을까. 지금까지 사임당을 바라본 우리네 역사의 방향은 과연 어디로 향하고 있었는지 의문이다. 조선이 낳은 걸출한 천재 현룡(이율곡)의 어머니, 뛰어난 자녀교육의 일인자로만 그녀를 기억하고 있지는 않은가. 아니면, 가족의 질서를 숭앙하고 가부장제의 전통을 올곧게 계승한 유교 질서의 화신으로 그녀를 기억하는가. 만약 그렇다면 우리는 사임당을 온전히 이해했다고 보기 어려울 것이다. 적어도 외부의 시각과 사상으로 인해 재단된 왜곡된 역사 인식을 통해 사임당이란 인물의 치열함을 봐왔다면 더더욱 그렇다.

안팎으로 소용돌이치는 격동의 역사, 그 한복판에서 우리가 사임당을 기억해야 하는 이유는 조선시대를 제법 훌륭하게 살아낸 여성의 미덕 때문이 아니다. 누구의 어머니나 누구의 아내가 아닌, 한 여자, 한 예술가로서 누구보다 치열하게 생의 미학을 이끌어낸 인물로 기억해야 하는 것이다. 특별히 사임당이 보여준 예술혼이 조선시대 여성이 겪어야 했던 온갖 차별을 뚫고 일궈냈다는 사실을 망각해서는 안 된다. 사임당이 여성으로서 받을 수밖에 없던 구조적 차별에도 불구하고 이를 수준 높은 예술의 세계로 승화시킨 내적 인고의 순간들, 그 치열함을 역사는 기억해내야 한다. 적어도 우리네 어머니들, 우리 시대 여성들의 삶과 역사에 대한 최소한의 경외심을 갖고 있다면 말이다.

책을 펴내기까지 많은 분들의 도움을 받았다. 이 자리를 빌려 그분들의 격려와 배려에 고마움을 표한다.

2017년 1월 일산에서
주원규

사임당, 그리움을 그리다

초판 1쇄 펴낸 날 2017. 1. 25.

지은이   주원규
발행인   양진호
책임편집   위정훈
디자인   김민정
발행처   도서출판 인문서원

등 록   2013년 5월 21일(제2014-000039호)
주 소   (121-893) 서울시 마포구 양화로 56 동양한강트레벨 718호
전 화   (02) 338-5951~2
팩 스   (02) 338-5953
이메일   inmunbook@hanmail.net

ISBN   979-11-86542-28-6 (03810)

이 도서의 국립중앙도서관 출판예정도서목록(CIP)은 서지정보유통지원시스템 홈페이지(http://seoji.nl.go.kr)와 국가자료공동목록시스템(http://www.nl.go.kr/kolisnet)에서 이용하실 수 있습니다. (CIP제어번호: CIP2016021623)